ロスト・スピーシーズ

角川文庫
24490

目次

プロローグ

ブラジル北部

燃える太陽の下、未舗装の赤茶けた道路が地平線まで延びていた。両側の森は遠方まで切り開かれ、まるで墓場だ。ところどころに残る枯れ木は、救いを求めて地中から伸びる焼けただれた腕を思わせる。緑は毛を毟《むし》られたように散らばっているだけだ。

ロドリゲス・シウバは開発されたアマゾンの末路を見ながら歩いた。脳みそが煮立ちそうなほどの暑さだ。肌が焼ける。汗がとめどなく流れてくる。しかも森の中と違い、土埃《つちぼこり》が砂色の帯となって風に流されている。喉《のど》がいがらっぽくなった。何度も目をこすり、咳《せき》をした。

体長五十センチほどの茶色いハナグマが二匹、けだるげに道路を横切った。

汗みずくのシャツに覆われた腹の脂肪を揺らしながら歩くと、金《きん》の採掘地に着いた。

一攫《いっかく》千金を夢見て十万人の金採掘人《ガリンペイロ》が押し寄せている金の採掘地は、ロンドニア州の州都ポルトベーリョから約七十キロの場所にあった。半砂漠化した荒涼たる大地が広がり、無数の砂岩がコブのように盛り上がっている。

体を蒸し焼きにしそうな熱風が吹き渡るたび、乾ききった大地から砂塵《さじん》が舞い上がった。口で呼吸すると、砂の味がする。

褐色の肌を剝《む》き出しにした子供六人が一列で歩いていた。半ズボン一枚だ。砂金を掬《すく》うための薄っぺらな鍋《なべ》を頭に載せ、日よけにしている。その下から覗《のぞ》く目は攻撃性を秘めていた。

これがブラジルの現実だった。ごく一部の金持ち以外は地べたを這《は》いずり回り、泥水の底に埋もれた幻の希望を漁《あさ》りながら生きていかねばならない。

ロドリゲスは採掘場に向かった。巨大な手で森を引っ剝《ぺ》がしたように砂地が表出していた。照りつける太陽で干からびた裸の大地のあちこちがえぐられ、周辺に板やビニールで作った掘っ建て小屋が点在している。ところどころ、雑草の茂みが申しわけ程度に生えていた。

帽子を被《かぶ》ったガリンペイロたちが汗まみれで行き交っている。一人が「今日は朝から大漁だったぜ」と自慢していた。

——ほら吹き野郎め。

砂金一粒しか見つけられなくても、大漁だったと得意顔をするガリンペイロは少なくない。見栄《みえ》というより、自分だけ外れくじを引いたことが我慢できないのだ。

ロドリゲスはライバルたちを横目に歩いた。

赤錆色《あかさび》のマデイラ川が――欲望が沈む川が延びていた。

板張りの浚渫船《しゅんせつせん》――ポンプで川底から砂を吸い上げる作業船――が数百艘《そう》、所狭しと並んでいる。竜巻に襲われた木造のボロ小屋が数多く浮かんでいるようなありさまだった。けたたましい音を立てている。

ロドリゲスは、自分の浚渫船――ポールに焦げ茶色のアナコンダの皮が巻きついている――を眺めた。デッキでは、紺のロングシャツ一枚の女がバケツに腕を突っ込み、それだけが自分の存在意義であるかのように衣服を揉《も》み洗いしていた。どの船にも炊事洗濯を担当する女が一人、必ずいる。

ロドリゲスは自分の浚渫船に乗り込むと、洗濯を続ける女の横を通り抜け、板張りの船室に入った。上半身裸の浅黒い男が二人、動き回っていた。

「よう、気張ってんな」

声をかけると、痩《や》せぎすの一人が歩いてきた。左右の脚の長さが違うかのようにいびつな歩き方だ。目眩《めまい》を起こしたのか、額を押さえて首を振る。

「遅《おせ》えよ、ロドリゲス。他の奴らに金を横取りされちまうぞ」

「寝坊しちまったんだよ」

「さっさとはじめろよ」

「おうよ」

船室では、ポンプで吸い上げた川底の土砂が傾斜した板の上を流れていた。そうすると、比重の重い金を含んだ砂が残るのだ。

ロドリゲスは作業をはじめた。床板に溜《た》まる砂をステンレスの皿で掬い、ドラム缶に注ぐ。それを繰り返した。

隅に置かれたポリエチレンの容器の一つを持ち上げ、ドラム缶に戻って中身を注いだ。大量の水銀だ。

ロドリゲスは金棒でドラム缶の中を掻《か》き混ぜた。やがて水銀が砂に含まれていた金に付着して塊になると、それを黒鉄の鍋に載せた。塊にガスバーナーで青白い炎を吹きつける。こうして金と分離するのだ。表面が赤黒く変色しはじめ、蒸発した水銀の薄膜が立ちのぼる。

水銀が蒸発した後には、少量の砂金が鍋に残った。それを薄紙に移す。

ロドリゲスは薄紙を折り曲げて漏斗《じょうご》代わりにし、砂金を空の薬莢《やっきょう》の中にこぼしていった。金を詰めて撃つわけではない。壊れた秤《はかり》の代わりだ。

黙々と金の採取作業を繰り返した。夕暮れになると、ようやく一段落だ。

今日は調子がよく、薬莢一発分の金が採取できた。

これがガリンペイロの日常だった。

毎日毎日、ほんのわずかな金を採取し続ける。

「今に見てろ」ロドリゲスは仲間を振り返った。「絶対、金を掘り当てて庭とプール付きの豪邸に住んでやる」

「へっ」瘦せぎすの仲間が笑った。「十年前からそう言ってるじゃねえか。十年後も同じ台詞《せりふ》を吐いてるだろうぜ」

「うるせえ。夢は馬鹿でかく持つもんなんだよ」

「俺は毎日町で女が買えて酒が飲めりゃそれでいい」瘦せぎすの仲間が自嘲《じちょう》の笑みを浮かべる。「川にゃ馬鹿でかい夢なんざ沈んでねえんだ」

ロドリゲスは肩をすくめると、船室の入り口に鉄製の鍋を置き、その上でヤシの実の殻に火をつけた。黒色の煙が糸のように立ちのぼる。夕方は大量の蚊が飛び交うから、即席の蚊取り線香だ。

そんな中、異分子が現れたのは一際暑いある日のことだった。高級そうなシャツを着た白人だ。黒色の髪は乱れもせず、整っている。

船群の前の岸に突っ立っている白人を目に留めたとき、ロドリゲスは船上から声をかけた。

「ここは金持ちの白人様が来るような場所じゃねえぜ。お高いシャツが汚れちまうぞ」

白人は値踏みするようにロドリゲスを見上げた。

「……腕利きを探してます」

「あん？」

「お金に興味は？」

ロドリゲスは鼻で笑った。

「十何年も金を採り続けてんだぜ、俺は」

ロドリゲスは踵《きびす》を返した。船室に入ろうとした瞬間、白人が船に乗ってくるのに気づいた。

無視して船室に踏み入ると、後から白人も入ってきた。船内の仲間が異物を睨《にら》みつける。

「何だよ、そいつ」

「知るかよ」ロドリゲスは金採取の準備をしながら答えた。「身ぐるみ剝がされたい間抜け野郎じゃねえか?」

仲間が馬鹿笑いしながらガスバーナーで塊を炙《あぶ》った。煙が充満しはじめる。

白人は鼻と口を押さえると、顔を顰《しか》めた。

「ものすごい臭いの煙ですね……」

「ああ」ロドリゲスは答えた。「こうやって炙って水銀が蒸発したら砂金が残るんだよ」

「そんな煙を吸っていたら病気になりますよ」

「煙草は好きなんでな。俺の肺は丈夫なんだ」

ロドリゲスは椅子に腰掛けた。腹の脂肪がいっそう盛り上がり、短いズボンのベルトにのしかかった。干し肉を齧《かじ》り、咀嚼《そしゃく》する。飲み込もうとして喉元を押さえた。片眉《かたまゆ》を歪《ゆが》めて首をひねり、それから喉仏を上下させた。

「話を聞いてもらえませんか」

白人が言った。

「胡散臭《うさんくせ》え白人の話なんざ、聞く耳はねえ」

ロドリゲスはコーヒーを淹《い》れると、小さなスポイトの中身をしたたらせた。

「それは――？」

白人が不審そうな口ぶりで訊《き》く。

「水銀だ。それがどうした？」

「水銀？　水銀は毒ですよ。知らないんですか？」

「俺はこうして飲むのが好きなんだ」

仲間の一人が水銀の溜まったドラム缶の中身を川に流した。変色した液体が川の水と混ざり合い、流れてゆく。

白人はその様子を眺めながら言った。

「金の採掘地では毎年千トンの水銀が垂れ流されていると新聞で読みました。下流で生活する森の人間は、みんな水銀に冒されているそうです」

「だったら何だ？　お説教するためにやって来たのか？」

「……いえ」

「へっ」

傷だらけの木製テーブルにコーヒーを置いたとき、仲間の一人がボロボロのトランプを掲げた。テーブルには古びた拳銃《けんじゅう》――ブラジル製のＳ＆Ｗ《スミス・アンド・ウエッソン》が無造作に置かれている。

「ひと勝負しようぜ、ロドリゲス！」

ロドリゲスは「おう」と応じ、木箱に尻《しり》を落とした。ふと思い立ち、白人に目をやった。

「お前も交ざれよ」

「え？」

「金持ってんだろ。吐き出していけよ」

二人の仲間が「ビビってんのか」と挑発する。

白人は若干困惑を浮かべたものの、嘆息すると、向かいの木箱に座った。

ロドリゲスは彼を睨みつけた。

「……いい度胸じゃねえか」

ルールを共有してから勝負をはじめた。白人は思いのほか強く、あっという間に場の賭《か》け金を掻っ攫《さら》った。取り返そうとして裏目に出る。

白人が一人勝ちの様相を呈してくると、ロドリゲスは歯嚙《はが》みし、拳《こぶし》を震わせた。

カードの隅をめくる指は小刻みに震えている。

白人がそこに視線をじっと注いでいた。

「その震えは水銀中毒のせいでは？」

「うるせえ！」ロドリゲスは二百レアルを賭けた。「ビッド。勝負に出るぜ」

白人はカードの端をめくり、数字とマークを覗き見た。

「……コール」白人は賭けに乗り、同額の二百レアルを押し出した。「三枚交換します」

「俺は二枚だ」

ロドリゲスは配られた二枚を確認すると、唇を歪めた。

「ふんっ、レイズ」ロドリゲスは賭け金を上乗せした。「後二百レアルだ」

ガリンペイロの仲間二人が揃って降りた。勝負しても勝ち目がないと悟ったのだろう。

白人は配られたカードの隅を持ち上げて確認した。

ロドリゲスは相手の顔を観察した。だが、表情から手札は読み取れなかった。むんむんする熱気が船室に籠《こも》り、額から汗が流れ出る。

「レイズ」白人は紙幣を押し出した。「後四百レアルです」

「俺もレイズ。後百五十レアル」

「レイズ。後四百レアル」

「同じだ」

白人は表情を変えないまま、「全額を」と言い放った。

ロドリゲスは顔を顰《しか》めた。

持ち金を全て賭けて大勝負するか、今までに賭けた金を諦《あきら》めて降りるか――。

降りても全てを失うわけではない。挽回《ばんかい》のチャンスはまたやってくる。

ロドリゲスは舌打ちすると、テーブルを叩《たた》いた。

「……降りる」

白人は場に出ている金を引き寄せた。

仲間のガリンペイロが薄笑いし、「結局、何だったんだ?」と白人のカードに手を伸ばした。白人は仲間の手のひらを押さえつけた。

「カードに触れるのはマナー違反です」

「おいおい、『役』を見たいだけじゃねえか」

「癖や戦術を読まれたくないんです」

「……なるほどな」仲間が手を引っこ抜き、ロドリゲスを睨みつける。「ロドリゲスがいつもカードを見せねえ理由が分かった。勉強になったぜ」

白人はカードの表を誰にも見せず、山札に返した。

大勝で流れが決まった。ロドリゲスは連敗し、最後にカードをテーブルに叩きつけた。五枚が裏表バラバラに散らばる。

「負けだ、負け。やってられるか!」

「勝負ありでしたね」

白人は澄まし顔で取り分の紙幣を整えた。

二人の仲間は白人に気づかれないよう、目配せしていた。金の採掘地では欲と憎悪が渦巻き、金や女を巡って銃《ピアーダ》が火を噴き、山刀《ファッコン》が振り下ろされる。昔から何百人も殺されてきた。人の死も笑い話のような調子で語られる。

殺《や》るか——。

テーブルのS&Wをチラッと見やり、尻を浮かせようとした瞬間——。

白人が先に動いた。一瞬、場が緊張した。だが、白人は自分の勝ち分を全部テーブルのこちら側へ滑らせただけだった。

ロドリゲスは猪首《いくび》を捻《ひね》った。

白人は三人を見回し、言い放った。

「手付金です。もっと稼ぎませんか？　私はボディガードを必要としています」

1

両側に緑が巨大な壁のように生い茂る中、広大なアマゾン川が流れていた。大自然の悠久の歳月の流れのように、ゆっくりと小型のクルーズ船が進んでいる。ディーゼルエンジンがポンッポンッと破裂するような音を立てている。船内にはフックがいくつも付けられており、乗客たちは町で買ったハンモックを吊《つ》って寝ている。

ポケットが多い薄手の半袖《はんそで》ジャケットを着ている三浦眞一郎《みうらしんいちろう》は、手すりを握り、大密林を眺めていた。アマゾンのど真ん中ではクルーズ船も小舟に見える。それだけ圧倒的な広さだった。

アマゾン川の河口は幅が三百キロもあり、対岸は地平線と溶け合っている。そこから太陽が顔を出し、空と川面《かわも》が黄金色に輝くのだ。

二つの川が合流する地点にやって来た。鉛白色のソリモインス川は〝肥えた川《リオス・ファルトス》〟と呼ばれ、養分が溶け込んでいる分、濁って不透明だ。一方、黒墨色のネグロ川は〝飢餓の川《リオス・デ・フォーメ》〟と呼ばれ、栄養塩類に乏しい分、透明度が高い。色が違う二つの川は水温と流速と比重が違うから合流しても混じり合わず、黒と白の帯が並んでいるように見える。

混じり合わない黒と白。

一部の白人が金と土地を持ち、大勢の黒人や混血《ムラート》が地べたを這いずる――。ブラジルの縮図のようだった。

アマゾンの奥地に存在する州都マナウスが見えてくると、木の葉のようなカヌーが群れをなして近づいてきた。漕《こ》いでいるのは子供だ。

クルーズ船のブラジル人たちがビニール袋に食料や衣類を詰めて縛り、投げ落とした。カヌーの少年少女は、川に浮かぶ袋を引き寄せて拾い上げている。古い慣習だと聞いたことがある。乗客が貧しい者たちに施しをするのだ。

マナウスの川沿いには、高床式の民家が並んでいた。

港に着くと、三浦はクルーズ船から下り立った。額の汗をハンカチで拭《ぬぐ》い、見回した。

桟橋の向こう側から黒髪で碧眼《へきがん》の白人が歩いてきた。後ろには、浅黒い腕をタンクトップから露《あらわ》にしている太鼓腹の男が付き従っている。

白人が英語で訊いた。顔立ちは端整で、黒髪は後ろに撫《な》でつけている。三十代後半だろうか。若く見える。

「ドクター・ミウラですね？」

「はい、そうです」

三浦は英語で答えた。相手が長身なので、目を合わせるにはほんの少し視線を上げなければならなかった。

「ミスター・スミスですね」

「クリフォードで結構ですよ」

クリフォード・スミスは手を差し伸べてきた。

「お待ちしていました、ドクター」

三浦は彼と握手をした。クリフォードの握手は力強かった。

「高名なドクター・ミウラにご協力いただけて助かります。遠路はるばるありがとうございます」

「こちらこそ。貴重な機会になりそうです」

「ドクターは、アマゾンは初めてですか？」

「お恥ずかしながら、入り口に触れたことがある程度です」

アマゾンは植物の宝庫だ。植物学者としては以前から興味を引かれていた。だが、なかなか現地へ赴く機会がなかった。普段はアメリカの大学で植物学を教えている。

クリフォードは後ろを振り返った。

「紹介します。彼はロドリゲス・シウバ。今回のボディガードです。金採掘人《ガリンペイロ》として金を採っていたところ、腕を見込んで雇いました」

ロドリゲスは髭《ひげ》の中に半ば埋もれた口を動かした。ドスが利いたポルトガル語で言う。

「死にたくなきゃ、勝手なまねはするな」

「……分かりました」三浦はポルトガル語で答えた。「僕は三浦です。よろしくお願いします」

「へえ、言葉、通じんのか」

クリフォードが「英語とポルトガル語を話せる植物学者だからこそ、ドクター・ミウラに協力をお願いしたんです」と口を挟んだ。

「言葉が分かるなら、俺に従え」ロドリゲスが言った。「アマゾンは危険だらけだ。ちょっとの油断が命取りになる」

「心得ておきます」

「頼りにしてますよ、ドクター」クリフォードが背を向けた。「桟橋で話すのもなんですし、いったんホテルへ向かいましょう。案内しますよ」

三浦はクリフォードの後をついていった。後ろからはロドリゲスの靴音が追ってくる。

道路では、荷台にガスボンベを山積みにした小型トラックが走っていた。住民が群がり、金を払って自分たちの空のボンベと交換してもらっている。

三浦はそんな光景を横目で見ながら歩いた。気温は四十度近い。燃え盛る太陽の熱が肌に張りついている気がする。

「この辺りは貧しい者たちであふれ返っていますが――」クリフォードが言った。「景色はすぐ一変しますよ」

彼の言うとおりだった。しばらく歩いていくと、ヨーロッパ風の街並みが現れた。

三浦はセバスチャン広場を通り、アマゾナス劇場を見上げた。十九世紀後半、ゴム景気に沸いた際に建てられた建物だ。外観はパリのオペラ座を模してあるらしく、内部はイタリアの大理石やオーストリア製の椅子などで飾り立てられていると聞く。

マナウスは〝ゴム〟で繁栄した街だ。

一八三九年、『生ゴムに硫黄を混ぜて加熱すると弾力性が高まる』とアメリカ人の発明家、グッドイヤーが発見した。耐久性や絶縁性に優れたゴムの存在は、貴重な物資として認識された。そのため、世界的な供給量不足に陥るほど需要が高まり、当時アマゾン川流域でしか採取されなかったゴムは『黒い黄金』と呼ばれて価値が高騰した。

ヨーロッパからの移住者たちは、現地の人間が採取したゴムを売買して大金持ちになった。そして、貿易の中心だったマナウスを発展させた。先進国並みの生活水準を目指して。

あっという間にイギリスの定期船が行き来し、路面電車が走るようになった。

だが、マナウスの栄光は長く続かなかった。イギリス人探検家、ヘンリー・ウィッカムが原因だ。

一八七六年、ウィッカムはゴムの木の種子を先住民のインディオたちに集めさせ、七万粒を国外に持ち出した。ブラジルの法律で禁じられていた行為だ。

ゴムの木の種子は一ヵ月も経てば芽を出さなくなるため、密輸出された七万粒は迅速に運ばれ、ロンドンのキュー植物園に蒔《ま》かれた。三千粒近くが発芽したという。そこで苗木にしてからセイロンへと運び、さらに植民地である東南アジアの国々に造ったゴム園に移植された。一九〇五年には栽培ゴムが市場に出回り、ブラジルのゴム独占は崩れた。価値が三分の一に下落し、一九三〇年以降、天然ゴムはほとんど姿を消した。いわゆる〝ゴム成り金〟たちは没落し、マナウスは急速に衰えていった――。

栄枯盛衰の町、か。

「我々はマナウスを拠点として、三時間後に船で出発します」クリフォードが語った。「アマゾンに入っている期間は一週間なのか二週間なのか、それは分かりません」

「長旅になりそうですね」

クリフォードは爽《さわ》やかな笑みを浮かべた。

「覚悟しておいてください」

「むしろ、胸が躍ります」

「心強い」クリフォードは唇を緩めた。「ドクター・ミウラに同行をお願いして正解でした。弊社としては、必ず〝奇跡の百合《ミラクルリリー》〟を発見して持ち帰りたいと思っています」

クリフォードはアメリカの大手製薬会社『ミズリート社』に勤めている社員だった。新薬開発のため、〝奇跡の百合《ミラクルリリー》〟を探している。

「植物学者としては興味深いですが、しかし、本当にそんな新種の百合が――？」

社外秘のため、具体的な話は現地で顔を合わせてからします、と言われていたので、詳しい事情は把握していない。

「〝奇跡の百合《ミラクルリリー》〟というのは、あくまで便宜上の呼び名であって、実際には百合《ゆり》ではありません」

「百合ではない？」

「ドクター・ミウラはパフィアをご存じですか？」

「もちろんです」

和名ヒユ科パフィア属。巨木に巻きつく蔓性《つる》の植物で、ハーブにも用いられる根は〝ブラジル人参《にんじん》〟とも呼ばれている。

そう説明すると、クリフォードは「はい」とうなずき、説明をはじめた。

「パフィアは南米では〝パラトダ〟と呼ばれています。〝全てに使える〟という意味です。先住民《インディオ》のあいだでは、不老の妙薬として用いられています」

二種類のホルモンが発見されており、十九種類のアミノ酸や多くの電解質をはじめとする栄養が豊富で、心臓の血流量の改善、中枢神経機能の改善、呼吸器機能の改善、心臓病や動脈硬化にも効果があると言われている。

「その昔、パフィアは〝ロシアの秘密〟と呼ばれていました。パフィアに含まれているステロイド様植物ホルモンが体力増強に効果があると知ったロシアは、自国のオリンピック代表選手たちに飲ませ、功績をおさめたからです。日本企業も、パフィアから分離されたパフォサイド・パフィック酸に抗腫瘍《しゅよう》作用がある、として特許申請を行っています」

「興味深い話です」

「パフィアが何種類存在しているか、ご存じですか?」

「……五十種類ほどだと認識しています」

「そのとおりです。そのパフィアに新種が存在するとしたら? 本来は白色の小花を球状に付けるわけですが、その新種はまるで白百合のような花を咲かせるそうです」

「白百合——」

「そうです。ですから、我が社は"奇跡の百合"と名付けました。実際はパフィアではないかもしれません。植物として全くの新種である可能性もあります。何にせよ、"奇跡の百合"の根から抽出される成分を分離して研究すれば、がんの特効薬を生み出せる可能性があります。それは全人類を救う奇跡の薬です」

たとえば、熱帯雨林地帯に自生する巨木パウダルコは、昔からマラリアや真菌感染症、大腸炎、風邪、呼吸器障害などに用いられてきた。アメリカではハーブとして重宝されている。一九六〇年代には、パウダルコの中にがんに有効な成分が多数存在しているとを研究者たちが報告している。

アマゾンの植物からがんの特効薬が作れるかもしれない——という話は決して眉唾ものではないだろう。

クリフォードは話を続けた。

「一説によると、世界に存在する薬の四分の一は、アマゾンの動植物から抽出された成分が元になっています。それでもまだアマゾンの一パーセントの植物も研究されていますせん。それはドクター・ミウラの専門でしょう?」

六千五百万年も生きてきたアマゾンには、一千万種以上の動植物が生息している。蘭だけでも一万種が存在している。現地調査を行った学者によると、一日歩き回るだけで数十種の蝶《ちょう》が見つかることもあったという。

知人のアメリカ人植物学者は、未開のジャングルを白日の下に晒《さら》してみせる、と息巻いていたが、見知らぬ植物に圧倒され、結局、自信喪失して帰国した。

歩き回って三十種のヤシを記録しても、百キロ進めば生態系ががらりと変わり、別のヤシが三十種見つかる大自然だ。しかも――葉を見なければ樹種の特定が困難なのに、枝があるのは数十メートル上方ときた。研究はきわめて難しい。

そんな話を聞かされるたび、いつかはアマゾンの大密林の植物を研究したい、と夢見ていた。

だが、今回の目的は植物でも〝奇跡の百合〟でもなかった。

本当の目的は――。

それはまだ自分一人の胸に秘めておくべきだった。

三浦は話を合わせた。

「アマゾンは未知の植物にあふれていますから、どんな可能性でもあると思います」

「そういうことです。アマゾンの全ては明らかになっていません。そこには奇跡がありますす」クリフォードは拳を固めた。「我々は〝奇跡の百合〟を発見しなければいけないんです。アマゾンではいつどの動植物が絶滅するか、誰にも分からないんです」

一説によると、アマゾンでは毎日百種の生物が絶滅しているという。植物も例外ではなく、動植物が密接に支え合っているから、三パーセントの木々を伐採すれば、周辺の樹林五十四パーセントが消滅するとも言われている。

「なるほど、〝奇跡の百合〟は絶滅危惧《きぐ》種かもしれない――ということですね」

「ええ。のんびりしていたら、一週間後には絶滅しているかもしれません。あるいは明日《あした》にでも――」

アマゾンの動植物の運命は誰にも分からない。森林破壊、開発、狩猟――。保護されていなければ、様々な原因で常に種の危機に瀕《ひん》している。

「〝奇跡の百合〟は世紀の大発見になります。必ず採取して会社に持ち帰らなければなりません。それは社にとんでもない利益をもたらすからではなく、人類のためなのです」

たしかに〝奇跡の百合〟が実在すれば、世界の常識をひっくり返す発見になるだろう。

「さて――」クリフォードは立ち止まると、プール付きのホテルを見上げた。「私はあそこのホテルに宿泊しています。ドクター・ミウラもロビーでくつろがれますか？」

「……いえ。せっかくですから僕はマナウスを散策しようと思います」

「そうですか」

「何時にホテルで落ち合えばいいですか」

「二時間後に船着き場にある酒場でどうでしょう？　景気づけに一杯やってから、出発しましょう。そのころにはもう一人のメンバーも揃っているでしょう」

「分かりました」

三浦は店の名前を聞いた。

「危険区域には近づかないでくださいね、ドクター。何かあったら事ですから」

「気をつけます」

三浦はクリフォードに別れを告げ、その場を離れた。一人で街を歩いていく。

着いたのはアドウフォ・リスボア市場だ。

市場の建物はアール・ヌーヴォー様式で、ステンドグラスが鮮やかだった。

正面玄関を抜けると、木製の台を出した店が並んでいた。鳥の羽根をあしらった木彫りの仮面や、ピラニアの歯を使った魔よけ、ピンクイルカの性器の瓶詰め、熱帯雨林の植物から抽出した石鹼《せっけん》、薬草類があふれている。

さすが商品も個性的だ。

進むと、生臭いにおいと甘ったるいにおいが入り混じって漂ってきた。肉や魚や果物が山積みになっていた。ヤシの実に似たクプアスー、ナマズ、マンゴー、小ぶりのアマゾンリンゴ、バナナ、ウリのような形のスイカ――。一億年以上前から姿を変えない古代魚《ピラルクー》――四メートルを超える世界最大の有鱗《ゆうりん》淡水魚――も干されてロール状になっていた。積まれた十数本の丸太に見える。

三浦は八百屋の店主に話しかけた。

「すみません。マテウスさんを捜しているんですが……」

「物知りのマテウス爺《じい》さんかい？」

「ご存じですか？　この市場で魚を売っていると聞いたんですが……」

「何日か見かけてねえなあ。マテウス爺さんに用があるなら、直接家を訪ねるといい」

「住所はお分かりになりますか」

店主はしたり顔でキャベツを取り上げた。

「安くしとくよ」

意図を察し、三浦は野菜を指差した。

「……ニンジンを三本いただきます」

購入したとたん、子供が目ざとく駆けてきた。一枚のビニール袋を突き出す。

「二レアルだよ」

一瞬、何の話か分からなかった。だが、訴えるような眼差《まなざ》しで見つめられて理解した。

ストリートの子供は生きるために稼がねばならない。ビニール袋を何枚も持っておいて、袋を持たない買い物客が何かを買うたび、こうして売っているのだ。

子供のために約百円なら安いと思い、三浦は金を払った。交換で受け取ったビニール袋にニンジンを入れ、ズボンのベルトに縛りつける。

三浦は店主に向き直った。

「それで、マテウスさんの家なんですが……」

くれた。

「ああ、教えてやるとも」

店主はマテウスの住所を口にした。分からずに困ると、紙に地図まで描いて説明してくれた。

「ありがとうございます」

「先週の酒代、返せって伝えてくれや」

店主はジョークのような口ぶりで言った。

礼を言ってアドウフォ・リスボア市場を出ると、食堂の前でゴミバケツを漁るストリート・チルドレンが目についた。野良犬と残飯を争っている。屋台の客に群がる子供もいた。食べ残した豆の煮物やマンジョーカ芋をねだっている。汚れたシャツはへそが出るほど裾《すそ》が短く、ズボンは臑《すね》が剝き出しになっている。幼いころから着続けていて代わりがないのだろう。

歩いていくと、明らかに街の気配が変わった。トタン屋根の掘っ建て小屋のような家屋が並び、半ば崩れたレンガの壁には落書きがあふれている。

スラム街だ。不穏な気配が立ち込めている。

描いてもらった地図を確認しながら、目的の住所を探した。〝異物〟への視線が常にへばりついてくる。

地面には血が染みついていた。暴力沙汰《ざた》があったのだろう。

三浦は緊張を感じたまま歩いた。外務省も注意喚起している地域だ。強盗被害も頻発

している という。

真っ当な服を着ている日本人は目立つ。大金を持っているように見えるだろう。もし襲われたら、財布を差し出して命を守るしかない。ほとんどの金とパスポートはズボンの内側の隠しポケットにしまってある。

角を曲がると、赤銅色の肌の二人組が値踏みするような眼差しを送ってきた。一人のズボンのベルトにはリボルバー拳銃が突っ込まれていた。それに気づいたとたん、緊迫感が跳《は》ね上がった。

温室育ちの子ウサギと思われてはいけない。

二人組が目配せし、一歩を踏み出した。

早足で立ち去るのが賢明だと分かっている。だが、弱みを見せたら容赦なく襲いかかられるだろう。

三浦は二人組を一瞥《いちべつ》してから、また前を向き、襲撃の気配を察しながらも動じない男を演じた。

どの道、相手が襲う気なら、拳銃を持っている以上、勝ち目はなく、殺されるのだ。

二人組はそれ以上、動かなかった。

だが、油断はできない。不意打ちできるタイミングを見計らっているだけなのかもしれない。

三浦は警戒心を抱いたまま歩いた。さらに角を曲がって二人組の姿が背後に消えても、決して気は緩めなかった。

目的地に着いた。廃屋のようなボロ小屋だ。一蹴《け》りで破れそうなほどボロボロの木製ドアがある。

三浦は手帳を取り出し、走り書きしてある文章を読み返した。そして深呼吸し、ドアをノックした。

反応は――なかった。

少し待ってからもう一度ノックした。

同じく、反応はなし。

――留守だろうか？

三浦はドアに向かって呼びかけてみた。大声を出してみるも、静まり返っている。

アマゾンの熱風が吹きつけたとき、蝶番《ちょうつがい》が軋《きし》み、ドアが小さく揺れた。

どうやら鍵《かぎ》がかかっていないようだった。不用心なのか、盗まれて困るものがないだけなのか。貧困地域では珍しくない。

「あのう……」三浦は静かにドアを引き開けた。「すみません！　マテウスさん？」

ドアを開けたとたん、室内から生ゴミの腐ったような悪臭がぷんと漂ってきた。

三浦は思わず手のひらで鼻を覆った。

「マテウスさん？」

三浦はくぐもった声で呼びかけた。

漠然とした不安を覚え、足を踏み入れた。悪臭が強まった。靴の下で板張りの床がミシッと軋んだ。床板のところどころには虫食いのような穴が開いている。

蠅が耳障りな羽音を立てながら纏《まと》わりついてきた。左手のひらで蠅の群れを払いながら奥のほうへ進んでいった。木製の古びた椅子は引っくり返り、雑誌が散らばっている。まるで強盗にでもあったかのような——。

三浦は歩きながら室内を見回した。

倒れた円形の木製テーブルの陰——。壁に背中を預けて両脚を放り出した体勢の老人の死体があった。


三浦は息を呑《の》んだ。

上げそうになった叫び声は喉の奥に詰まっていた。早鐘を打ちはじめた心臓の鼓動が体内で大きな雑音となっている。額に脂汗が滲《にじ》み出た。

見開いた目を老人の死体から引き剝《は》がせなかった。腐乱しており、蠅がたかっている。素人目にも死後数日は経っているのが分かった。殺されて何日も放置されていたのだ。

衝撃が収まると、三浦は後ずさった。踵《かかと》が何かに当たり、体勢を崩した。踏ん張ってから確認すると、倒れた椅子の脚だった。

息を整え、再び老人の死体に目を向けた。垢《あか》にまみれたタンクトップの胸の部分に赤錆色の血痕《けっこん》が広がっている。

銃殺か、刺殺か――。

明らかに殺害されている。老人はおそらくマテウスだろう。強盗に襲われたのか？

だが、見るからに廃屋じみたボロ小屋に住んでいる老人を殺して何を盗む――？

情報。

背筋に戦慄《せんりつ》が走った。

三浦はかぶりを振った。

いや、考えすぎだ。〝マナウスの物知りじいさん〟のあだ名があるとはいえ――。

出入り口のドアのほうから誰かがマテウスの名を呼ぶ声が聞こえ、三浦は我に返った。

死体と出入り口を交互に見やる。

緊張が走った。

この状況だと自分が疑われる可能性に気づき、三浦は慌てて裏口から飛び出した。ブラジルの警察がどれほど誠実で優秀か分からない。死後に経過した日数が無視されて罪に問われるリスクもある。たとえ逮捕されなくても、ここまで来て取り調べで足止めされるわけにはいかない。

ポリバケツを倒し、つんのめりながら家屋のあいだを抜ける。果物の腐った皮を踏んだ。

路地から駆け出したとき、ボロボロのサッカーボールを蹴っている上半身裸の少年たちの胡散臭そうな眼差しがへばりついてきた。後ろめたさで視線を逸《そ》らし、足早に立ち去った。

栈橋のほうへ向かうと、落ち合うはずの酒場を見つけた。岸辺に接した木造小屋がネグロ川に浮かんでいる。巨大なイカダの上に板壁とヤシの葉葺《ぶ》きの屋根を組んだ水上バーだ。小船を借りて横づけし、上らなければいけない。

見回すと、奥のテーブル席にクリフォードとロドリゲスが座っていた。

三浦は緊張の息を抜き、二人に歩み寄った。

天井では板切れのような羽根が回っていた。

食べ物より草木の香りのほうが強い。ガラスのない窓から木々の枝葉が差し込んでいるからだろう。

「お待たせしました」

軽くお辞儀をすると、クリフォードが怪訝《けげん》な眼差しを向けてきた。

「顔色が悪いようですが、大丈夫ですか、ドクター？」

三浦は自分の顔の強張《こわば》りを意識しながら、ハンカチで額の汗を拭った。

死体を発見した話はできない。話をすれば、なぜその老人を訪ねたのか答えなくてはいけなくなる。

三浦は、ふう、と息を吐いた。

「何でもありません。ちょっと歩いてきたので、少し息切れしてしまって……」

三浦は空いている木製の椅子に腰を落ち着けた。

「何を飲みます?」クリフォードが訊いた。

「とりあえず――」三浦は息苦しさを覚えるような喉の渇きを意識しながら答えた。「水を」

「水、ですか。分かりました」

クリフォードが店員を呼ぼうとしたとき、ロドリゲスが「アンタルチカをおかわりだ!」と声を上げた。

白いデニムのホットパンツ姿の若いブラジル人ウエイトレスが瓶を運んできた。『南《アンタ》極《ルチカ》』の名前どおり、白い腹を突き合わせた二羽のペンギンのラベルが特徴的なビールだ。

「それと――」クリフォードが人差し指を立てた。「ミネラルウォーターを一杯」

「オーケー」

ウエイトレスが踵を返すと、ロドリゲスは椅子の背もたれに体を預けるようにして、彼女の後ろ姿を目で追った。彼の視線の先にはホットパンツに包まれた豊かな尻があった。

ロドリゲスは舌なめずりをしながらアンタルチカに口をつけ、「一度あんな美女にお相手願いたいもんだ」と独りごちた。

しばらくすると、ウエイトレスがミネラルウォーターのペットボトルをテーブルに置いた。

「ごゆっくり」

三浦は「オブリガード」とポルトガル語で礼を言い、ミネラルウォーターを飲んだ。ひんやりした液体が喉を流れ落ちていく。そこでようやく人心地ついた。

〝マナウスの物知りじいさん〟の異名を持つマテウスが殺された。銃殺か刺殺か――。いずれにせよ、貧しい老人を殺害しても金目の物は何も手に入らないだろう。

一体なぜ――。

殺人が珍しくないブラジルとはいえ、タイミングがタイミングだから不審を抱いてしまう。

三浦はミネラルウォーターをまた飲んだ。

そのときだった。クリフォードが「おっ」と顔を上げた。彼の目はアマゾン川に向けられている。

三浦は彼の視線の先を追った。カヌーがエンジン音を伴って桟橋に近づいてきて、横づけされた。壮年の男が下り立ち、酒場に近づいてきた。中肉中背で、サングラスをかけた金髪の白人だ。グレーの野球帽を被っていた。黒いサバイバルジャケットを着て、ライフルを斜め掛けにして背負っている。背中の武器のせいか、防弾チョッキのようにも見える。

「待たせたな」

金髪の白人はクリフォードに声をかけた。顎《あご》や頰の筋肉が逞《たくま》しく張っていて、どことなく肉食獣を想起させる。

クリフォードが苦虫を噛み潰《つぶ》したような顔で金髪の白人に言った。

「遅かったですね。出発の二時間前に集合して旅の計画を話し合う予定でしょう?」

「まずは喉を潤させてくれや」

金髪の白人は斜め向かいの椅子を引き、尻を落とした。ボストンバッグを足元に置く。奥に向かって「カシャーサをくれ!」と声を張り上げた。

クリフォードは嘆息を漏らし、三浦に言った。

「彼はデニス・エバンズ。植物《プラント》ハンターのイギリス人です」

植物ハンター――。

珍しい植物を探して世界を飛び回る職業だ。数十年前までヨーロッパで盛んだった。

クリフォードはデニスに訊いた。

「今まで一体何をしていたんです? アマゾンに入っていたんですか?」

デニスはニヤッと笑みを浮かべ、床のボストンバッグをテーブルに置いた。宝石でも披露するような手つきでチャックを開け、思わせぶりな間を置いてから中身を取り出した。

「一週間、こいつを探してた」

ビニールに包まれた青紫色の蘭の花だった。色鮮やかでありながら深みのある花弁――。

「それは――?」

クリフォードが怪訝な眼差しで訊いた。

三浦は蘭をまじまじと凝視した。

デニスはビニールの上から蘭をぽんぽんと軽く叩いた。口元に自慢げな笑みが刻まれている。

「金持ちの老人がご所望でな。妻の誕生日に贈るんだと。苦労して探し出したんだぜ」

三浦は目を瞠《みは》った。

「絶滅危惧種では――？」

デニスは悪びれずに――むしろ、軽く顎を持ち上げ、堂々とした態度で答えた。

「だからこそ、高値で売れるんだろうが」

唖然《あぜん》として、一瞬、言葉を失った。

「……絶滅の危機に瀕している植物を採取したんですか？」

デニスはサングラス越しに三浦を見た。

「売れるものを採取する――。何が悪い？」

「採取してしまったらすぐに枯れますよ。プレゼントしても一時の観賞で終わりです」

「金持ちは一時でも楽しめればそれでいいんだろうぜ。儚《はかな》いからこそ美しい、って言うじゃねえか」

「……絶滅したらもう世界からその存在が消えてしまうんですよ」

「コップの酒を飲んだら空になる、みたいなこと言うなよ」

「重要なことです。種は守らなければ――」

「俺がちょっと採取した程度で絶滅すんなら、何もしなくても自然環境で淘汰《とうた》されるさ」

「そういう問題では――」

デニスは鼻で笑った。

「環境保護の活動でもしてんのか？」

「こちらはドクター・ミウラです」クリフォードが言った。「今回、同行していただく植物学者です」

「へえ」

デニスはサバイバルジャケットの胸ポケットにサングラスを引っかけた。碧眼で三浦をねめつける。

「これから〝奇跡の百合〟を手に入れようってのに綺麗《きれい》事かよ。百合を見つけたら採取すんだろ。それとも何か、絶滅危惧種だったら採取を諦めるのか？」

言葉に窮した。

女性店員が大瓶のカシャーサ――サトウキビの蒸留酒――と紙コップを運んできた。

デニスがカシャーサを紙コップに注ぎ、一息に飲み干してから鼻で笑った。折り目を入れたような目元の皺《しわ》が深まる。

「金になるなら何でも採る。それが植物ハンターだ。植物の保護は仕事じゃねえ」

デニスは迷いなく言ってのけた。

彼は肩書きを免罪符にしているのではないか。

「おい」デニスがクリフォードを一瞥した。「机に齧りついてたセンセイの足に合わせるのはごめんだぜ」

〝センセイ〟だけは日本語だった。そこには揶揄《やゆ》の響きが込められていた。

「いがみ合わず、協力しましょう」

「教科書と睨めっこしてるセンセイ様が役に立つかよ。森の植物は俺の専門だ。〝奇跡の百合〟は俺が見つける」

デニスが決然と言った。

「頼りにしていますよ」クリフォードが「しかし――」と一睨みした。「時間だけは守ってください」

「会社員はこれだから困る。これからアマゾンに入るんだぜ。密林でスケジュール帳が役立つか？　時間厳守が必須《ひっす》なら、ジャパニーズ・トレインにでも乗れよ」

クリフォードが眉を顰《ひそ》めた。

「……リーダーは私です。指示には従ってもらわねば困ります。我々はチームなんです」

チーム――か。

三浦は面々を見回した。

製薬会社社員のクリフォード・スミス。金採掘人《ガリンペイロ》のボディガード、ロドリゲス・シウバ。植物ハンターのデニス・エバンズ――。

今回の旅のメンバーだ。

何が起こるか分からない未知の大密林——。

本当にこのメンバーでいいのだろうか。漠然とした不安が胸に兆した。

クリフォードがデニスに言った。

「出発は一時間後ですよ」

デニスは腕時計を確認した。

「三十分遅らせてくれよ」

「なぜです?」

デニスはビニールで包まれた蘭をボストンバッグに戻した。

「こいつを届けて金を貰《もら》わなきゃ、一週間、働き損だ。成功報酬は結構な額なんでね」

「それはあなたの事情でしょう?」

「人にはそれぞれ事情があるもんだろ」

「私の指示に従わないのであれば、報酬は支払いません。誰が雇い主か、よく考えてください」

クリフォードとデニスが睨み合った。火花が散るような視線が交錯する。

先に怒気を抜いたのはクリフォードだった。

「……引き延ばすのは三十分だけです」

デニスも表情を緩めた。

「感謝するよ、ボス」

譲歩することで逆に威厳を見せつけたのは、クリフォードだった。立場をはっきりさせる必要があったのだろう。

デニスが酒場を出て行くと、ロドリゲスはその背中を見送ってから「へっ」と吐き捨てた。

「気に食わねえイギリス野郎だ。俺の国を搾取してやがる」

クリフォードが言った。

「そういう意味では私も同じでは？」

ロドリゲスはアンタルチカに口をつけた。

「あんたは金を払ってくれる」

クリフォードが苦笑した。

ロドリゲスはアンタルチカを一気飲みした。

「あんなイギリス野郎、置き去りにして出発しようぜ」

「そうもいきません。アマゾンを知る貴重な戦力ですから。慣れた人間がいないと、密林に呑《の》まれます」

「……ま、いいけどよ」

初っ端《ぱな》から不穏な空気が漂っていた。

やがて、クリフォードとロドリゲスはポルトガル語で旅の計画を話し合いはじめた。

クリフォードがアマゾン全域の俯瞰《ふかん》地図をテーブルに広げ、蛇行するアマゾン川を人差し指でなぞる。

「船でこう下って――」枝分かれしている支流で右へなぞる。「この支流を進む。ある少数部族の言語でトゥワパと呼ばれている入り組んだ支流で、公には知られていませんが、重要な目印です。そして、さらに奥地へ」

ロドリゲスが酒臭い息を吐いた。

「そこは迂回《うかい》したほうがいいぜ」

クリフォードが「なぜです？」と訊く。

「その辺りは好戦的なインディオが住んでる。最近じゃ、地元の漁師が何人か撲殺されて見つかった」

「迂回したら時間がかかります」

「わざわざ銃弾を無駄にすることもねえだろうさ」

恐ろしいことをさらっと言ってのける。

脳裏にマテウスの死にざまが蘇《よみがえ》り、胃液が逆流しそうになった。口内に苦みが広がる。

三浦はミネラルウォーターで不快な味を流し込んだ。

「船から下りなければ平気でしょう？」

クリフォードが言った。

「森ん中から槍《やり》を投げられるかもしれねえぜ」

「アマゾンに多少の危険は付き物でしょう？」

「ま、発砲して脅してやりゃ、逃げ去るかもな。その支流を進んだ後はどうする？」

「どこかで上陸します」

「森を歩くんだな」

「南南東へ向かいます。そこから先は未知です」

未知の大密林、アマゾン――。

日本の国土の二十倍近い面積を誇る世界最大の熱帯雨林だ。そこはちっぽけな人間など容易に呑み込んでしまう。迷い込んだら生還できないかもしれない。

彼女のように――。

三浦はクリフォードに話しかけた。

「目的地はその周辺なんですね？」

同行の依頼を受けた時点で目指す場所の説明は聞いている。だが、念のために改めて確認しておきたかった。

「そうです」クリフォードがうなずく。「〝奇跡の百合〟はその辺りで目撃されたそうです。特定の生態系で群生している可能性があります」

彼女が目指した地がその近くに――。

ぐっと拳を握り締めたとき、尿意を意識した。一気に水分を補給しすぎたようだ。

「すみません」三浦は立ち上がった。「ちょっとトイレへ行ってきます」

クリフォードが「あそこです」と奥を指差した。

「どうも」

三浦は酒場から離れてトイレへ向かった。薄っぺらい板で仕切っただけの個室だ。床に穴があり、黒墨色のネグロ川が見えている。排泄《はいせつ》物は小魚の餌になるのだろう。

板壁にはトカゲがへばりつき、動かない。

これからアマゾンか――。

弥《いや》が上にも気持ちが高ぶってくる。

三浦は用を足すと、一息つき、個室の扉を開けた。

サングラスをかけた大柄な白人二人が立ちはだかっており、洞穴のようなリボルバーの銃口と対面した。

頬に傷がある白人が訛《なま》りのある英語で命じた。

「手帳を渡せ」

2

拳銃――。
三浦は目を剝くと、防衛本能に突き動かされ、ほとんど反射的に木製ドアを叩き閉めた。簡易錠をかけた瞬間、けたたましい殴打の音が響き渡った。

「開けろ！　手帳を渡せ！」

手帳――？

なぜ手帳を欲しがるのか。

金を持っていそうな日本人をターゲットにした拳銃強盗ではないのか？

「死にたくないなら開けろ！」

金目当ての強盗ではない。

ドアを蹴りつけた衝撃が伝わってくる。

考えている時間はなかった。

何とかしなくては――。

焦る頭をフル回転させた。手帳が目当てなら、なおさら渡すわけにはいかない。

個室内を見回したとき、足元の穴が目に入った。黒ずんだネグロ川が流れている。

クルーズ船で見た光景が脳裏をよぎる。現地の貧しい人々に船上から荷物を落としている光景――。

ここなら――。

三浦はベルトに結びつけていたニンジン入りのビニール袋を外し、中身を川に捨てた。ウエストポーチから手帳を取り出すと、ビニール袋に収めた。空気で膨らませ、口を縛った。水が入らないようにする。

手帳入りのビニール袋を川に落とすと同時に、ドアが蹴り開けられた。

二人組のうちの片方が巨軀《きょく》を個室にねじ込み、拳銃を三浦のこめかみににじりつけた。

「無駄な抵抗をするんじゃねえ。死にてえのか」

三浦は震える両腕を上げた。

「やめてくれ……」

「手帳はどこだ」

三浦は小さくかぶりを振った。

「何の話だか――」

「手帳を見ていたのは知っている。それを出せ」

「持ってない」

こめかみへの銃口の圧が強まった。皮膚がねじれる。

「とぼけるな」

男が左手で三浦の身体検査を行った。薄手のジャケットの胸ポケットや内ポケット、ズボンのポケットに手を突っ込み、全身を服の上からはたく。ウエストポーチにも手を入れた。

男の表情が次第に険しくなっていく。

「手帳はどうした？」

「分かりません。どこかで落としたのか――」

男が舌打ちした。

「命を安売りしたいようだな。ジジイのようになるか？」

マテウスのことか——。

三浦は首を横に振った。

再び男の左手が全身をまさぐる。だが、当然、手帳は見つからない。

男は振り返り、もう一人に言った。

「持ってない」

男は向き直ると、個室の中を見回した。川が覗《のぞ》ける穴の周辺に目を這わせる。

三浦は緊張したまま突っ立っていた。

便器の穴から川に投げ捨てたとは想像もしないだろう。ベルトにぶら下げていたニンジン入りのビニール袋が消えていることに気づかれないように祈る。

顕微鏡を覗くように無表情で冷たい眼光が全身をチェックしていく。ベルトの付近で視線が止まった。

心臓がますます激しく騒ぎはじめた。鼓動が聞き取られないことを願う。

「——何してんですか」

突然、個室の外から若い声がした。ポルトガル語だ。

襲撃者の肩ごしに見ると、上半身裸のブラジル人青年が立っていた。浅黒い肌にチェーンのネックレスが銀色に輝いている。迷惑そうに顔を顰めていた。二人組の後ろからは、彼らの拳銃が目に入らないのだろう。

三浦は助けを求めるかどうか躊躇《ちゅうちょ》した。声を上げたとたん、二人組が暴走するかもしれない。

だが――。

二人組は青年の死角で拳銃をそっと隠し、ズボンのベルトに突っ込んだ。

忌々しそうに舌打ちし、背を向けた。

「クソッ。ずらかるぞ」

二人組は、あっという間に走り去った。

腰砕けになりそうになり、三浦は両脚で踏ん張った。緊張を抜くために大きく息を吐く。

額に滲み出ていた脂汗を手の甲で拭った。

ブラジル人青年は胡散臭そうな顔つきをしていた。

三浦は軽く黙礼し、青年の真横を通り抜けた。足早に個室トイレの前から離れる。

見回すも、先ほどの二人組の姿はなかった。酒場はトイレでの襲撃が嘘だったかのように平和そのものだ。

連中の狙いは、〝奇跡の百合《ミラクルリリー》〟絡みだったのか、それとも――。

三浦は酒場へ駆け戻り、そのまま桟橋へ向かった。背後から「ドクター?」と当惑混じりの声が聞こえてきた。クリフォードの呼びかけを無視して桟橋へ下りる。

「そこまでカヌーを貸してください!」三浦は川の向こうを指差しながら船頭の中年男

に声をかけた。「手荷物を川に落としてしまって——」

「そいつはツイてなかったな」

「お金は払います」

三浦は船頭の中年男に紙幣を握らせ、カヌーに同乗させてもらった。ソリモインス川と違い、ネグロ川は流れが時速三キロ程度と遅い。ビニール袋はそれほど遠くへは流れていないだろう。

船頭に頼み、カヌーを個室トイレの下流へ進めてもらった。注意深く見回すと、五十メートルほど先に膨らんだ袋が浮かんでいた。

「すみません」三浦は声を上げた。「あれです！　あれに近づいてください」

「おうよ！」

カヌーがビニール袋へ近づいていく。

三浦はカヌーから身を乗り出すと、手を伸ばし、ビニール袋を取り上げた。手帳を取り出し、中を確認してみる。濡《ぬ》れていない。

三浦は安堵《あんど》の息を吐き、手帳をウエストポーチにしまった。船頭に「オブリガード」と礼を言い、桟橋へ戻ってもらう。

桟橋に下り立つと、クリフォードが待ち構えていた。

「血相を変えてどうしたんです、ドクター」

「あ、いや——」三浦は財布を取り出した。「手が滑って財布を川に落としてしまって

――」

クリフォードは目を細めて財布を見つめた。疑念の眼差しなのかどうか、判然としない。だが、彼は詮索《せんさく》はせず、「そろそろ我々の船を紹介しましょう」と踵を返した。

彼は桟橋の途中でロドリゲスに呼びかけた。ロドリゲスはアンタルチカを飲み干し、立ち上がった。代金はクリフォードが支払い済みだったらしく、彼がそのまま店を出ても何も言われなかった。

「あちらです」

クリフォードに先導され、右奥の桟橋へ移動した。係留されていたのは――おんぼろの漁船だった。暴風で吹き飛びそうなボロ小屋が船の上に載っかっているようなありさまだ。定員は十人以下だろう。

屋根には、ボロ切れのようなブラジル国旗がはためいていた。船体には古びたタイヤがザイルで結びつけられている。

漁船を眺めていると、操舵《そうだ》室から帽子を被った老齢の男が姿を見せた。日焼けというより、長年飲酒で酔い続けたような赤ら顔だ。もじゃもじゃの白髭《しらひげ》が顔の半分を埋め尽くしており、口は埋没している。

クリフォードが白髭の男を指し示した。

「紹介します。彼が船長です」

「任せとけ！」白髭の船長が豪快な声で応《こた》えた。「金さえ貰えりゃ、どんな場所だって行ってやるぜ！」

「頼りにしています」

白髭の船長は腕を折り曲げ、力こぶをアピールするポーズで応えた。

一癖ありそうな船長だった。

「ねえ、あなたたち」

突然、背後から女のポルトガル語が聞こえた。

振り返ると、ブラジル人の美女が立っていた。見覚えのある顔――。先ほどの酒場のウエイトレスだ。

ロドリゲスが口笛を鳴らし、彼女の全身を舐《な》め回すように眺めた。獲物を見る蛇同様の眼差しだった。

上質の絹糸さながらに流れ落ちる漆黒の髪、整った顔立ち、胸の形を浮き上がらせているぴったりした白のシャツ、太ももの大部分を露出させている白いデニムのホットパンツ――。

彼女は慣れているのか、ロドリゲスの露骨な視線を一瞥で軽く受け流した。クリフォードに向き直る。

「リーダーはあなた？」

クリフォードが居丈高に「何だ？」と訊いた。

「さっき、話が聞こえたの」

クリフォードが眉間《みけん》に皺を刻んだ。目がスーッと細まる。

彼女は笑みを浮かべ、軽く両手を上げた。手のひらを見せ、無害をアピールする。

「警戒しないでよ。敵意はないわ。あなたたち、アマゾンに入るんでしょ？」

クリフォードは返事をしなかった。

「私もアマゾンに入りたいの」

「……メンバーは間に合ってる。女に足を引っ張られたら困るんだよ。観光じゃないんでね」

「私にはあなたたちにない知識がある。森の人間に知り合いもいる。必要なときに役立つかも」

クリフォードはいぶかしげな目を彼女に向けた。

「単なる酒場のウエイトレスがなぜアマゾンに？」

彼女は表情を引き締めた。

「私はジュリア・リベイロ。環境問題を勉強してるリオの大学生なの。アマゾンの動植物の危機を実地で学びたくてマナウスまで来たのはいいけど、立ち往生しちゃって……。一人で森の奥地に入るのは危険でしょう？」

「学生か。志は立派だけど、私たちは慈善活動のために来たんじゃないんだよ」

「知ってる。特別な百合を探すためでしょ」

クリフォードの眉がピクッと反応した。

テーブル席での打ち合わせを耳にしていたのだろう。

ジュリアはほほ笑みを浮かべた。

「あなたたちがどんな目的で森に来ていても、別に堅いことは言わないからさ、同行させてよ」

「学生のお遊びには付き合えないな。現地で案内人を雇えばいい。アマゾンを熟知した人間はいるだろう？」

ジュリアは肩をすくめた。

「お金があれば、ね。貧乏な大学生だからマナウスに来るだけで有り金、全部なくしちゃった。だから、あそこの酒場でバイトしてたの。宿に泊まるお金もないから」

「それは君にはまだ早かったという話じゃないかな。君はまだ若い。準備して、人を集めて、出直したほうがいいよ。アマゾンは逃げやしない」

「……アマゾンの環境破壊が一ヵ月でどれほど進むと思う？　自然を破壊するのが人間なら、守るのも人間にしかできないの。椅子に座って勉強してるだけじゃ、アマゾンの生態系は守れない。だから私は森に入りたいの」

クリフォードがうんざりしたように言う。

「森に入って何をする？」

「何を――って？」

「質問を変えよう。森に入って君は何ができる？」

「それは——」

ジュリアが言葉に詰まった。

「学生の剝き出しの情熱は素晴らしいけど、現実的な視点を持てない人間の暴走は何の成果も挙げないよ。自然のために何か立派な活動をしている、という自己満足の達成感が欲しくて、感情で行動しているように感じるね。世の中を多面的に観察して、世界のあらゆる事柄が自分の思うほど単純ではない、と気づくところからはじめたほうがいい」

ジュリアの眉間の皺が深まった。

「……でも、何事も理想からはじまるものでしょ。一人の理想から世の中が動くこともある」

「かもしれないね。だけど、それに手を貸すのは私たちの役目じゃない。志を同じくする者と行動してくれ」

「私はアマゾンの森に入りたいだけなの。同行するくらい、いいでしょう?」

「他を当たってくれ」

ジュリアは表情を消した。

「そう……。なら、あなたたちが森を荒らそうとしてるってそういう機関に通報したら、どうなると思う?」

クリフォードの顔が一瞬で強張った。

「私たちの妨害をする気なら――」

ジュリアはクリフォードの怒気を受け流し、ロドリゲスに目を移した。

「女にはできることもあるのよ？　同行させて損はないんじゃない？」

ジュリアがシャツに包まれた胸を誇示するように突き出した。ロドリゲスの視線が下がる。

ロドリゲスが下卑たにやつき顔で言った。

「いいじゃねえか、ボス。船に一人増えるくらい、大した問題でもねえだろ。味気ねえ旅が華やぐってもんだ」

「森の危険は承知でしょう？　我々は森の中も歩くんです。体力が必要なんですよ」

ロドリゲスの顔が三浦に向けられた。

「森に不慣れな学者とどっちが体力あるんだ？」

「目的のために必要な専門家と、不必要な学生は同じではありません」

「能力があっても足を引っ張りそうなイギリス野郎もいる。女の一人や二人、構わねえだろ」

ジュリアが媚《こび》を含んだ笑みをクリフォードに向けた。

「ね、足は引っ張らないからさ」

クリフォードが彼女の目をじっと見返した。その瞳《ひとみ》から覚悟のほどを読み取ろうとするかのように――。

「……勝手にすればいい」

ジュリアは表情を和らげた。

「ありがとう」

「君の命の責任までは持てないぞ」

「分かってる。自分の面倒は自分で見るから」

彼女は漁船へ向かった。

ジュリアが白髭の船長に挨拶《あいさつ》していると、ロドリゲスがクリフォードに囁《ささや》くように言った。

「足手まといになったら、森の中に置いてきゃいい」

たしなめるかと思ったが、クリフォードは無言でジュリアの背を睨みつけていた。

しばらく不穏な沈黙が立ち込めた。クリフォードは内心で何を考えているのだろう。

「……では、荷物を積んでしまいましょう」

クリフォードは切り替えるようにボストンバッグを取り上げると、漁船に積み込みはじめた。

ロドリゲスがリュックサックを担ぎ上げた。

三浦は軋む桟橋を進み、ロドリゲスと共に漁船に乗った。波の揺れがダイレクトに伝わってくる。中型のクルーズ船とは違うことを実感した。操縦を誤ったらすぐにでも転覆しそうだ。

船内には麻袋や革袋が散乱していた。川の流れで静かに上下する船上で空き瓶が前後に転がっている。片隅には、とぐろを巻いた蛇のようなザイルの束があった。

クリフォードは荷物を積み終えると、桟橋に下りた。周辺を見回す。

「それにしても遅いですね、彼は」

デニス・エバンズ――。

植物《プラント》ハンターのイギリス人は、絶滅危惧種の蘭を金持ちの老人に届けて報酬を受け取る、と言って立ち去ったまま、約束の時間から十五分遅れている。

クリフォードは渋面のままだった。雇い主《ボス》としての立場を侮られたといった顔をしている。一度は度量を示して譲歩したものの、それを裏切られては威厳を示せないだろう。

クリフォードは苛立《いらだ》たしげに腕時計を見ると、漁船に目をやり、また桟橋の向こう側を睨みつけた。靴の爪先《つまさき》をせわしなく上下させている。

船上からロドリゲスが声を上げた。

「おい！　早く出発しねえと、日が暮れちまうぜ！」

クリフォードは彼に背を向けたまま、大きく息をついた。

「和を乱す奴は置いてきゃいい。俺がイギリス野郎の分も働いてやる」

だからデニスの分の取り分も俺によこせ――。そんな欲望が聞こえるようだった。

クリフォードは無言で首を回し、骨を鳴らした。視線は相変わらず桟橋の先へ据えられている。

彼の苛立ちがピークに達しそうになったとき、足早に駆けてくるデニスの姿が目に入った。

デニスは桟橋を蹴立てるように駆けつけると、クリフォードの前でボストンバッグを足元に下ろし、肩を上下させた。喘《あえ》ぎながら漁船を見つめる。

「あれ――か？」

クリフォードは嘆息した。

「また遅刻ですよ」

デニスの額は汗まみれで、目は若干血走っていた。

「さっさと出発しようぜ」

デニスがボストンバッグを担ぎ上げた。クリフォードの横を通り抜け、漁船へ向かう。

クリフォードが顔を顰めた。

「遅刻したあげく、その言い草ですか？」

デニスの背に声をかけた。

デニスは漁船に片足を乗せた状態で振り返った。クリフォードと睨み合う。

「……どうしました？」

「ジジイが報酬を出し渋ったから――」デニスは背負ったライフルを人差し指でコツコツと叩いた。「こいつで脅してやったら私兵を呼びやがった」

クリフォードの顔が一瞬で険しくなる。

「……ここでトラブルを起こしたんですか？」

怒気混じりの声にもデニスは動じなかった。

「先に発砲されたから撃ち返した。一人を倒したらうじゃうじゃ湧いてきたから、逃げてきた。畜生め。タダ働きだ、クソッタレ！」

「あなたは自分が何をしたか分かっているんですか？　追われる身になったんですよ、我々が」

「だからさっさと出発すんじゃねえか。連中に見つかる前にマナウスを離れれば、何も起きねえ。アマゾンの大密林までは追ってこられないんだからな」

「拠点を失ったんですよ。もうマナウスに戻ることはできなくなったんです」

「〝奇跡の百合〟さえ手に入れたら、アマゾン川を進んでそのまま都市部へ帰ればいい。別にマナウスに寄り道する必要なんかねえだろ」

クリフォードは呆《あき》れ顔でかぶりを振った。

「ほら」デニスが手のひらを上にして手招きした。「さっさと乗れよ。追っ手に見つかる前に出発だ」

クリフォードが漁船に乗り込むと、デニスが操縦席に向かって声を張り上げた。

「さあ、出してくれ！」

白髭の船長が酒瓶片手に顔を出した。なめし革のような顔が先ほどより赤らんでいる。

「何だよ、最後の乗員が来たのか？」

「ほら、早く出してくれ！」

デニスが急《せ》かすと、白髭の船長は「任せとけ」と応じ、操舵室に引っこんだ。

しばらくしてエンジン音が響き、船体が軽く振動した。エンジンはときおり病人が咳《せ》き込んだようにうなる。故障しているのかといぶかしんだが、やがて漁船はゆっくりと進みはじめた。桟橋から離れていく。

デニスは安堵の表情を浮かべていた。離れていくマナウスを眺め、額に滲み出た汗を袖口で拭う。

そのとき、ジュリアが姿を見せた。

靴音で振り返ったデニスが彼女を見やり、眉を反応させた。ジュリアの肢体をしげしげと見つめる。

「料理係かな？」

茶化したというより、予想していなかった同行者に皮肉を言ったようだった。

ジュリアは挑発的に唇をうっすらと緩めただけで、自己紹介はしなかった。

三浦は彼女の代わりに紹介した。

「環境保護活動に関心があるリオの大学生で、ジュリア・リベイロです。彼女の頼みで同行することになりました」

英語で会話したので、ジュリアに内容は理解できなかっただろう。彼女は黙ったままデニスを見つめ返している。

三浦はジュリアにポルトガル語で話しかけた。

「彼はデニス・エバンズ。イギリス人の植物ハンターです」

「ふーん」

ジュリアはデニスの全身に視線を這わせた。

彼が絶滅危惧種を採取して商品にしていると知ったら、激怒するかもしれない。余計な火種を作らないよう、紹介は必要最低限にしておいた。

デニスが彼女に歩み寄り、手を差し伸べた。

「よろしくな」

ジュリアはその手に視線を落とし、間を置いてから握手した。デニスが満足げに微笑する。

握手を終えてからデニスが振り返り、クリフォードに英語で言った。

「足手まといがまた増えたな。お勉強ばかりの学者センセイに、偽善が大好きな学生か」

ジュリアが後ろから言った。

「集合時刻を守る程度には足を引っ張らないから、安心して」

英語だった。

デニスが驚いた顔で向き直った。

ジュリアは微笑を返した。

「私も少しくらいなら英語が話せるのよ」

「……一本取られたな」デニスが表情を和らげた。「まあ、道中、仲良くしようじゃねえか」

ジュリアは肩をすくめた。

右舷《うげん》で木箱に腰掛けているロドリゲスは、ふんぞり返って煙草を吸いながら彼女の臀《でん》部《ぶ》に目を注いでいた。金《きん》を追い求めるのと同じくギラギラした欲望が剝き出しだ。

旅ははじまったばかりだった。

3

おんぼろの漁船は、丸一日、苔《こけ》色に濁ったアマゾン川をゆっくりと進み続けていた。両側から緑の壁がせり出している。川を進むにつれ、大密林の腹の中に吞《の》み込まれていく気がした。

人間たちも動物と同じように、この大自然に消化されてしまうのではないか――。

三浦は手すりを握り、船上から景色を眺めていた。天高くそびえる木々の樹冠からホエザルのけたたましい吠《ほ》え声が聞こえた。赤茶色の影が上方の枝を移動している。巨大でカラフルなクチバシのオオハシが甲高い鳴き声を上げ、青空を背景に旋回していた。

アマゾン――か。

人間のちっぽけさを思い知らされる。

三浦は振り返り、面々を見た。ロドリゲスとデニスは古びた木製テーブルの上でポーカーに興じていた。クリフォードは脚が欠けた肘掛椅子《ひじかけいす》に座り、アマゾンの俯瞰《ふかん》地図をチェックしている。ジュリアは床に接しそうなほど低く吊《つ》るされたハンモックに尻《しり》を下ろし、密林を眺め回していた。

昼の太陽が真上に昇り詰めると、両側の樹林帯も陽光を遮ってくれず、直射日光が船体に降り注ぐ。動いていなくても、汗がとめどもなく流れ出てくる。

「よう！」ロドリゲスがジュリアに呼びかけた。「お前も交ざらねえか？」

彼女は横目で二人を見ると、また密林に視線を戻した。

「何だよ、無視すんなよ」

「私はお金を持ってないから」

ロドリゲスが下卑た薄笑いを漏らした。

「服でも賭《か》けろよ」

ジュリアはロドリゲスを一睨《ひとにら》みした。

「男を丸裸にして喜ぶ趣味はないの」

「言うじゃねえか。早く交ざれよ」

クリフォードが地図から顔を上げ、嘆息交じりに言った。

「我々の目的は〝奇跡の百合《ミラクルリリー》〟です。目的を履き違えないでください」

ロドリゲスは鼻を鳴らした。

「単なる暇潰《ひまつぶ》しの余興じゃねえか。長旅には息抜きも必要だろ。娯楽がなきゃ、息が詰まっちまう」

「女子学生に絡むことが娯楽ですか？」

「……女の味方気取りかよ。あんただって同行には賛成してなかったろ」

「それとこれとは話が別です。同行する以上、余計なトラブルは失敗のもとです。最低限の規律は守ってください」

うなるエンジン音が耳に入ったのは、そのときだった。

三浦は後方を振り返った。蛇行するアマゾン川の向こうに、一艘《そう》のエンジン付きカヌーが確認できた。乗っているのは二人の男だ。豆粒のように見える男たちは――。

「おい！」ロドリゲスがカードを撒《ま》き散らしながら立ち上がり、後部へ駆けつけた。カヌーを指差し、声を荒らげる。「見ろ！　俺たちを追ってやがる！」

カヌーの速度が上がり、距離が縮まってくると、二人組の白人がリボルバーを握り締めているのが確認できた。

船上に一瞬で危機感が充満した。

カヌーの白人が拳銃《けんじゅう》を構えた。アマゾンに乾いた発砲音が炸裂《さくれつ》し、こだました。銃声に驚いた鳥の群れがバサバサと激しい羽音を立てながら一斉に飛び立った。樹林の中で猿が甲高い吠え声を発している。

心臓が縮み上がり、三浦はとっさに身を伏せた。

ロドリゲスがデニスにがなり立てた。

「てめえの蒔《ま》いた種だろ。何とかしろ！」

頭上でオオハシやオウギワシが翼を広げ、樹冠の向こう側へ飛び去っていく。

続けざまに二発の発砲音――。

船体にヒットしたのが音で分かった。

デニスが舌打ちしながら駆けつけ、しゃがみ込んで背中のライフルを手に取った。

「クソ老人の私兵か……」

デニスがライフルに弾を装塡《そうてん》した。目の前で行われている非現実的な光景――。

何もかもがあまりに突然で、心構えもできていなかった。心臓はバクバクと高鳴り続けている。

デニスがライフルを構え、顔を出して発砲した。真横で鼓膜を破りそうな轟音《ごうおん》が弾《はじ》け、三浦は思わず耳を押さえた。

反撃の銃撃が二発、三発と返ってきた。

ジュリアはハンモックから転げ落ちるようにして、床に伏せている。頭を抱えながら誰にともなく叫んだ。

「何なのこれ！　何でこんな――」

デニスが銃撃しながら怒鳴った。

「うるせえ！　黙って伏せてろ！」

白髭《しらひげ》の船長が操舵《そうだ》室から姿を現した。

「おい、一体何が起こってんだ！」

ロドリゲスが拳銃を取り出しながら向き直り、唾《つば》を撒き散らして怒鳴った。

「全速前進だ！　銃撃を受けてる！　早くしろ！」

白髭の船長は後方のカヌーを見ると、「畜生め！」と吐き捨て、操舵室に引っ込んだ。

船体の底から低いエンジンのうなり声が振動を伴って響いてきた。漁船が重々しく加速しはじめる。断続的な銃撃戦は依然として続いている。

ロドリゲスが拳銃で応戦した。

三浦は恐る恐る顔を覗かせた。カヌーの二人組は頭を下げながら銃撃している。

「逆恨みしやがって！」

デニスが毒づいた。

「あなたの浅慮が招いた事態ですよ」クリフォードが身を伏せながら言った。「初日からチームを危機に陥れました」

「今さら言っても仕方ねえだろ。仲間割れしてる場合か！」

デニスが怒鳴り返し、ライフルで敵を狙って発砲した。苔色の川面《かわも》が弾け、微細なしぶきが上がる。

ロドリゲスが「トラブルメーカーめ！」と吐き捨てた。手だけを突き出して銃撃している。

違う――。

三浦は下唇を嚙《か》み締めた。

三人とも誤解している。連中は絶滅危惧《きぐ》種の蘭を欲した老人の私兵ではない。エンジン付きカヌーで襲ってきているのは、個室トイレで〝手帳〟を奪おうとした二人組の白人だった。

そうだとしたら、二人の狙いは――。

ロドリゲスが操舵室に叫んだ。

「もっと速度を上げろ！　追いつかれるぞ！」

老人が無理して全力疾走した直後のように、漁船のエンジンが咳《せ》き込んだ。

速度は――上がらなかった。

ロドリゲスが顔を顰《しか》め、応射した。

向こうの銃撃は何発も漁船にヒットしている。きっと古びた船体にはいくつも小さな穴が穿《うが》たれているだろう。

「クソッ、エンジンが――」

白髭の船長が操舵室から駆け出てきた。右舷《うげん》から身を乗り出し、船体を確認したそのときだった。彼のこめかみが弾け、血の花が咲いた。

三浦は目を剝《む》いた。

白髭の船長の体が一瞬で弛緩《しかん》し、滑り落ちるように転落した。川面に大きな水柱が上がる。

「やべえぞ！」ロドリゲスが叫び立てた。「船長が落ちた！　殺された！」

デニスが叫び返した。

「操縦はどうする！」

「俺が知るか！　先に追っ手を殺せ！」

三浦は振り返り、前方を見た。漁船は喉《のど》を絞められた大型動物の咆哮《ほうこう》のようなエンジン音を立てながら、暴走していた。巨木の群れと岩が壁を作る右岸が迫ってきている。

まずい――。

三浦は危機感に突き動かされ、操舵室に駆け込んだ。直後に背後で硬質な着弾音が聞こえた。思わず首をすくめた。遅れて背中に激痛が走るのではないかと身構えた。

だが、幸い撃たれてはいなかった。

安堵《あんど》の息を吐くゆとりもなく、木製の操舵輪に飛びついた。左に回転させようと力を込める。錆《さ》びついているかのように重く、充分に回らない。

右岸が眼前に広がった。樹木の凶悪な枝々が無数の槍《やり》のように突き出ている。

回避してくれ――！

三浦は念じながら渾身《こんしん》の力を込めて操舵輪を回した。漁船がわずかに航路を曲げた。

だが――。

距離が足りなかった。漁船は勢いのまま右岸に激突した。衝撃で操舵輪に体が叩《たた》きつけられ、弾かれて尻餅《しりもち》をついた。顔を上げると、葉が茂った枝々の槍が操舵室に突き刺さっていた。船体から黒煙が立ち昇っている。

「何してんだ！」

操舵室の外からロドリゲスの怒声が聞こえた。

「すみません、間に合いませんでした！」

三浦は大声で言い返した。

気がつくと、銃声はやんでいた。周囲一帯から猿や鳥の鳴き声が降ってくるだけだ。

終わった――のか？

三浦は警戒しつつ操舵室から顔を出した。ロドリゲスとデニスは拳銃とライフルを構えたまま、アマゾン川の遠方を睨みつけている。クリフォードの隣にはジュリアが立っていた。表情に怯《おび》えが色濃く刻まれている。

「どうなりました？」

訊《き》くと、ロドリゲスが振り返って答えた。

「追っ払ってやったぜ」

「ええ」クリフォードが後を引き取った。「予想外の反撃だったんでしょう。一人が負傷したとたん、カヌーを方向転換させて逃げ去りました」

デニスはライフルを背中に担ぎ直すと、アマゾン川に中指を突き立てて、興奮冷めやいる。

らぬ口調で叫んだ。

「ジジイによろしくな！」

クリフォードが呆《あき》れ顔でかぶりを振り、露骨なため息をついた。苛立《いらだ》ちを噛み締めている。

「この惨状は——あなたが招いたんですよ」

三浦は改めて船内を見回した。右岸に激突した船首のほうは黒煙に覆われている。ランプが床に散らばり、グラスや皿が落ちている。一帯にはガラス片や木片——。

デニスがクリフォードを睨み返した。

「品を受け取っておきながら、報酬を出し渋ったジジイが悪い。私兵まで送りやがって」

ロドリゲスが鼻を鳴らした。

「どうせ、てめえがごねたんだろ」

デニスの視線がロドリゲスに滑る。

「正当な報酬を要求して何が悪い？　こちとら、一週間も森ん中を歩き回ったんだ」

クリフォードが漁船の惨状を睨みながら言った。

「……また歩き回るはめになりそうですね」

「皮肉はよせ」

「事実です」

三浦はアマゾンの大密林を眺めた。濃緑を茂らせた巨木が重なり合うように密集し、空でも飛ばないと越えられない巨大な緑の壁を形成している。

デニスは舌打ちすると、操舵室に足を踏み入れた。操舵輪や機器類を一瞥《いちべつ》し、エンジンを動かそうと試みた。だが、漁船は相変わらず病人の空咳《からぜき》を繰り返しただけだった。

「役立たずめ！」

デニスは操舵輪に鉄槌《てっつい》を叩き落とした。

クリフォードが彼の背後で肩をすくめた。

その瞬間だった。心臓を震わせるうなり声が耳をつんざき、操舵室の前方から大きな獣の顔面が突き出てきた。黒い鼻面に白髭。黄褐色の肌に黒の斑紋《はんもん》――。

トラだ！

心臓が凍りついた。

全員が叫び声を上げた。

ルビー色の瞳《ひとみ》が人間を射《い》竦《すく》め、大口が開いた。象牙《ぞうげ》色の矢じりのような牙《きば》が剝き出しになり、涎《よだれ》が糸を引く。

「アマゾンジャガーだ！」ロドリゲスが叫び立てた。「逃げろ！　全員、操舵室を出ろ！」

彼は怒声と同時に操舵室を飛び出していた。

三浦は震える両脚を叱咤《しった》し、踵《きびす》を返した。全員が操舵室を出た瞬間、ロドリゲスが木製ドアを叩き閉めた。猛烈な衝撃がドアを叩いたのはそれと同時だった。彼が弾き飛ばされそうになる。

「ドアを押さえろ！」

デニスが怒鳴り、ドアに体当たりするように全身を預けた。操舵室内からの衝撃が二度、三度と続く。そのたびに、二人が必死の形相で踏ん張った。

漁船が右岸に接したことで、陸地に生息しているアマゾンジャガーが乗り込んできたのだ。

ドアを押さえるのを手伝おうと思った瞬間――。

木製ドア上部のガラス窓が砕け散り、二人の背にガラス片が降り注いだ。アマゾンジャガーが鼻面を突っ込んだ。残ったガラスの刃《やいば》をものともせず、牙を見せつける。獰猛《どうもう》な咆哮が空気を打ち震わせた。

もしあの凶悪な牙に噛まれたら――。

四肢は千切れ、頭は地面に叩きつけられたスイカのように砕け散るだろう。

「向こう岸へ！」

クリフォードの叫び声が耳に入り、振り返った。彼は反対側の岸を指差している。

「荷物を持てるだけ持って、川を渡りましょう！」

三浦は川面を見下ろした。苔色に濁ったアマゾン川は数センチ下も見えず、深さも分からない。どのような生物が泳いでいるかも――。

「早く！」

クリフォードが切迫した大声を上げる。

三浦は横を見た。ジュリアと目が合った。彼女の瞳には悲壮な覚悟が宿っている。うなずき合うと、三浦はアマゾン川に飛び込んだ。一瞬で沈んだ。反射的に閉じた目を開けると、水中は濁り切っていた。ときおり小さな黒い影が横切る。

水面《みなも》に顔を出すと、ジュリアが漁船から飛び降りたところだった。着水と同時に水柱が跳ね上がり、彼女が頭まで沈んだ。広がった波紋が川の流れに呑み込まれて消える。

「大丈夫ですか！」

呼びかけるも、反応がない。

突然、水音が耳に入った。二メートルほど下流だった。ジュリアが顔を出した。濡《ぬ》れた黒髪が顔にへばりついている。彼女は頰から髪を剝《は》がすと、対岸を指差した。

「早く向こうへ！」

三浦はうなずくと、泳ぎはじめた。流れは速くないものの、少しずつ下流へ流されてしまう。水を搔《か》き、バタ足で対岸を目指した。密生した植物が折り重なり、川の上までせり出している。

三浦は川面に接している触手めいた蔓《つる》を摑《つか》み、ザイル代わりにして身を引き寄せた。対岸に着くと、蔓を束にして握り締め、体を持ち上げた。

濡れそぼった衣服が重く、川の中に引きずり込まれそうになる。

全身の力を振り絞り、灌木《かんぼく》があふれ返る岸に上がった。一息つくと、アマゾン川に向き直った。

ジュリアが泳いできていた。遅れてクリフォードが泳いでくる。水に浮かせたボストンバッグを引っ張るようにしながら、片手で水を掻いている。

三浦は左手で木の枝を握り締め、右手を川へ伸ばした。ジュリアがその手を取ると、引っ張り上げた。彼女が伸びやかな脚を岸にかけ、何とか上りきる。

クリフォードは自力で岸に上がった。

漁船に目を向けると、ロドリゲスとデニスがタイミングを合わせて操舵室から離れ、アマゾン川に飛び込んだ。同時に操舵室の木製ドアが弾けるように開き、アマゾンジャガーが飛び出してきた。漁船の縁《へり》で立ち止まり、川を睨みつける。

泳いでいる獲物――。

アマゾンジャガーは川に飛び込むかどうか、逡巡《しゅんじゅん》するかのようにルビー色の瞳を向けている。

「急いで！」

クリフォードが声を張り上げた。

ロドリゲスとデニスが全力で泳ぎ、岸へ向かってくる。

アマゾンジャガーが青空を仰ぎ、遠吠えをした。胴震いを引き起こすような吠え声だ。剥き出しの牙が涎で濡れ、凶悪な色みを帯びている。

追ってはこない。

ロドリゲスとデニスが岸に上がり、漁船を振り返った。アマゾンジャガーに占拠されてしまっている。

「クソッタレめ！」

デニスが濡れ光るライフルを構えた。黒光りする長い銃身が漁船に向けられている。

「ちょっと――」

三浦は制止しようとした。だが、彼が引き金を引くほうが早かった。真横で耳をつんざく発砲音が炸裂する。アマゾンジャガーの前脚に血しぶきが弾けた。

アマゾンジャガーは頭を振り回すようにしてうなり声を上げた。樹冠で鳥や猿が騒ぎ立てる。

硝煙のにおいが一帯に立ち込めた。

「ざまあ見やがれ！」

デニスが勝ち誇り、銃口の位置を調整した。クリフォードが銃身を押さえる。

「余計なことを――」

デニスがクリフォードを睨んだ。

「邪魔すんなよ」

「手負いの獣は危険です」

「だから仕留めるんだろうが。野放しにしておくほうが危険だろ。放せよ」

デニスがライフルをひったくるようにし、クリフォードの手をもぎ離した。

ライフルを構え直したときには、もうアマゾンジャガーの姿は漁船の縁から消えていた。

デニスが顰めっ面で舌打ちした。

「邪魔するから仕留め損ねたじゃねえか」

クリフォードが嘆息した。

「弾の無駄遣いです。弾も無限ではないでしょう？　追っ手の撃退に何発使いました？」

デニスが顔を歪《ゆが》め、もう一度舌打ちした。

ロドリゲスは、短いシャツの裾《すそ》から覗く太鼓腹から木の葉を剝がし、気持ち悪そうに放り捨てていた。

「蛭《ひる》は――いねえな」

ロドリゲスはジュリアに視線を移し、濡れそぼったシャツが肌にへばりつく姿態を眺め回しながら下卑た笑みを浮かべた。

「蛭が食いついてねえか、俺が調べてやろうか？」

ジュリアは大きな胸を押し上げるようにして腕組みした。無言の拒絶だった。

ロドリゲスは「へっ」と鼻を鳴らし、クリフォードに向き直った。「で、これからどうするんだ？」

「どう、とは？」

「船を失った。マナウスまで戻るのかどうか――だ」

クリフォードは渋面でアマゾン川を見据えた。入り組んだ支流が枝分かれしながら遠方へ延びている。

「……船は通りかからないでしょうね」

「だろうな。こんな僻地《へきち》を通る船なんかねえ」

「だったら進むしかないでしょう」

「待ってください」三浦は口を挟んだ。「不測の事態で前進するのは危険すぎます。いったん引き返して態勢を立て直すべきでは？」

「戻ったら自ら首を差し出すようなもんだろうが」ロドリゲスはデニスをねめつけた。「こいつのせいでな。町は銃を持った私兵だらけだろうぜ」

デニスは一睨みを返しただけで、すぐにそっぽを向いてしまった。

クリフォードはボストンバッグから地図を取り出し、広げた。ところどころ濡れているものの、充分見ることができた。支流を指でなぞる。

「おそらく、我々はこの辺りにいるはずです」人差し指をマナウスまで動かした。「直線距離だと近く見えますが、森の中を歩くとしたら――」

「何日かかるか分からねえな」

「マナウスに戻れないとしたら、引き返しても拠点はありません。だったら進むしかないでしょう？　何より、会社から与えられている期間は有限です。無駄にしている時間はないんです」

「しかし――」三浦は食い下がった。「慌てて決断したら、取り返しのつかない事態を招くかもしれません。広大なアマゾンを当てもなく歩き回るつもりですか？」

ロドリゲスが言い捨てた。

「ちんたらしてるほうがヤベえだろ。さっきの連中が仲間を引き連れて戻ってきたらどうすんだ？　拳銃一丁とライフルで勝ち目なんかねえぞ」

あの二人組は絶滅危惧種を欲した金持ちの私兵ではないんです。

そう反論できたら――。

三浦は下唇を噛み締めた。

「ねえ」ジュリアが進み出て、クリフォードが広げる地図に人差し指を突きつけた。「この辺りに行けば、森の人間たちが住む集落があるはず」

クリフォードとロドリゲスが揃って彼女に目を向けた。

「森の人間とは？」

クリフォードが訊く。

「ゴムを採取して生活してる人たち」

「ゴム採取人《セリンゲイロ》か」ロドリゲスがつぶやくように言った。

「ええ。そういう話を聞いたことがある」

「お前の話、信用できんのか？」

ジュリアは軽く肩をすくめ、茶化すように答えた。

「幻の百合《ゆり》の存在よりは信用できるんじゃない？」

ロドリゲスは分厚い唇を緩めた。

「どう？　私も役に立つでしょう？」

クリフォードは思案するようにうなり、しばし間を置いた。それからきっぱりと言った。

「決定ですね。セリンゲイロの集落を目指しましょう。そこを拠点にすれば、態勢を立て直せます」

ロドリゲスが対岸に激突している漁船を指差した。

「ジャガーを追っ払ったことだし、爆発しちまう前に必要な荷物を回収しておこうぜ」

三浦はアマゾンの大密林を見回した。

樹冠の枝に絡みついた着生植物には花が咲き誇り、花綱――花を編んで作った綱――のようになって垂れ下がっている。さらに掌《てのひら》の形をした葉やぎざぎざの葉が折り重なり、緑の掛布となっている。下生えには地中から茎を出したクズッコン科の葉が群生していた。水際には、緑のマントのように大きなバショウ科の葉が茂っている。

密林の底では風をほとんど感じない。だから、草木や花や果実の甘ったるい濃密な香りが立ち込めている。味を感じそうなほど強い香りが――。

見上げて目を凝らすと、クモザルやホエザルが高木の枝に尾でぶら下がっていた。樹上で生活するキヌバネドリが光沢のある珊瑚《さんご》色の羽で羽ばたき、飛び去った。宙を這《は》い回る蔓草《つるくさ》の隙間を縫ってオオハシが飛んでいる。

　生命にあふれている一方、環境に適応していない生物を拒絶し、踏み込んだ者を呑み込んでしまう過酷さを感じた。何百年も生きてきた樹木は天高くそびえ、青空を覆い隠している。葉が茂った枝々が何重にも重なっているせいで、木漏れ日すら降り注がない。アマゾンの大密林は暗緑に沈んでいた。

　そこは緑の地獄だった。

4

　アマゾンの奥地を切り開いた場所に、高床式の小屋が点在していた。壁板や床板は山刀《マチェーテ》一本で切り倒せるパシウバヤシで作られ、三角屋根は扇形の葉で葺《ふ》かれている。裏手にはユカ芋やバナナが植えられ、アヒルや鶏が歩き回っていた。

　集落には、赤銅色の肌のブラジル人たちがいた。猟銃を肩にかけ、ゴム切りナイフ《ファッカ・デ・セリンガ》を腰に下げ、労働靴を履いている。

「おはよう《ボン・ジーア》」

　高橋勇二《たかはしゆうじ》郎《ろう》はポルトガル語で仲間に挨拶《あいさつ》してから、三段の踏み板を上って小屋に入った。土のにおいが強いマンジョーカ芋をタライで水洗いする。

　勇太《ゆうた》は木製ベッドで眠っていた。

「ほら」高橋は毛布を剝《は》ぎ取った。「起きろ」

勇太が寝転がったまま小さな体を捻《ひね》った。

「眠いよ、お父さん」

「お前ももう十歳なんだ。仕事を覚えなきゃいかん。寝坊してちゃ一人前のゴム採取人《シリンゲイロ》になれんぞ」

「でも——」

「朝飯は抜くか？」

「……分かったよ。起きるよ」

勇太は幼い顔を向けて寝ぼけ眼をこすった。寝汗でべとついた前髪が額に垂れている。

勇太が起きると、高橋は皿を床板に並べた。皮を剝いて煮たマンジョーカ芋だ。

二人で朝食を摂《と》ると、高橋は息子と小屋を出た。

「よし、行こう」

二人で森に入った。三十メートルもの巨木が褐色の壁さながらに林立していた。無数の枝葉が交錯して天井を作っており、大地が影に塗り込められている。根元の十数倍の面積を持つ樹冠は、太陽の光だけでなく雨も遮る。雨粒が地上に届くまで数分かかることもある。

木から木へ蔓の群れが絡み、もつれ合って垂れ下がっていた。葉群や藪《やぶ》が幹を覆い隠しており、根元に朱色や紫色や青色の花が咲き誇っている。まだ残る夜霧が辺り一帯を這い回っていた。

進むと、四方八方からヒタキやアリドリやフウキンチョウの鳴き声がしていた。まるで森そのものが鳴いているようだ。

「朝と夕方は蚊《サンクード》が多いから気をつけろ」

草葉が緑の幕のように生い茂っていた。濃密な樹林の香りが湿気同様に纏《まと》わりついてくる。

長年森で暮らしていると、流れ落ちる汗も呼吸と同じで意識に上らない。汗の玉が浮かぶ肌や湿ったシャツを見たとき、思い出す程度だ。

落ち葉を踏み締めるたび、葉の陰から蛇やトカゲやカブトムシが逃げていく。

高橋は樹林の中にそびえる一本のゴムの木を見上げた。大人二人が裏側に隠れられそうなほど太い幹には、子どもの身長を刻んだ柱のように一文字《いちもんじ》の切り傷が並んでいた。

「いいな、勇太。今からゴムの採取法を教える」

高橋はファッカ・デ・セリンガを抜いた。幹の切り傷の一番上に刃を添え、若干斜めに傷をつける。最後は丸く捻るようにした。

「こう切ることで樹液が流れやすくなるんだ」

幹の切り傷から白い乳液《ラテックス》が流れはじめた。その粘着性の液体には殺虫成分が含まれており、昆虫の口も塞《ふさ》ぐ。木が身を守るために進化したのだろう。先住民《インディオ》には『涙を流す木』と呼ばれている。

木のそばに置いてあるカップを根元に設置すると、白い液体が水滴のようにしたたり、ポタッ、ポタッと底を打った。半日放置すれば一杯分は溜《た》まる。

高橋は勇太とエスツラーダ――ゴム採取で踏み固められた林道――を奥に進んだ。ゴムの木は一本一本が数十メートル離れている。二本目の木に着くと、勇太にファッカ・デ・セリンガを手渡した。

「さあ、やってみろ」

勇太はうなずくと、両手で柄を握って刃を幹に添えた。躊躇《ちゅうちょ》してから真一文字にファッカ・デ・セリンガを滑らせる。樹皮がわずかに削れただけだ。

「力が弱すぎる。乳管は表面から一センチのところにあるんだ。もっと力を入れろ」

勇太は幹に刃先を突き立てて横に滑らせた。勢い余って傷の最後が上方に撥《は》ねた。ラテックスはうまく流れ落ちず、反対側からしたたりはじめた。しかも、樹皮が抉《えぐ》れて木の肉が覗いている。

「傷が深すぎる」高橋は樹液が流れる先にカップを設置した。「これじゃ、ゴムの木が弱ってしまう。次は失敗するな」

「……うん」

エスツラーダをさらに進んだ。無数の葉が地面を行進していた。葉っぱの川が流れているように見える。葉切り蟻《サウバ》の大群が切り取った葉を運んでいるのだ。

高橋は三本目のゴムの木の前に立った。何百もの傷が上のほうまで刻まれている。

勇太は喉を伸ばし、ゴムの木を見上げた。

「僕が切るところ、もう、ないよ?」

「これを使うんだ」

高橋は、草むらを割るように横たわる丸太を抱え起こした。一定間隔で馬蹄形《ばてい》の切れ目が入っている。それをゴムの木に立て掛けた。原始的な十五メートルの梯子《はしご》だ。

勇太は青ざめた顔でゴムの木を仰いだ。

「怖いよ、お父さん。落ちたら死んじゃうよ」

「お前の友達は七つや八つのころからゴムを採ってる」高橋は肺が詰まる感覚に二度、空咳《からぜき》をした。「お前も早く仕事を覚えろ。ここで生きていくには必要なことだ」

勇太は丸太の梯子に歩み寄ると、馬蹄形の切れ目に靴先を添えた。一度だけ振り返って父親を見つめ、観念したように息を吐く。向き直って指をかけ、足を持ち上げた。一段、一段、登る。

四段目で爪先《つまさき》が切れ目から滑り、体勢を崩した。見えない手で背中を引っ張られたようにのけ反り、叫び声を上げた。身を捻り、腹から土に落ちる。

高橋は駆けつけようとしたが、辛うじて踏みとどまった。

勇太が倒れ伏したまま顔を上げ、『もうやめよう』という一言を期待する目で見てきた。高橋は感情を押し殺し、腕組みして息子を見返した。無言の間が続く。

勇太は唇を嚙み、黙って身を起こした。半袖《はんそで》半ズボンから覗く肘や膝《ひざ》小僧の土を払い、再び丸太の梯子に足をかける。落ちた痛みを体で覚えたからか、慎重に一段一段登ってゆく。

四メートル、五メートル――。息子の体が小さくなる。やがて十メートルの高さにたどり着くと、勇太がズボンの腰からファッカ・デ・セリンガを抜き、樹皮に添えた。

高橋は汗に濡れた拳《こぶし》を握り、息子を見つめ続けた。心臓は早鐘を打ち、胃は締めつけられている。バランスを取りながら切り傷をつけるのは難しい。もし体勢が崩れたら――

――。

勇太はさんざん躊躇してから、両腕を滑らせた。樹皮に白い横線が刻まれたのが見て取れた。蟻が這うような速度でラテックスが少しずつ流れ、やがてカップにしたたった。

「よくやった。気をつけて下りてこい!」

勇太は慎重に、慎重に下りてきた。地面に立ったとたん、土の感触を靴底で確かめるようにして吐息を漏らす。

高橋は息子と二人で半日かけてゴムの木に傷をつけていった。セリンゲイロは誰もが自分のエスツラーダを三つは持っており、毎日毎日、十五キロは歩いて百数十本のゴムの木に傷をつけて回る。

真昼の陽光は、樹冠の隙間を見つけては金色の筋となり、密林の底に射し込んでいた。

勇太は倒木に尻を落とし、太ももを揉《も》んだ。白い半袖シャツは汗みずくで肌が透けている。

「疲れたよ。もう歩きたくない。釣りのほうが楽だよ」

「甘えるな。一人前になりたくないのか。後数本だろ」

高橋は勇太の腕を取り、引っ張り上げるようにして立たせた。息子はすぐさま座り込んだ。

「喉渇いた。休みたい！」

テコでも動かないという顔だ。

枝で一休みしていた赤と黄と青に輝くコンゴウインコが羽ばたき、飛び去った。

高橋は嘆息した。「待ってろ」と言い残し、草葉や枝を搔き分けて奥に向かった。そして見回した。深緑の森に色を添える赤色の果実が連なっている。張り出した無数の枝葉が寄生植物に絡みつかれ、重たげに頭を垂れている。

五分ほど探し、人間の腕ほども太い蔓植物のアグラーを見つけた。マチェーテで切り落として戻る。

「さあ、飲め。水が出る」

勇太はアグラーを受け取ると、上を向いて口の前に掲げた。コップ二杯分もの水が染み出した。喉を潤してから唇を拭《ぬぐ》う。

「よし」高橋は言った。「残りを済ませてしまおう」

勇太は諦《あきら》めの表情で立ち上がった。息子を叱咤しながら密林の奥へ奥へ進み、最後の一本まで終える。

高橋は息子を見た。表情は密林の底と同じ暗さに沈んでいる。

「勇太、森の生活、好きか？」

「……うん、好きだよ」言葉と違い、顔は太陽を浴びたように輝いたりはしなかった。

「仕事は好きじゃないけど」

「町に憧《あこが》れたりしないのか？」

二度ほど勇太を連れて町へ行ったことがある。自転車、車、映画、雑誌——。そこらじゅうに娯楽があふれていた。森の集落とは違い、レストランでは注文するだけで欲しい料理がテーブルに並ぶ。

勇太は顔を上げ、質問の真意を探るように間を置いた。

「うーん、町は楽しかったけど、なんだか怖かった。みんな、相手を睨みつけてるみたいだったから」

確かに町では、他人の金品を狙うような目の者が徘徊《はいかい》し、誰もが強盗を恐れて猜疑《さいぎ》と警戒の眼差《まなざ》しで歩いていた。だが、それでも勇太は森の外の世界を楽しんでいた。

息子に気を遣わせてしまったことが情けなかった。

集落に戻ると、ジョアキンと顔を合わせた。墨色の癖毛が渦巻いて額と耳を覆い隠している。力強い目の下には、五十路《いそじ》を目前に控えた男相応の皺《しわ》が目立ちはじめている。

背中と腰には、猟銃とファッカ・デ・セリンガを携えていた。

ジョアキンは右手の中指でこめかみを掻いた。彼の右手には人差し指がない。十三年前、森を開拓しようとする伐採作業員に立ち向かい、相手が振り回すチェーンソーで切り落としてしまったのだ。

「ユウタはどうだった？」ジョアキンがポルトガル語で訊《き》いた。

高橋は息子を一瞥すると、首を振った。

「うまく切れたのは三十四本だけだったよ」

「上等、上等」ジョアキンは破顔した。「俺なんか、木と心を通わせるまでに半年はかかったもんさ」

「ゴムの採取は技術だと思ってるよ、俺は」

「いやいや。採取は心だ。切り手が代わればゴムの木も戸惑う。見知らぬ人間には、樹液を流してくれないもんさ」ジョアキンは高橋の肩を叩いた。「まあ、気長に見守ってやれ」

高橋は肩をすくめた。長いブラジル生活で身についた仕草だ。

ジョアキンが勇太の頭を撫《な》でた。

「落ち込むな。森に出るだけでも勇敢だ」

「ありがと」勇太は彼を見上げた。「ジョアキンのお父さん、大蛇《アナコンダ》と勇敢に戦って命を落としたんでしょ？」

「誰から聞いた？」

「友達が言ってた」

「……そうか」

彼の父はジョアキンを助けるため、アナコンダと死闘を演じて命を落とした——ことになっている。実際はゴムの採取中に二十メートルの梯子から転落死したのだ。大人はみんな知っている。だが、滑稽《こっけい》だと笑う者はいない。セリンゲイロなら誰にでも起こりえる事故だし、嘘の死因を吹聴したのが当時八歳のジョアキンだったからだ。目の前で父を失った子供の悲しい嘘に誰もが同情した。

「それより、ユウジロウ」ジョアキンはズボンのポケットから便箋《びんせん》を取り出した。「昨日受け取った。また読んでくれ」

高橋は読み書きができない親友に代わってポルトガル語の手紙を音読した。相変わらず文法が少し乱れている。


愛するジョアキンへ。

お元気ですか？　私は元気です。

私は妊娠しました。隠していたこと、謝ります。あなたに会ったときから体は売っていません。だからあなたの子です。

私を愛してくれて、ありがとう《オブリガーダ》、です。本当にありがとう《ムイント・オブリガーダ》、です。


「俺を担いでるのか、ユウジロウ？」

「いや」高橋は首を振った。「たしかにそう書いてある」

「……妊娠したなんて、一度も書いてこなかったぞ」

ジョアキンは嘆息すると、唇を噛み、喜びとも苦しみとも分からない表情をした。右手の中指でこめかみを掻き毟《むし》る。

環境保護活動に熱心なジョアキンは、各州のセリンゲイロが作った労働組合の集会などに何度も通い、熱帯雨林の現状について知識を仕入れている。二度ほど付き合わされたことがある。

一年近く前、彼は町で若い女に声をかけられた。黒いパーマヘアの美人だ。一目惚《ぼ》れして関係を持った後、代金を要求されて彼女が娼婦《しょうふ》だと知った。だが、ジョアキンの気持ちは変わらなかった。彼女をもっともっと知りたいと思った。

『俺の話はいい。君の話を聞きたいんだ』

娼婦は驚いた。客は誰もが黙って一時の肉欲をぶつける。満足したら金を置いて部屋を出る。

「私のこと聞きたいなんて人、初めて……」

彼女は自身の生い立ちを話してしまうと、もう他には変わり者の客のエピソードしか話題がないことに気づいた。薄っぺらな自分の人生に気づき、悩んだすえ、足を洗おうと決意した。

ジョアキンは彼女を知ってますます好きになり、押しに押して恋人になった。それ以来、ゴムの採取地に戻ってからも、月に一度訪れるゴムの商船を利用して文通している。

「俺はどうすりゃいい」彼の顔には困惑が張りついている。

「……誰の子か確信が持てないのか？」

彼女はジョアキンと出会う前まで体を売っていたのだ。父親が誰か分かるはずもない。

「何だって？」ジョアキンは怪訝《けげん》な顔をした。「彼女が俺の子だと確信してる。だったら間違いないだろ」

森の人間らしい能天気さに、ある種のほほ笑ましさを覚えた。

「じゃあ、何が問題なんだ？」

「妊娠には驚いたけど、嬉《うれ》しいよ。だけど、俺は森で暮らしてる。彼女は町だ。悔しいよ。一緒に暮らせないことも、養ってやれないことも、悔しいよ。どう返事すればいい？」

「正直な気持ちを書けばいいさ。それしかないだろ」

「……そうだな」ジョアキンはうなずくと、便箋とペンを差し出した。「代筆、頼むよ。ほら、商船はエンジントラブルで昨日は帰らなかったろ。今日の夕方までなら預かってもらえる。胸の奥から込み上げてくる……こう、何て言うか、炎みたいな思いを伝えたい」

「情熱《パイシヨン》？」

「そう！　まさにそんな言葉だ」ジョアキンは興奮して二度うなずいた後、苦笑いした。

「環境保護の演説なら言葉もあふれてくるのに、何で彼女への手紙の文章は違うのかな」

「恋はそんなもんだろ」

愛も確信しないまま結婚し、その伴侶《はんりょ》をあっと言う間に失った人間の言葉だったが、ジョアキンは納得顔でうなずいた。

そのときだった。集落に見知らぬ老人が現れた。ふらっと迷い込んだような雰囲気だった。額は禿《は》げ上がり、辛うじて白髪が側頭部に残っている。

目が合うと、老人は杖《つえ》に寄りかかりながら歩いてきた。長年濁流に削られた岸壁のような肌だ。日焼けした顔には、苦難の年月を思わせる深い皺が縦横に刻まれている。ブラジルで年齢を推測するのは難しい。七十代かもしれないし、九十代かもしれない。

「あんたも移民さんか」

日本語は久しぶりに聞いた。

あんたも――？

間近で観察すると、老人は日系人のようだった。どことなく見覚えがあるような――。

高橋は訊き返した。

「あなたもですか」

老人は自嘲《じちょう》気味に薄笑いを漏らしただけだった。

そのまま集落の真ん中へ歩いていく。

老人は集落の中央に立つと、杖で地面を突いて背筋を伸ばした。セリンゲイロたちを見回した。数ヵ月ぶりの訪問者に興味を引かれたらしく、小屋の外にいる大半の者の視線が注がれた。単調な毎日を繰り返す生活の中に、退屈しのぎとなる物語の登場を期待するように。

だが――。

老人はひび割れたポルトガル語で叫んだ。

「お前たちセリンゲイロには罪がある！」

5

熱帯雨林がどんどん深くなっており、羽状の葉と果実の房を実らせた蔓植物が辺り一面に渦巻いていた。深緑の壁の中に、ところどころ円盤形の赤い花が咲き誇っている。

三浦はリュックサックを背負い、クリフォードたちに付き従って樹林を歩いていた。先頭はロドリゲスで、山刀《マチェーテ》で蔓草を切り落としながら進んでいる。ライフルを背負ったデニスは、常に一帯に警戒の目を這わせていた。

差し交わす枝葉が樹冠を作り、そこから射し込むわずかな木漏れ日が木々や草葉に纏わりついていた。瑠璃《るり》色の小鳥、ヒタキが火打ち石を打つような声で鳴いている。

アマゾンでは、顕花植物――花をつける植物――だけでも数万種を数え、昆虫を中心に一千万種以上の生物が生きている。熱帯雨林の巨木の多くは、肉食恐竜の脚のような形状に広がる〝板根〟になっており、土が乏しい環境でもしっかり生長してその体を支えている。

重いリュックサックのショルダーハーネスは両肩に食い込んでいた。三浦は、ふうふう、と息を乱しながら歩いた。

アマゾンジャガーを追い払った後、デニスとロドリゲスが警戒を怠らないまま漁船に舞い戻り、荷物を回収してきた。漁船が炎上したのはその直後だった。掻き集めた物資は全員で分担して背負っている。

懐中電灯、簡易テント、寝袋、缶詰、ペットボトルの飲料水、チョコレート、ビスケット、干し肉、タオルや着替え、抗生物質などの薬類——。

確保できたのは必要最低限の装備だ。大密林の中で何日も歩き回るには頼りない。

「これで〝奇跡の百合《ミラクルリリー》〟が手に入らなきゃ——」ロドリゲスは苛立たしげにマチェーテを振るい、巨大な蜘蛛《くも》の巣のように繁茂する蔓を切り裂いた。「やってられねえぜ」

真後ろを歩くクリフォードが言う。

「相応の賃金は払っているでしょう?」

「船を失って森をさ迷い歩くはめになった今、割に合わねえ」マチェーテを真横に薙《な》ぎ払う。「倍額は貰《もら》わねえとな」

「〝奇跡の百合〟を見つけたらいくらでも払いますよ」

「成功報酬は成功報酬でちゃんと貰う」

「要求は仕事をこなしてから主張してください」

　ロドリゲスはマチェーテを振り回すのをやめ、クリフォードに向き直った。

「俺があんたにどれだけ従ってきたと思ってる？」

　クリフォードの眉が小さく動いた。

「……川底からわずかばかりの砂金を採取する毎日を一生続けたいですか？　水銀中毒のどん底に舞い戻りたくなければ、無駄口を叩かず、働いてください」

　ロドリゲスが顔を歪《ゆが》めた。

「〝奇跡の百合〟は人類の希望となるだけではなく、莫大《ばくだい》な利益を生みます。発見したらそれこそ黄金の山も同然です」

「……黄金郷《エル・ドラド》より信憑《しんぴょう》性がある話ならいいけどな」

　黄金郷《エル・ドラド》という単語にデニスがピクッと反応を見せた。

　クリフォードがロドリゲスに問うた。

「〝奇跡の百合〟の存在を信じてないんですか？」

　ロドリゲスは皮肉な笑みを浮かべた。

「俺は砂金を採るしか能がねえ。製薬会社の小難しい話なんざ、理解できるかよ。俺は金で雇われてるだけだ」

　ジュリアは二人の口論をじっと眺めていた。ロドリゲスがその視線に気づき、彼女をねめつけた。

「なんか文句でもあんのか?」

ジュリアは軽く肩をすくめた。

「言いたいことがあんなら言えよ」

彼女は黒髪を耳の後ろに掻き上げた。

「……製薬会社が本当にそんな百合の存在を信じているのか、気になっただけ」

クリフォードが「というと?」と首を捻った。

「だって――」ジュリアは旅の面子《メンツ》を見回した。「会社にとんでもない儲《もう》けをもたらす植物を探してるにしては、心もとないメンバーじゃない?」

デニスがカチンときた顔で口を挟んだ。

「俺が頼りないってのか? 素人の女子大学生よりましだと思うけどな。俺は密林の専門家《スペシャリスト》だ」

「そうだとしても、あくまで個人でしょ。アメリカの製薬会社が本気だったなら、もっとしっかりした部隊を組織して万全を期するんじゃない?」

言われてみればそうかもしれない。植物の専門家は二人だけ――植物学者、植物ハンター――で、後は製薬会社社員とボディガード役の金採掘人《ガリンペイロ》だ。イレギュラーな形で同行することになった大学生のジュリアを含め、たったの五人だ。

熱帯雨林での安全を確保するための案内人も不在だし、サバイバルの専門家もいない。デニスはアマゾンに慣れていると自負しているが、果たしてどこまで頼りになるか――。

デニスがクリフォードを見た。

「言われっぱなしかよ？」

クリフォードは眉間に皺を寄せ、考え込むように沈黙していた。唇は真一文字だ。

誰もが彼が口を開くのを待っていた。

やがて、クリフォードが言葉を発した。

「正直に明かせば、残念ながら、社の会議で〝奇跡の百合〟の存在を認めさせられたわけではありません。懐疑派が多数を占めており、このプロジェクトに潤沢な予算を確保できませんでした」

考えてみれば、製薬会社のいち社員であるクリフォードが現場に出向いている時点で不自然さを感じるべきだった。

三浦は彼に訊いた。

「では、〝奇跡の百合〟の存在は眉唾《まゆつば》ものなんですか？」

「そうではありません。しっかり調査し、データを集め、存在を証明したつもりです。頭の固い年寄りたちが慎重論を唱えているにすぎません。しかし、彼らが会社の決定権を握っているのです」

「おいおい」ロドリゲスが疑心の目でクリフォードを見た。「上がそんなんなのに、ちゃんと報酬は出るんだろうな」

「もちろんです。〝奇跡の百合〟さえ発見すれば、年寄りたちも目が覚めるでしょう」

ロドリゲスの目に渦巻く猜疑はなくならず、ただ、じっとクリフォードの顔を睨みつけていた。

やがて、デニスが「さあ、暗くなる前に少しでも進もうぜ」と切り出し、また五人で歩きはじめた。

薄暗い影の底にシダや蔓植物が濃密に寄り集まり、深緑の壁となっていた。アマゾンは多様性の宝庫である一方、過酷な大密林の生存競争に負けた植物は、薄暗い影の中でひっそりと花を垂れていた。生存競争に勝った植物だけが太陽を得られる。

植物学者としては、歩くたびに変化する生態系が興味深く、目を引くが、大半の人間には樹木と草花が延々と続く緑の地獄にしか見えないだろう。しかし、ほとんど無防備で密林のど真ん中に放り出された今、知的好奇心で植物を観察している余裕はなかった。

歩き続けているうち、ロドリゲスが急に立ち止まった。クリフォードが「どうしました？」と訊く。

ロドリゲスはマチェーテで茂みを軽く払うようにし、ズボンのチャックを下ろした。蛇のようなペニスがこぼれ出る。

「溜まっちまった」

ロドリゲスはペニスを摑むと、草むらに向かって放尿した。くすんだ黄色の小便が放物線を描く。

デニスが呆れ顔で言い放った。

「仲間と間違われて毒蛇に噛みつかれんなよ」

ロドリゲスが「へっ」と鼻で笑う。「噛み合ったら俺の蛇のほうが強《つえ》え」

「じゃあ、勝負してみろよ」

「あ？」

デニスが草むらを指差した。ロドリゲスが顔を向けると、そこには暗緑の蛇が顔を見せていた。

「うおっ！」

ロドリゲスが飛びのいた。小便が撒き散らされた。

「クソッ！」

ロドリゲスは舌打ちすると、マチェーテを振り下ろした。蛇の頭部が地面に落ちた。頭が切り落とされても赤黒い舌がチロチロと蠢《うごめ》いている。

「噛み合うんじゃなかったか？」

デニスが茶化すように言った。

「うるせえ」

ロドリゲスは忌々《いまいま》しそうに蛇の頭を踏み潰すと、改めて小便をした。すっきりした顔で「行くぞ」と歩きはじめる。

一時間ばかり歩いた。

シャツが汗でべたつき、肌に張りついている感触が不快だ。額から汗をしたたらせながら、ひたすら足を動かす。

ミドリシタ蜂が羽音を撒き散らして飛び交っていた。ジュリアが顔の前で手のひらを振り回した。

「刺激するな」デニスがぴしゃりと言った。「刺されるぞ」

彼女が顔を顰めて手を止める。

「それでいい。巻き添えはごめんだからな」

ハート形の大葉が折り重なって視界を遮っていた。地面には、緑のブラシを思わせるヒカゲノカズラ属の植物がびっしりと茂っていた。一面に緑の苔が生えているように見える。

植物の障害は多い。羽状の葉や掌状の葉が生い茂り、四方八方に緑の布が掛けられているようだった。ところどころ真紅の花が色に変化を与えている。

影が視界の中を横切り、三浦は視線を上げた。黒い毛並みのクロクモザルが樹冠を移動していた。リスザルと違い、長い尾を器用に使って枝にぶら下がったり、物を摑んだりする。アマゾンの密林では地上で生活している猿は見当たらず、どの種も樹上で生活している。

奥に進むと、茶褐色の蛇さながらにねじれた木が巨木の幹に絡みついていた。その近くにブラジルナッツの木があった。樹冠を突き破るように一際高く五十メートルほども伸びている。

むんむんする熱帯雨林の中を歩いた。文明を締め出すように巨大な樹林が立ちはだかっている。寄り集まった蔓の群れは、無秩序に張り巡らされた無数の黒い縄のようだった。

歩いていると、突然、視界が開けた。密生する樹木群が途切れ、湿地帯が現れた。濃緑の水草が浮遊する黄土色の沼が広がっている。周辺の巨木の根は苔植物が緑の黴《かび》のように覆っていた。

立ち往生し、全員で顔を見合わせた。

ロドリゲスがうんざりした顔でため息を漏らした。

「……行き止まりだ」

「ですね」クリフォードが沼を見渡した。「底なし沼ということはないでしょうけど、深さが分かりません。ここを進むのはリスクが高いでしょうね」

「ここまで来て引き返すのか？」デニスが首を捻りながら振り返り、右奥を睨む。「……回り道も難しそうだな」

今まで通ってきたのは、ロドリゲスがマチェーテで植物の障害を切り落とせば辛うじて進めるルートだった。だが、沼の両側は幾重にも折り重なった緑の壁のように蔓植物と樹木が密生しており、重機でも使わねば進めそうにない。

デニスが様子を見るように歩を進めたとき、靴の下からパリッと硬質な音がした。

「ん？」

クリフォードが「どうしました？」と訊く。

デニスが一歩後退し、靴底を持ち上げた。薄黄色の卵の殻が割れていた。鶏の卵に比べたら大きめだ。

「おそらく――ホウカンチョウの卵だな」デニスは上方を見上げ、目を細めた。「樹冠の巣にあるはずの卵が地面で割れていた。割った犯人がいるはずだ」

犯人――？

三浦はデニスの視線の先を追った。

デニスが「ほら、いやがった」と頭上を指差した。「なかなかの大物だぜ」

目を凝らすと、樹冠の葉の隙間から黒光りする鱗《うろこ》が覗いていた。丸太のような胴体だ。

背筋が粟立《あわだ》った。

「大蛇《アナコンダ》……」

「ああ」デニスがうなずいた。「あの胴体の感じだと、七メートル級だな」

ジュリアが「大丈夫なの？」と尋ねた。

「おそらく、とぐろを巻いて寝てる。刺激しなけりゃ、襲ってくることはねえさ」

アマゾンジャガーにアナコンダ――。未知の大密林には危険しかない。

デニスが杖のような木の枝を拾い、沼の前に戻った。枝を沼に突き立てて深さを測る。

「歩いて渡れるかもしれねえな」

「それはどうでしょうか」クリフォードが反論した。「沼の先の深さは分かりません。

何より、沼にどんな生物が生息しているか分からない中、無用なリスクは避けるべきでしょう」

　苔色の円盤のようなスイレンが漂う黄土色の沼は、アマゾン川以上に濁っている。水面から数センチ下も見えない。

　デニスが舌打ち交じりに言った。

「半日歩き続けてきて無駄足はごめんだぜ」

　ロドリゲスが沼に顔を向けたまま目を眇《すが》めた。濁り切った底を透視でもしようとするかのように。

「……俺は渡りたくねえ」

　デニスがロドリゲスを横目で見やった。

「無駄骨、折りたいのかよ。集落を見つけて態勢を整えなきゃ、じり貧だぜ。アマゾンで無防備に何夜も迎えるほうがよっぽどリスキーだ」

　たしかに引き返して迂回したら、ゴム採取人《セリンゲイロ》の集落まで何夜かかるか分からない。しかも、夜の熱帯雨林では何が起こるか――。

「俺は沼なんて入りたくねえ」

「川には入ったろ」デニスがロドリゲスに反論した。「泳いで荷物を回収しにも行った。同じことだ」

「川は流れてる。まだ、ましだ。だが、沼は違う。そこにある。どんな生物が潜んでいるか分からねえ」

二人の口論が激化しそうになったとき、クリフォードが沼の向こう側を指差した。

「あれを――」

三浦は彼の視線の先を見た。

緑を茂らせた樹冠が天まで届きそうな巨木の根元に、木製カヌーが打ち捨てられている。全体的に苔むしており、何十メートルも離れていながら腐った木の臭いが感じ取れそうだ。

ロドリゲスが小馬鹿にしたような忍び笑いを漏らした。

「沼を渡ってからカヌーを手に入れてどうすんだ？　またこっちへ戻ってくるのか？」

「いえ」クリフォードはかぶりを振った。「一人が沼を渡って、カヌーを確保して戻ってくれれば、残りの者は安全に沼を渡れます。最善手でしょう？」

「冗談じゃねえ。生贄役なんざ、俺はごめんだからな」

「誰かは行かなければ」

ロドリゲスがデニスを見やった。

「出番だぜ。言い出しっぺのお前が行けよ。沼を渡ってカヌーを取ってこい」

デニスが冷笑を浮かべた。

「そういうことなら事情は違う。俺一人だけハズレくじを引きたくねえな」

「沼を渡る案はお前のもんだろ」

「反対派が何もせず安全だけ享受しようなんて、虫がよすぎると思わねえか？」

「キョウジュ？　難しい言葉、遣うんじゃねえ」

「沼を渡ることに反対しながら、甘い汁、吸うのはずるいだろ、って言ったんだよ。俺が一人で無事に沼を渡ったら、もうそのままお別れだ《アデウス》」

クリフォードの牽制《けんせい》するような眼差しが全員を這う。誰もが無言で互いを窺《うかが》っている。

沈黙を破ったのはデニスだった。

「お前——行けよ」

彼が見据えているのはジュリアだ。デニスは顎《あご》を軽く持ち上げ、挑発的な薄笑みを浮かべている。

彼女が目をスーッと細め、「は？」と反応した。

「役に立てる機会が巡ってきたんだ。喜べよ」

「女を先頭に立たせるわけ？」

「アマゾンの森に男も女もねえだろ。甘えるなよ」

「森に慣れてるってさんざん自慢してたんだから、あなたが行けば？」

ジュリアは険しい目で睨み返している。

デニスは不快そうに顔を顰めると、担いでいるライフルを手に取り、銃口を彼女に向けた。

「お、おい——」

三浦は制止しようと足を踏み出した。銃口が滑ってくる。真っ暗な穴と対面した。

心臓が縮み上がり、胃が冷たくわなないた。

反射的に手を上げた。一歩踏み出した分、後ずさった。デニスの人差し指は引き金にかかっている。もし少しでも指先に力が加わったら――。

「恰好《かっこう》つけるなよ、センセイ。森の中に法なんかねえんだ。人が死んでも自然に呑まれて終わりだぜ」

本気だろうか。

三浦はごくっと唾を飲み下した。

デニスは鼻を鳴らし、再びジュリアに銃口を据えた。

「これくらいしか役に立たねえだろ」

ジュリアは下唇を嚙み締めていた。

これがデニスの本性か――。

平気で人間に銃口を向けることができる。おそらく、気に食わない相手には平然と引き金を引くだろう。

「ほら、早く渡ってカヌーを取ってこい」

6

――お前たちセリンゲイロには罪がある！

集落のど真ん中で叫び立てた日系の老人は、出入り口へ向かって歩きはじめた。老鶏さながらにふらふらしている。やがて足がもつれ、倒れ伏した。

高橋は駆けつけ、助け起こそうとした。だが、老人は自力で立ち上がった。視線が絡む。

「おや。あんたも移民さんか」

「え？」

老人はかぶりを振った。

「いや、先ほども訊いたか？　出口はどこだ」

高橋は森に続く出口を――真ん前にある出口を指差した。老人は当惑したように目をしばたたいた。

「ここか。そう、わしはここから来たのだったな。心配するな。現地人の案内人を待たせておる」

老人は華奢《きゃしゃ》な背中を丸めながら歩き、集落を立ち去った。

一体何だったのだろう。

セリンゲイロに罪？

高橋は気を取り直して小屋に戻った。手早く料理を作る。

息子と二人で昼食を摂った。パームヤシの実から採れるパーム油で魚を煮込んだ北東部風の料理だ。

「よし」高橋は息子に目を向けた。「ゴムの回収に行くぞ」

「……疲れたよ。もう歩きたくない」

「駄目だ。ほら、立て。朝の苦労が無駄になってもいいのか」

カップに溜まった乳液《ラテックス》は、その日のうちに回収しなければ、空気に長時間晒《さら》されて自然凝固し、質が悪くなる。

「……ちぇっ。分かったよ。行くよ」

勇太は頬を膨らませながら立ち上がった。外に出ると、高床式の小屋の床下から、バケツやマチェーテなどを取り出して準備した。

二人で森に入った。

最初のゴムの木の前に来た。流れる白いラテックスはもう止まり、カップに半分ほど溜まっている。勇太が中身をバケツに移し替えた。空になったカップは逆さまにして木の根元に置いておく。

エスツラーダを歩き、次のラテックスを回収する。切り方が甘かったから三分の一も溜まっていない。

高橋は息子と三本目、四本目——とラテックスを集めて回った。ゴムの木百五十本全てを回収し終えたときには、夕方になっていた。

集落に戻ると、高橋は西の燻蒸《くんじょう》小屋に向かった。ヤシの葉で葺《ふ》いた屋根が十本の丸太の柱で支えられているだけで、壁はない。

燻蒸小屋に入ると、大鍋《おおなべ》の縁を四本の木の棒で支え、その真下で火を熾《おこ》した。小型のカマドに薪と一緒にヤシの実を投げ込んだ。濃い煙を出すためだ。

衣服も黒く染めそうなほどの黒煙が穴からもうもうと上がり、目に染みて涙が滲《にじ》む。拳で口を押さえ、咳き込んだ。顔の周りの黒煙が霧散しては集まり、また立ち込める。

高橋は熱した樹液をカマドの上の受け皿に注ぎ、煙に晒した。白い液体は栗色になって固まっていく。

ラテックスは燻《いぶ》して固めることにより、黴《かび》や菌の繁殖を防げる。良質のゴムを作るには必要不可欠な作業だった。

「僕もやりたい！」

勇太が目を輝かせ、小さく跳びはねた。

「これは父さんの仕事だ。お前は小屋に戻ってろ」

「ずるいよ。歩き回るより面白そうだもん。こっちがいい」

「駄目だ」

高橋は顎先で小屋を指した。勇太は頬を膨らませた後、爪先で土くれを蹴《け》ってから出て行った。

息子を煙に晒すわけにはいかない。集めたラテックスを煙で燻す作業を毎日続けるうち、セリンゲイロは肺病に冒される。それは職業病だ。自分が生きていられるかぎり、燻蒸を息子に任せるつもりはない。

高橋は再び咳をした。

「大丈夫か」

ポルトガル語が聞こえた。黒煙の向こう側で人影が揺らいでいる。手のひらのウチワで煙を払い、目を向けた。セリンゲイロの一人が立っていた。上半身裸で褐色の肌を晒しており、ラテックスが満ちた金属の壺《つぼ》を脇に抱えている。

「避けては通れないからな」高橋は答えた。

「酢酸で処理すればどうだ。新しい凝固法なんだが……」

「酢は駄目だ。ゴムの質が落ちる」

「……早死にしちまうぞ」

高橋は苦笑で応《こた》えた。

分かっている。だからこそ、体が動くうちに息子を一人前にしたいと思っている。だが、セリンゲイロとしての人生は、息子に幸せを与えてくれるだろうか。

他の生き方があるのでは？　森より町の生活のほうが満たされるのではないか。

この緑の牢獄《ろうごく》で長年暮らしてきた。父親として悔やむことがある。成功した日本人移民と失敗した日本人移民――。一体何が違ったのだろう。

金を貯めていつか町に、そして、祖国、日本へ――。

そんな思いは常にある。商船の船員から買った古新聞で外の世界の情報を読んでいるのはそのためだ。

球根状のゴム塊が二つ出来上がると、高橋は肩に担ぎ、集落の北にある倉庫に向かった。鉄製の扉は開けっ放しだ。鼻をつくゴム特有のにおいが外まで漂っている。中に入った。右側にはゴムの厚板がうずたかく積まれ、左側には樽《たる》状のゴム塊が並んでいる。

奥にはイタリア系ブラジル人のボスが腕組みをして待っていた。十九世紀後半、ゴムの最盛期に移民してきたイタリア人の子孫だ。刑務所の中で威張る看守を思わせる。

ボスの前には、ゴムの板や塊を持った十人ほどのセリンゲイロが列を作っていた。

「遅いぞ、日本人《ジャポネース》」

ボスは決して名前で呼ばない。大勢のセリンゲイロ、そしてその中のジャポネース。

「すみません」

高橋は謝りながら、二つのゴム塊を順番に秤《はかり》に載せた。

「うむ」ボスはゴムの重さと質を確認し、足し算した。「悪くないゴムだな。七十レアルだ」

高橋は懐から帳簿を出して記載した。

ゴムの採取地を仕切るボスは、文字が読めず複雑な計算もできないセリンゲイロたちを巧妙に騙《だま》し、買値を誤魔化すのが常だった。それは百年前から変わらない。そんな状況の中、ここでは文字が読めて計算もできる高橋が仲間に押し切られ、不正の監視役を兼ねた帳簿係になった。日本人は生真面目だからこずるいまねをしない、というイメージがあるのだろう。

セリンゲイロたちが順にその日のゴムを量っていく。

「四十五だな」

「旦那《セニョール》」老いたセリンゲイロが詰め寄った。「もう少し高値でお願いしますよ」

「虫の死骸《しがい》が入った酒に金を出す客がいるか？　同じことだ。見ろ。虫が何匹交ざったゴムだ？　文句があるなら買わん」

老いたセリンゲイロは結局、舌打ちして引き下がった。ゴムの厚板を秤から取り上げ、隅に運んで積み上げる。

全員が計量を終えて引き揚げていくとき、口笛が聞こえた。振り返ると、ボスが顎をしゃくった。彼が他人を呼びつけるときのやり方だ。

高橋は出て行く仲間の背中を横目で追った。

「何です？」

ボスは人差し指で鼻の下を撫で回していた。普段は単刀直入で、相手の感情など気にせず言いたい放題なのに、今、躊躇している。一体なぜだろう。

警戒しながら待つと、やがてボスが口を開いた。

「お前の計算式は……間違っている。明日以降、正しい計算式を使ってもらいたい。帳簿係としてな」

一瞬、意味を理解しかねた。

ボスは――暗に不正の黙認を求めている！　計量を誤魔化すから従え、と。

「仲間を裏切れと？」

「その仲間のためだ。最近はゴムが値下がりして買い手に足元を見られている。わしにはほとんど儲けなど残らん。それでも、仲介を続けている。お前たちのために。だが、そんな話で値引きに納得する奴など一人もいない。だから気づかれないように値を操作する」

今の時代は他国の栽培ゴムや合成ゴムが主流となり、ブラジルの天然ゴムは価値が下がっている。

「セリンゲイロのために買い叩くなんて、詭弁《きべん》でしょ」

「全く売れんよりましだろ」ボスは少し考えるように間を置き、ため息をついた。「そうだな……協力してくれたら、町での仕事を紹介してやろう。森の生活より楽ができるぞ」

計算ができる〝監視役〟を町に追い払えれば、セリンゲイロを騙しやすくなるからだろう。そんな真意を知りながらも心が揺らいだ。

黙っていると、ボスが続けた。

「使えるコネは使えるときに使え。ジャポネースは真面目すぎる。〝ジェイチーニョ・ブラジレイロ〟という表現を知っているか？　法律や規則では不可能でも、機転やコネを駆使して可能にするブラジル流の問題解決法のことだ。こっちじゃ、このジェイチーニョを使えることが評価に繋《つな》がる」

「しかし――」

「ブラジルの諺《ことわざ》にこういうものがある。〝死ぬという事実は変えようがないが、それ以外のことなら必ずなす術《すべ》があるはず〟」

――勇太、森の生活、好きか？

――うん、好きだよ。仕事は好きじゃないけど。

父親に気を遣った息子の顔が頭を離れない。

計量の不正を見逃せば町で暮らすチャンスが訪れる――。それは甘美な誘惑だった。

7

三浦はクリフォードを一瞥した。彼は押し黙っている。

止めるつもりはないのか――。

デニスは銃口で沼を示した。

ジュリアは屈辱を噛み締めるような表情でため息を漏らし、背を向けた。沼へ歩いていく。

「僕が行きます」

気づけば名乗りを上げていた。

「女性の手でカヌーが動かせるとは思えません」

おんぼろのカヌーは岸に打ち上げられている。丸太をくりぬいたようなタイプだから、重量は相当あるだろう。

デニスは少し考えるように間を置き、言った。

「よし。だったら二人で行け」

三浦はジュリアと顔を見合わせた。彼女の瞳にある感情は何なのか、読み取れなかった。

「早くしろ」

銃口に急《せ》き立てられ、三浦は緊張したまま沼に歩み寄った。土を溶かし込んだような色みだ。濁った水面には、苔色のスイレンや落ち葉、蔓草だけでなく、虫や蛾の死骸も大量に浮かんでいる。

躊躇していると、背後で発砲音が鳴り渡った。鳥が羽ばたき、猿が金切り声を上げる。

心臓が飛び上がり、三浦は振り返った。デニスがライフルを空に向けていた。銃口からうっすらと立ち昇る硝煙――。

「早くしろって言ったろ」

野球帽の下の目には苛立ちが宿っている。デニスが本気なことは充分に理解できた。

三浦はジュリアとうなずき合い、足を踏み出した。沼に靴が沈み、どろりとした泥水がふくらはぎに纏《まと》わりついてくる。さらに歩を進めると、水深が一気に深まり、腰まで浸《つ》かった。

ジュリアも沼に進み入った。ホットパンツから伸びる小麦色の太ももが泥水に消える。

「気持ち悪い……」

同感だった。アマゾン川に飛び込んだときとは違い、水は粘着質で、あらゆるばい菌が肌から体内に侵入しそうに思える。

「ワニに気をつけろよ」

後ろからデニスがからかうように言った。

ジュリアが睨むように振り返った。唇が一瞬だけ開いたものの、反発の言葉は飛び出してこなかった。

沼の中に危険生物は生息しているのだろうか。

足を進めるたび、緊張が増していく。

「大丈夫ですか？」

三浦はジュリアに声をかけた。

彼女は「ええ……」と小さな声でうなずいた。だが、その声には若干の不安が混じっていた。

ジュリアのホットパンツは沼に完全に浸かっている。互いに泥沼から上半身だけ出した状態だ。

靴裏で常に沼底を確かめながら進んだ。急に水深が深くなっていたら危険だ。

十分ほどかけて沼の中央まで来た。容易には引き返せないという事実に不安が増す。

三浦は休憩すると、緊張が絡んだ息を吐き、振り返った。デニスたちは岸辺でこちらの様子を窺っている。

粗暴なデニスに苛立ちが込み上げる。

小さく嘆息し、何となく視線を持ち上げたときだった。樹冠に目が吸い寄せられた。

大人の男の太ももほどもある枝が剝き出しで、なぜかそのことに違和感を覚えた。

一体なぜだろう。

違和感の正体にはすぐに気づいた。おぞけを伴った戦慄《せんりつ》が背筋を這い上ってくる。

アナコンダが消えている――。

先ほど見上げたとき、樹冠の枝でアナコンダが眠っていた。今、姿が消えている。

「おーい！」

三浦は大声で呼びかけた。だが、クリフォードたちの耳には届いていないようだった。

デニスが身振りで早く渡れと急かした。

「蛇が！　蛇が消えてる！」

三浦は声を振り絞った。

デニスの威嚇の発砲でアナコンダの目が覚めたのではないか。七メートル級の大蛇に襲われたら、人間などひとたまりもない。

声が届いたらしく、岸の三人が樹冠を見上げた。複数の樹木の枝々を用心深く見回す。

アナコンダはどこへ消えたのか。

いや――。

どこに潜んでいるのか。

デニスはライフルの銃口を樹冠に定め、右へ左へ動かしている。ロドリゲスはリボルバーを構え、周辺を警戒していた。

デニスが沼を振り返った。

「早くカヌーを取ってこい！」

三浦はうなずくと、踵を返した。そのとき、ジュリアが緊張の滲む声でつぶやくように言った。

「何かが――ふくらはぎを撫でた」

声が水中まで響いたらそれが何かを触発してしまう、とでも怯えているように、慎重な小声だった。

彼女の一言で背筋が粟立った。

何かが――。

三浦は目を凝らし、沼を見つめた。だが、濁った水面は一寸先も見通せない。

「大きさは――」

尋ねる声に震えが混じった。

ジュリアは小さくかぶりを振った。

三浦は唾を飲み込み、再び沼を見た。全体を見渡すように視線を這わせる。

単なる魚ではなく、アナコンダだとしたら――。

心臓は破れそうなほど動悸《どうき》を打っている。額から滲み出た汗の玉がしたたり落ちた。

アナコンダが樹冠の枝から巨木を伝うように地面まで這い下り、そのまま沼の中へ――。

目を凝らすも、アナコンダの影などは見えなかった。だが、水底を這っていたら視認できないだろう。

「早く渡ってしまいましょう」

三浦はジュリアに言うと、一歩を踏み出した。泥水の抵抗が脚全体に感じられる。大急ぎで進みたかったものの、水の中を掻き回してしまうことに抵抗があった。それに反応してアナコンダが襲ってくるかもしれない。

一歩一歩進んでいく。

アナコンダはどこに消えたのか。

銃声に怯えて森の奥へ消えたならいい。だが、もし沼の中に姿を潜めていたら――。

疑心暗鬼を生じて、胃が締めつけられた。

ふいに足首に何かが絡まった。一瞬で全身が硬直し、恐怖のあまり身動きできなかった。

ヒルムシロ科やイバラモ属のような、沈水性の水草の類《たぐ》いだろうか。

ジュリアは全身を駆使して必死で前へ進んでいる。

三浦は意を決し、歩きはじめた。沼の底にアナコンダが這い回っていないことを願う。

だんだん岸辺が見えてきた。緑の塊のような草むらがあり、密生する樹木が競い合うように天高くそびえている。

ズボンに包まれた太ももが泥水から覗いた。水深が浅くなっている。

もう少し。もう少しだ。

ジュリアが先に岸にたどり着いた。ホットパンツは泥水で鼠色に汚れている。彼女は沼を出て振り返った。

「早く」

急かされ、三浦は歩みを速めた。泥水の粘度のせいで容易ではなかったが――。

何とか岸に上がった。沼から出たとたん、ズボンをどろどろに汚す泥を実感し、不快感を覚えた。

一呼吸置き、沼を見た。汚れた水面は静まり返っている。

アナコンダが潜んでいる様子はなかった。

杞憂《きゆう》だったのか。

三浦は安堵の息を吐くと、カヌーに歩み寄った。打ち捨てられた木製の舟は苔に覆われ、ほとんど朽ち果てているように見える。中には、今にも折れそうな木製パドルが二本。

だが、全く使えないわけではなさそうだ。

「手伝ってください」

三浦はカヌーの後部に位置をとり、縁に両手を添えた。ジュリアがうなずき、側面でカヌーの縁を摑んだ。

「せーの！」

三浦は合図し、全力を込めて押した。二人で力を合わせると、カヌーは重い音を引きずりながら少しずつ動きはじめた。船首が沼に触れる。

「あと少し！」

ジュリアが声を上げた。

三浦は渾身の力を込めた。カヌーは、ズズズ、と音を立てながら沼に進んだ。泥水が跳ね上がり、濁った波紋を広げる。

額の汗を拭うと、ふう、と一息ついた。着水の余韻を残して軽く揺れているカヌーを見つめる。

「迎えに行ってくる」

三人を乗せることを思えば、一人で行くべきだろう。

三浦はリュックサックをジュリアに預けると、「気をつけて」と送り出され、カヌーに乗り込んだ。小舟が大きく揺れ動き、転落しそうになった。縁にしがみつき、身動きをやめて揺れがおさまるのを待つ。

カヌーは舟としての最低限の機能を残してくれていた。

三浦は二本のパドルを取り上げ、先端を舟の両側に沈めた。テレビで観たカヌー競技のイメージを思い出しながら、漕《こ》ぎはじめる。泥がパドルにへばりついてくるような感覚があり、一漕ぎが重い。

徐々にカヌーは進みはじめた。

腕が筋肉痛になりそうになりながら、ひたすら漕ぐ。沼の中を歩くのと大差ない速度でしか進まない。

デニスが「早くしろ！」とがなり立てる声が届く距離に来た。そのまま漕ぎ続ける。

向こう岸が近づいてきた。沼にアナコンダの影が映り込むようなこともなかった。

何事もなく着くと、クリフォードたちが乗り込んできた。

「なかなかやるじゃねえか」ロドリゲスが満足そうな顔で言った。「お勉強しかできねえかと思ってた」

三人の体重でカヌーがぐっと沈んだ。だが、さすがに沈没することはなかった。

「さあ、行け」デニスが命じた。

「もう腕が……」

弱音を吐くと、ロドリゲスが漕ぐのを代わってくれた。太い腕でパドルを漕ぐ。

ジュリアが待つ岸には十分ほどでたどり着いた。

全員が沼を越えた。安堵の息が漏れる。

「方向は――」クリフォードは地図を広げ、コンパス片手に方角を確認している。「向こうかな」

デニスとジュリアは彼の地図を覗き込んでいる。

三浦は乳酸が溜まった腕を振り、揉みほぐしながら三人の様子を眺めていた。

そのとき、ロドリゲスが近づいてきた。

「勇敢だったな、センセイ」

「いえ――」

「謙遜《けんそん》すんなよ。依頼を受けて単なる興味だけでアマゾンにやって来た人間なら、パニックになって、うるさく騒ぎ立てるだけさ」

「どういう意味でしょう？」

「目的意識がある奴はタフだって話さ」

「え？」

ロドリゲスは薄笑みを浮かべ、三浦に耳打ちした。

「センセイ、俺はあんたの本当の目的を知ってるぞ」

8

二人の白人はカヌーで支流を進むと、エンジンを切った。緑の枝葉や蔓《つる》が織物のように繁茂して岸辺を埋めている。

「あれを見ろ」

巨軀《きょく》のほうが大破した漁船を指差した。今なお黒煙を立ち昇らせていた。川面《かわも》までせり出す羽状の灌木《かんぼく》に、船の残骸《ざんがい》が引っかかっている。

中肉中背のほうがぎらつく目を向けた。

「連中が事故を起こしたようだ」

「上陸したか?」

慎重にカヌーを漁船に近づけた。カヌーの上から漁船の船内を観察した。

「中に残っている可能性はないな」

「船を失ったら森を歩くしかない」

「我々にも追いつくチャンスがあるということだ」

「連中はどこへ向かうと思う?」

中肉中背のほうが地図を広げた。アマゾンの俯瞰《ふかん》図だ。蛇行するアマゾン川と枝分かれする支流——。

地図上に指を這《は》わせていく。

「……こっちかもしれんし、こっちかもしれん」

巨軀のほうが舌打ちした。

「目的地が分からん。どのルートでどこへ向かうのか。森を追うことはできんな」

「仕留められなかったことが悔やまれる。予想以上の反撃を受けた」

巨軀のほうは二の腕を押さえた。銃弾を取り除いた傷口が焼けるように痛む。

「連中も間抜けではないだろう。当てもなくさ迷ったりはしないはずだ。勝算があるんだろう」

「先住民《インディオ》の集落でも目指しているか？」

「かもしれん」

「本部に現在地を伝えて、情報を得よう。付近にインディオの集落がないか、確認する」

「確認が取れたら、カヌーで川を進めばいい。目的地次第では先回りできるかもしれん」

「ああ。アメリカに先を越されるわけにはいかない」

9

高橋は勇太を連れて熱帯雨林の底を歩いていた。ゴムの採取は一日も欠かさず行わなければならない。

緊迫感を引き連れるような足音が駆けてきたのは、勇太と一緒に集落に戻ったときだった。

親友のジョアキンが集落のど真ん中に突っ立ち、切迫した表情で大声を張り上げた。

「――エンパチだ！」

一言で事情は理解できた。

高橋は腰のマチェーテを確認し、勇太に「お前は残れ！」と言い置いてジョアキンのもとへ駆けた。

「僕も行く」

勇ましい姿を見せたい息子の言葉は無視した。十数人のセリンゲイロが集結してくる。誰もがマチェーテや木の棒で武装し、目をぎらつかせていた。

「俺たちの森を守るぞ！」

ジョアキンが叫ぶと、興奮が波打つように伝染した。全員が武器を突き上げて雄《お》叫《たけ》びを発する。

高橋は少し気《け》圧《お》されたが、一団となって森を突き進んだ。

深い影の中に葉群や低木がびっしり生い茂り、その周辺にキノコ類が隠れるように生えていた。刀のような葉や円盤形の葉が密生し、障害となっている。林立する樹木には寄生植物が絡みついて樹冠まで這い上がり、三十メートル近く上の枝から房となって垂れ下がっていた。

マチェーテで植物を払いながら進むにつれ、聞こえてくるエンジン音が大きくなった。密林の奥で高木の樹冠が揺れている。

蔓《つる》や草葉を掻《か》き分けると、数人の男たちの姿があった。振動するチェーンソーの刃が巨木の幹に食い込んでおり、粉塵《ふんじん》が飛び散っている。木々が痛みにうめき、断末魔の叫び声を上げていた。

樹林の一部が伐採され、陽光が降り注いでいる。

チェーンソーを振るっているのは、伐採作業員たちだった。

樹冠で生活するオマキザル科のブラックタマリンは、住処《すみか》を奪われておろおろしていた。地面を駆けていき、倒木に飛び乗って辺りを見回す。家族を捜しているようだった。

普段は物静かなカザリドリも黒い翼で激しく羽ばたき、橙色《だいだいいろ》の腹を見せて頭上を飛び回っている。

立ち尽くすジョアキンの頬を二、三滴の涙が濡《ぬ》らしていた。切り倒された巨木に、亡き父親の面影でも見ているような表情だ。

「よせ、お前ら！」セリンゲイロの一人が怒鳴った。「森を殺すな！」

伐採作業員たちはチェーンソーのエンジンを切り、怒気に満ちた目を向けた。

「俺たちも仕事だ。邪魔するな！」

彼らは北東部の出身らしい浅黒い肌をしていた。チェーンソーの油と金臭い汗が染みたシャツを着ている。

「邪魔されちゃ、賃金が貰《もら》えん」

伐採作業員の一人がスターター・ロープを引いた。エンジンが猛犬じみたうなり声を上げる。ブラックタマリンが抗議するように足首にすがりつき、引っ掻いた。だが、そのとたん蹴《け》り飛ばされ、哀れっぽい鳴き声を上げて逃げ去った。

伐採作業員がチェーンソーを木に近づける。

「やめろ！」

若いセリンゲイロが巨木の前に立ちはだかり、両手を広げた。他の者たちも続いて凶器の前に飛び出した。マチェーテや木の棒を握り締めている。セリンゲイロが三十年ほど前から行ってきた抗議手段、エンパチ——一種の座り込みだ。

高橋は勇敢な若者たちを離れて見ていた。

この採取地に侵入者が現れたのは、過去一度きりだった。エンパチはそのときだけだ。当時は仲間に認められようと必死だったから、自分もチェーンソーの前で体を張った。だが、今は——仲間との温度差を感じる。

森を捨てて町へ出たい人間には、右手の人差し指を失ってまで伐採作業員に立ち向かったジョアキンのような情熱は湧いてこない。そんな自分を恥じた。

太っちょ《ゴルド》と呼ばれる小太りのセリンゲイロが「ぶっ殺してやる！」とマチェーテを振り上げた。伐採作業員がチェーンソーのエンジンをかけ、身構える。空気が緊迫感を孕《はら》み、裂けそうなほどに張り詰めた。

「落ち着け」ジョアキンが涙を拭《ぬぐ》い、ゴルドを押しとどめた。「傷害沙汰《ざた》で政府を敵に回したくない」

　ゴルドは舌打ちしてマチェーテを下ろしたが、獲物を前にしたジャガー《オンサ》さながらにいきり立っている。

「とにかく」ジョアキンが言った。「小屋に案内してもらおうか」

「断る」伐採作業員は鼻を鳴らした。「お前らのやり口は知ってる。誰が教えるもんか」

　各州で行われているエンパチでは、伐採作業員の飯場へ出向き、小屋を半ば強引に撤去する。寝所がバラバラに解体されれば、大抵の者たちは諦《あきら》めて引き揚げるからだ。

「俺たちは平和的に解決したい。飯場を探し出して勝手に壊しても構わないんだぞ」

「うるさい！　何が平和的だ！」

　睨《にら》み合いが続く中、二人の男を引き連れたブラジル人が現れた。でっぷりした体格だ。眉《まゆ》は男性的で太く、目つきは鋭く、顔と顎《あご》の筋肉は逞《たくま》しく張っている。腰のホルスターには拳銃《けんじゅう》が収められていた。

「セニョール・アンドラーデ」伐採作業員たちがチェーンソーを止め、ぼやいた。「連中に邪魔されて……」

　アンドラーデと呼ばれた男は腰に手を当てて睨み回した。

「俺はパウロ・デ・アンドラーデ。森を買い取った。この一帯は俺のもんだ」

「ふざけるな」ジョアキンが腕を横ざまに振った。「この森は俺たちのものだ」

ジョアキンの言い分は正しい。ブラジルでは一年以上住み着けば所有権が認められる。だからこの森はセリンゲイロのものだ。

アンドラーデは、ズボンの尻《しり》ポケットから三つ折りの書面を抜き、広げて掲げた。

「外の世界じゃ、権利証が正義だ。森の人間も見習え」

「そんなもの信用できるか。子供の口約束のほうが百倍正直だ」

アマゾンに横断道路が建設されたとき、その周辺の土地を狙って三十万人が押し寄せ、詐欺が横行したという。権利証を偽造したり、袖《そで》の下を握らせたり、拳銃で脅迫して署名させたり——。土地より権利証のほうが多い始末だった。古新聞で読んだことがある。

「けっ」ゴルドがマチェーテを振り回した。「薄汚い紙切れなんか、豚に食わしちまえ」

森を放牧地にするには、所有権を持つ森の民——小農や採取者や先住民《インディオ》——の土地でないことを証明する書類が必要だ。セリンゲイロたちが暮らしている時点で、アンドラーデの権利証は不正に入手したものだと分かる。

アンドラーデが伐採作業員を睨みつけた。

「お前たちは働け。木のように突っ立ってるんじゃねえ」

古くから存在する法により、住み着いた土地を生産的な目的——牧場造成が最も手っ取り早い——に利用すれば所有権が認められる。だから誰もが森を伐採し、焼き払う。

多様な植物群のせいで誤解されがちだが、アマゾンの大半の土壌は薄っぺらだ。二、三センチの厚みしかない。森があるときは雨季の大雨も樹冠が傘となって遮り、地表には雨粒しか届かないが、木々を失えば洪水のような雨が土壌を押し流してしまう。だから森の焼却後に作物を育てても、二、三年で不毛の地に変わる。

伐採作業員が一本の巨木に近づいた。枝のない円柱状の幹が樹冠の上まで伸びている。この辺りでは最も高い木の一つだろう。

「待て！」

制止したのはセリンゲイロではなかった。誰よりも先にアンドラーデが声を発した。

「セニョール？」

「おいおい。その木は駄目だ」アンドラーデは顎で木を示し、法の遵守者気取りで言った。「ブラジルナッツの木だろ」

ブラジルナッツが貴重な輸出品になると知った政府は、一九六五年に法令でブラジルナッツの木の伐採を禁じた。

「すみません、セニョール。気づきませんで」

伐採作業員は隣の木に歩み寄り、スターター・ロープを引こうとした。ゴルドが巨体を揺らして進み出た。マチェーテを突き出し、ダミ声を吐き出す。

「やれるもんならやってみやがれ。貴様なんぞ、手首を切り落として魚の餌にしてやる」

アンドラーデの両脇を固める男二人が前に出た。カウボーイハットを少し斜めに被《かぶ》り、腰のホルスターにリボルバー式拳銃を下げ、黒革のブーツを履いている。典型的な殺し屋《ピストレイロ》だ。銃把に手を添え、いつでも抜ける構えを取っている。

「落ち着け」ジョアキンがゴルドの腕を握り締めた。

「数じゃ俺たちが勝ってるんだ。いっせいにかかれば倒せる」

「駄目だ。犠牲者を出すわけにはいかん」

三十年以上前から各州でセリンゲイロやその支援者、組合指導者がピストレイロに殺されてきた。犠牲者は毎年増え、三桁《けた》に及んだ年もある。恐怖を植えつけるため、暗殺の前に死を宣告することが慣習だった。

「犠牲なしに森は守れねぇ」ゴルドは怒りに燃える目でジョアキンを見据えた。「警察だって俺らに銃を向ける。ピニェイロのとき、どうなった？　葬儀に行ったんだろ。警察と牧場主の馴《な》れ合いはいやってほど知ってるはずだ」

ウィルソン・デ・ソウザ・ピニェイロ——。アクレ州のシャプリで組合委員長として大規模なエンパチを組織していた男だ。何度も脅迫されたすえ、一九八〇年に暗殺された。

血を洗い流せるのは血しかない——。仲間の死にセリンゲイロたちは怒り狂い、殺害に関与した牧場管理人に数十発の銃弾を食らわせた。

警察はピニェイロが殺されたときは腰を上げなかったくせに、牧場管理人が殺されたときは迅速に行動した。大勢のセリンゲイロを逮捕して留置場に放り込むと、古典的な拷問道具を使って痛めつけ、首謀者を吐かせようとしたのだ。

ジョアキンは当時の葬儀を思い返すように唇を噛《か》み締めていた。

「遠慮はいらん」アンドラーデが伐採作業員を睨みつけた。「賃金に見合う仕事をしろ」

「しかし――」

伐採作業員たちは立ち塞《ふさ》がるセリンゲイロたちを見やり、困惑の顔つきで突っ立っている。

誰一人、引き下がるつもりはないようだった。


半刻の睨み合いが続いた後、アンドラーデは根負けしたのか、伐採作業員たちを連れて引き揚げた。だが、連中は遠からずまた現れるだろう。

それから数日が経った。

高橋は乳液《ラテックス》を大鍋《おおなべ》で燻《いぶ》しながら、ゴルドの愚痴を聞いていた。政治的な不満が大半だ。外の世界の事情に詳しいのは、他の州までセリンゲイロの集会に出向くジョアキンを除けば、ゴルドだけだ。

一九五〇年代、当時十歳のゴルドは、父と密入国したボリビアでゴムの採取をしていた。ゴムの価格がブラジルより高かったからだ。だが、苦労して収穫しても、捕まれば『外国人税』が課されるため、陰生植物さながらに用心深く正体を隠して生活していたという。

ブラジルに戻ったきっかけは、ボリビア当局に発見された際、抵抗した父が撃ち殺されたからだ。その後は町を転々としながらスリや盗みで食いつなぎ、最終的にはこのア

の話も多いが。

マゾンのど真ん中の採取地へ流れてきた。武勇伝の豊富さが彼の自慢だった。眉唾《まゆつば》もの

「──サルネイのせいだ」ゴルドは大鍋のラテックスを荒っぽく掻き混ぜた。「何が農地改革だ」

十五年前、サルネイ大統領はアマゾンを開発し、貧農に土地を分け与えようとした。主要都市が土地なき人々であふれていたからだ。

「そのせいで慌てた牧場主どもが土地を買い漁《あさ》りはじめやがった。奴らは学のない馬鹿な貧乏人に土地を与えるなんざ、赤蟻に作物の管理を任せるようなもんだ、って思ってるだろうさ」

貧農に土地を取られる前に取れ──というわけか。

「だから牧場主どもは邪魔者を殺しはじめた。マラバやインペラトリスの町は無法地帯らしいぜ。害虫の駆除価格もリストになってやがる。殺し屋はそれを見て殺虫剤代わりに弾丸を一発。残るのは血まみれの焼け野原さ」

「……どうにも分からん」ジョアキンが首を傾げた。「アンドラーデが農民より早く椅子に座りたいってだけで、こんな奥地の土地を欲しがるってのも、納得できないな」

普通は道路に接した森を切り開く。実際、トカンチンス川流域からペルー国境付近まで三千八百キロも延びるアマゾン横断道路は、両側百キロの森が焼き払われて農地や牧場に変わっている。

ゴルドが固まったゴムの質を確かめながら言った。

「俺たちにとっちゃ、木は命の恵みだ。だが、牧場主にとっちゃ、木は金儲《かねもう》けの妨げなんだよ。森に対する考え方が根本的に違うんだ。相容《あいい》れるわけねえ。〝ジェルソンの法則〟だ」

『あなたはいつどこにいても、相手より得しなければならない』

一九七〇年代のサッカー選手、ジェルソンが出たＣＭの台詞《せりふ》だ。昔、町で観た記憶がある。

「結果のためには手段を選ぶな、ってことさ」ゴルドは吐き捨てた。「森を荒らす連中はぶっ倒さなきゃならねえ」

「政府を味方にしたほうがいい」ジョアキンが反論した。「正式に保護してもらうんだ」

「保護林か？」

『採取用保護林』という概念は、一九八〇年代の終わりから広まった。政府が森を買い取って『採取用保護林』に指定すれば、ゴムの木のラテックスやブラジルナッツの実の採取しか許されなくなる。木々の伐採や土地の開拓が一切できなくなるのだ。

「無駄だ」ゴルドがかぶりを振った。「ここはゴムもナッツも収穫量が少ねえんだ。政府が金を出すもんか」

「じゃあ、エンパチで根気強く抵抗すればいい」

「ふんっ、シコの二の舞いはごめんだ」

シコ・メンデス――。アクレ州で森を守ろうと闘い続けたセリンゲイロであり、環境保護活動家だ。彼は労働組合を作り、森の開発に抵抗した。だが、大牧場主のアルヴェス一族は難敵だった。娘に言い寄っただけの牧夫の耳と鼻を削《そ》ぎ、殺害したほど凶暴でもある。弟が地元の警察署に勤めていたため、保安官は決して彼らの罪を追及しない。

シコは脅しにも負けず、数百人のセリンゲイロを集め、野営してエンパチを続けた。民兵を組織して闘うべきだ、と武器を振り上げる仲間もいたが、彼らを制した。

『暴力で応じれば、築いてきた信頼も政治的支援も失うし、憲兵隊を敵に回してしまう』

やがて拳銃を携えたピストレイロが何人も近くの町を闊歩《かっぽ》し、セリンゲイロを挑発するようになった。市議選に立候補した青年は森の民に味方していたため、暗殺された。その年はすでに労働組合の委員長が何人も殺されていた。

シコは度重なる脅迫や暗殺未遂にも屈せず、抵抗を続けた。アメリカまで足を運び、環境保護を訴えた。国連環境計画やガイア基金などの機関から表彰されたこともある。その甲斐《かい》もあり、一九八八年にエンパチで伐採作業員を森から追い払い、政府に掛け合って六万エーカーの森を『採取用保護林』に指定させた。

だが、アルヴェス一族の怒りを買ったシコは――一九八八年十二月二十二日、殺害された。

「けっ」ゴルドは唾を吐いた。「シコのときは、二百人近い警察官や連邦捜査官が動いたそうじゃねえか。俺らみてえな蟻んこなんざ、何匹殺されたって政府は腰を上げねえよ」

当時は十年間で土地を巡る殺人が千件は起こったが、有罪になった者は十人に満たない。だが、有名なシコ暗殺はニュースになり、世界各国から取材班がアマゾンに押し寄せた。当局もさすがに見て見ぬふりはできず、アルヴェス一族のダリは逮捕され、法廷に引きずり出された。首謀者が捕まった数少ない例だ。

「そうともかぎらないさ」ジョアキンが言った。「シコの暗殺を機に情勢が変わってきた。殺される犠牲者が半減したそうだ」

議論の最中《さなか》、数人の子供が駆けてきた。

「おじちゃん！　また話してよ」

ゴルドは毎日話しても武勇伝のネタが尽きないから、娯楽の少ない集落の子供たちには人気がある。

「よしきた」ゴルドは表情を和らげると、固めたゴムの塊を椅子代わりにして座り、股《また》を開いて子供たちを見回した。「とっておきの冒険を聞かせてやろうじゃねえか。俺が十五歳のころだ――」

子供たちの様子を見ていると、戦後の日本で紙芝居屋に群がった少年時代を思い出し、妙に懐かしくなる。

日本は今や、はるか遠くの国だ。

高橋はしばらく座ったまま闇を見つめていた。

「ユウジロウ」ジョアキンが言った。「また後で代筆、頼むよ」

ジョアキンは町の女と文通を続けている。前回は彼女から手紙で妊娠を告げられた。

「エンパチで悪党に立ち向かってる武勇伝、話そうかな。勇ましいって思ってくれるかな、彼女」

「きっと、な」高橋は腰を上げた。「じゃあ、後で声かけてくれ」

ジョアキンに言い残して自分の小屋に戻った。

10

アマゾンの奥地はひっそりと寝静まっていた。ときおり、小鳥の鳴き声が聞こえてくる。黒い毛並みの猿、ブラックタマリンが這い回る蜘蛛《くも》を捕らえようとして、地面に手のひらを叩《たた》きつけている。

三浦はクリフォードの後ろを歩いていた。先頭はロドリゲスとデニスだ。

侵入者を呑み込まんばかりに群生する植物の波が押し寄せていた。ステッキヤシ属の樹種が樹冠の近くで、赤黒い葡萄《ぶどう》に似た果実を実らせている。一帯には霧が這い、ライムを搾《しぼ》ったカシャーサ――サトウキビの蒸留酒――を通して景色を見ているようだ。

蚊に刺されたのか、首筋に痒《かゆ》みがあり、三浦は親指の爪で掻きながら進んだ。山刀《マチエーテ》を振るうロドリゲスの背中を睨みつける。

──センセイ、俺はあんたの本当の目的を知ってるぞ。

ロドリゲスの囁《ささや》き声が耳にこびりついている。

目的──。

「え？」と聞き返しても、ロドリゲスは薄笑みを浮かべたまま何も答えようとはしなかった。

ハッタリだったのか？

いや──。

ハッタリで出てくる言い回しではないだろう。襲ってきた二人組の白人の存在が蘇《よみがえ》る。

二人組の狙いは〝手帳〟だった。デニスを追ってきた老人の私兵ではない。

手帳に一体何が記されていると考え、襲ってきたのか。

〝奇跡の百合《ミラクルリリー》〟を欲する別勢力なら、リーダーであるクリフォードの鞄《かばん》を狙うだろう。同行する一介の植物学者の手帳を狙うからには、別の目的があったと考えるほうが自然だ。

ロドリゲスは何を知っている──？

三浦はウエストポーチの中にある手帳の存在を意識した。

誰にも気を許してはいけない。今、自分は人間一人が消えても誰も気にしないアマゾンの密林にいるのだから──。

草葉を踏みしだく足音が遅れているのに気づき、三浦は立ち止まって振り返った。ジュリアが巨木に手のひらを添え、肩を上下させていた。顔は紅潮しており、額に玉の汗が滲《にじ》んでいる。熱帯雨林の熱気の中を歩き続けている汗とは少し違う気がした。

三浦は彼女に歩み寄った。

「大丈夫ですか？」

ジュリアは巨木に寄りかかった。

「倒れそうな木を体で支えてる……なんて冗談を言う元気もない」ジュリアは弱々しい笑みを浮かべた。「体がだるい……」

疲労が溜《た》まっているのだろう。不慣れな大密林を丸二日歩き回り、野営が続いた。ジュリアの顔は汗にまみれ、吐く息は熱を帯びていた。

前方に向き直ると、クリフォードたちは仲間の遅れにも気づかず、蔓草を切り落としながら前進していた。

三浦は大声でクリフォードたちに呼びかけた。声は樹木群に吸い取られそうだったが、三人の耳に届いたらしく、一斉に振り向いた。デニスが苛立《いらだ》ちを帯びた声で怒鳴る。

「ちんたらしてんじゃねえ！　森のど真ん中で何度目の夜を迎えるつもりだ！」

「彼女が――！」

三浦はジュリアの額に手のひらを添えた。脂汗がべとっとしていた。高熱が伝わってくる。

「凄《すご》い熱です！」

クリフォードたちが引き返してきた。デニスとロドリゲスはうんざりした顔つきをしている。

「たぶん、疲労が積み重なったんだと思います」三浦は言った。「沼の中を歩いて、何かの感染症にかかった可能性も……」

デニスが舌打ち交じりに吐き捨てた。

「足手まといな女だ」

「少し休みましょう。無理は禁物です」

三浦はリュックサックから清涼飲料水のペットボトルを取り出すと、キャップを開け、彼女の口元に差し出した。

「水分を摂《と》ったほうがいいです。飲めますか？」

ジュリアは緩慢な動作で顔を上げ、「ええ」とうなずき、ペットボトルに手を伸ばした。受け取ろうとしたが、細い指の中から滑り落ちる。

「あっ」

土の上でペットボトルの液体が流れ出ている。

三浦はすぐにペットボトルを取り上げた。

「落ち着いて。慌てなくても大丈夫ですから」

「……ありがとう」

ジュリアは辛うじて浮かべたようなほほ笑みを作ると、今度はしっかりペットボトルを受け取り、液体を口に含んだ。なめらかなカーブを描く喉《のど》が嚥下《えんげ》に合わせて上下する。

三浦は三人に向き直った。

「この状態で進むのは無理です。休みましょう」

「俺たちに休んでる時間はねえ」デニスが冷徹な口調で言った。「足を引っ張るな」

ジュリアが顔を持ち上げた。

「少し休めば——歩けるから」

その声は弱々しく、今にも消えてなくなりそうだった。

「休みましょう。僕らも歩きっぱなしでは体力が持ちません。全員で休憩して、様子を見ながら出発すべきです」

「こんなアマゾンのど真ん中で休憩なんかできるか」デニスが樹木が緊密な熱帯雨林を見回した。「気も抜けねえ」

「しかし、このままだと彼女が歩けません」

デニスが虫を踏み潰《つぶ》すような眼差《まなざ》しで彼女を見た。

「高熱出してんなら、一日や二日じゃ快復しねえだろ。違うか？」

「それはそうかもしれませんが……」

「足手まといは置いていきゃいい」

「何を馬鹿なことを——。仲間を見捨てるんですか」

「付いてきたのはその女の意思だろ。俺らは頼んでねえ。勝手に押しかけて、高熱でダウン？　そんなもん、自己責任じゃねえか。足を引っ張ったらこうなることくらい、想定内だろ」

「賢明ではありません」

「足手まといは切り捨てる。これほど合理的な判断はねえだろ」

デニスは「なあ？」とクリフォードを見た。

クリフォードは唇を結んだまま、眉を寄せていた。

「……どうすんだ、リーダーさんよ。こんな場所で何日も足止め食らうのか？」

「いや――」

クリフォードは歯切れが悪そうに声を漏らした。

「だったら選択肢はないだろ。動けない女と心中すんのか？　俺はごめんだぜ」

ロドリゲスが「残念だが――」とつぶやくように言った。「歩けねえなら他に選択肢はねえな」

「俺たちの目的を忘れるなよ。ただでさえ、最初っからトラブル続きで、想定外の事態になってんだ。これ以上余計なトラブルはごめんだぜ」

襲ってきた二人組がデニスを狙っていたのではない、と知っているから強くは反論できなかった。

クリフォードがジュリアに「まったく歩けないのか？」と訊《き》く。

彼女は息も絶え絶えに喘《あえ》ぐだけで、何も答えなかった。いや、答える気力もないのだろう。

三人が当人を無視して話し合いをはじめた。そこに情などは微塵《みじん》もなく、ただただ合理性を重視した主張があるだけだった。

やがてクリフォードが向き直った。その眼差しには冷徹さが宿っていた。

「ドクター・ミウラ。やはり余計な荷物は捨てていくしかありません。ここは冷静な判断が求められます。同情で生き延びることはできません」

「しかし――」

三浦は食い下がった。

クリフォードが無念そうに首を横に振る。

「私はリーダーとして適切な決定を下す義務があるんです。全滅は避けねばなりません」

「何か方法があるはずです」

「ドクター・ミウラ、感情的にならず、冷静で賢明な判断を」

三浦は歯を噛み締めた。

ジュリアの快復のために何日も留《とど》まったら、食料もすぐに尽きるだろう。医療キットの中にも抗生物質程度しかなく、そもそも快復するのかも分からない。適切な医療が受けられなかったら悪化の一途をたどるかもしれない。

だが――。

クリフォードが顎で先を示した。

「さあ、行きましょう、ドクター・ミウラ」

三浦は巨木に寄りかかるジュリアを一瞥《いちべつ》した。

アマゾンのど真ん中の冷徹で容赦のない判断——。病気の人間を置き去りにするという行為が合理的だとしても、そんなものに賛同できるわけがなかった。

「見捨てて行けません」三浦は訴えた。「全員で生きて目的地にたどり着きましょう。あと少しなんでしょう？」

だが、三人の表情は変わらなかった。酷薄な眼差しでジュリアを睨みつけている。

「……ドクター・ミウラ」クリフォードが感情を排した声で言った。「選択肢は二つあります。我々と共に進むか、病気の彼女と残るか——です」

三浦は思わず顔を顰《しか》めた。

足止めを食らいたくない気持ちは理解できる。危険に満ちあふれたアマゾンで過ごす時間が延びれば延びるほど、命に関わる事態に遭遇する可能性が増える。だからといって、目の前の病人を見殺しにするような非人道的なまねはできない。

三浦は小さくかぶりを振った。

クリフォードの瞳《ひとみ》に憐憫《れんびん》の情が宿る。

「……残念ですよ、ドクター・ミウラ」

クリフォードが背を向けた。ロドリゲスとデニスも倣《なら》う。三人が密林の奥へ歩き去っていく。

三浦は拳《こぶし》を握り締め、遠のいていく——薄暗いジャングルの奥地へ消えていくその背中を見つめているしかなかった。

三人が消えてしまうと、急に孤独を意識した。太い幹が大蛇のように捻《ね》じ曲がり、寄り添う独立木に絡みついていた。羽状の葉が対に茂ったマメ科の植物が密生し、まるで緑の唐傘を幾重にも重ねているように見える。

数十メートルの高さの樹冠から猿の吠《ほ》え声や鳥の鳴き声が降ってくる。枝葉がこすれ合うざわめきが聞こえてくる。

ぽつりと言葉が聞こえた気がして、三浦はジュリアを見た。へたり込んでいる彼女の唇が動いていた。

三浦は顔を近づけた。

「——行かなくて、いいの？」

弱々しいつぶやき。

「放っておけないでしょう。残して行けばどうなるか、火を見るより明らかです」

ジュリアが力なくほほ笑んだ。

「お人好《よ》し……」

「かもしれませんね」三浦は苦笑しながら、リュックサックから抗生物質を取り出した。「効くかどうか分かりませんが、気休めです」

薬を差し出すと、彼女は口に含み、ペットボトルの清涼飲料水で飲み下した。ふう、と熱っぽい息を吐く。

「私の周りにはお人好しが何人か、いた」ジュリアは喘ぎ喘ぎ言った。「でも——」

彼女が現実を否定するようにかぶりを振る。湿った黒髪が額や頰に張りついたが、振り払おうとはしなかった。

「でも——？」

ジュリアは視線を落とし、しばらく黙り込んだ。

三浦は倒木に腰を下ろした。座ることで少し気持ちが落ち着いた。自分自身、歩きっぱなしで体力と精神力を削られていたようだ。

彼女と向き合い、その表情を眺める。

「私は——本当は、大学生じゃないの」

「え？」

「……リオの貧困地区で生きてきたの」

ジュリアは口を開くと、ときおり息を乱しながらも話しはじめた。

太陽に灼《や》かれるリオ・デ・ジャネイロのコパカバーナ海岸には、大勢の人間があふれていた。

ジュリアはまばゆい太陽に目を細めた。産毛もちりちり焦げるような陽光だった。ノースリーブのシャツと色あせたジーンズという恰好《かっこう》だ。

手の甲で額の汗を拭うと、首筋に絡みつく湿った黒髪を肩ごしに放り投げた。履き古した運動靴の底が熱砂に炙《あぶ》られ、足全体が燃えているようだった。

ジュリアは〝獲物〟を探して浜辺を見回した。

色とりどりのパラソルがあちこちに花開き、紐《ひも》同然のマイクロビキニで尻を丸出しにした女たちが寝そべっている。黒真珠のような上半身を剝《む》き出しにした男たちが歩き回っている。サーフボードを脇に抱えて走っている男や、ビーチサッカーに興じる男、六つに割れた腹筋を晒《さら》して跳びはねている男――。そんな中、外国人観光客の姿がちらほら交ざっていた。

観光客らしき白人カップルを見つけると、熱砂を蹴散らして駆け寄った。

「記念写真どう?」ジュリアは英語で話しかけ、ポラロイドカメラを掲げた。「一枚で十五レアル」

男が「カメラは持ってるんだよ」と首を振った。女がウエストポーチから小型のカメラを取り出し、笑顔を見せる。

ジュリアは精一杯困った表情を作った。

「写真、撮れないと今晩食べるものが買えないの」

案の定、男は女と顔を見合わせた。目で、どうする、と訊いている。

「一枚くらい、いいんじゃない?」女が答えた。「スコルを何本か買ったと思えば」

スコルは最も庶民的なビールだ。

「そうこなくっちゃ！」

笑顔で応《こた》えつつ、ビール数缶のお金でも私には大切なんだから――と内心で言い返す。観光客の気持ち一つで払える程度の額で必死になる自分が情けなく思える。

ジュリアは二人の写真を撮り、十五レアルを受け取った。

この日は運動靴の中が砂だらけになるまで走り回って客を探し、九十レアル儲けた。海面が茜《あかね》色に染まると、コパカバーナ海岸を後にした。

観光客が集まるリオ・デ・ジャネイロにも闇があった。

ファベーラ――。

暴力のにおいがあふれ返るスラム街のことだ。トタンやアルミの屋根の掘っ建て小屋が連なり、丘に張りついている。壁に斜めに立てられた木の棒や、屋根の端から端へ結ばれたロープにシーツやタオル、シャツが干されていた。

ブラジルのどんな町にもファベーラはある。住み着いてしばらく経てば居住権を認められるという法律があるため、路上生活者たちがトタンやブロック廃材を使ってバラックを作る。

坂道には、醬油《しょうゆ》の染みのような血の跡が残っていた。昨日、五段変速のマウンテンバイクに乗る少年が撃ち殺されたのだ。同じ十歳の少年に。自転車欲しさの犯行だった。

路地では、黒い毛並みの痩《や》せこけた犬が野菜の芯《しん》を齧《かじ》っていた。突然、拳銃を持った褐色の肌の少年が叫びながら現れ、犬を蹴飛ばして追い払った。そして野菜の芯を取り上げてむさぼった。

歩いていると、背後から複数の足音が駆けてきた。

ジュリアは首から下げたポラロイドカメラを抱きかかえ、警戒心を張り巡らせた。リオには二百近いファベーラがあり、その全ては麻薬組織が支配している。ギャングの抗争か強盗か――。

サッカーボールを抱えた少年とその仲間たちだった。目線と手元を交互に注視する。攻撃性を秘めていないかどうか。ナイフや銃を隠し持っていないかどうか。

未成年者は殺人を犯しても三年の更生施設暮らしが最高刑だから、ファベーラの子供は生きるために必要なら何でもする。

少年たちは真横を駆け抜けていった。

ジュリアは胸を撫で下ろし、歩きはじめた。その瞬間、路地裏の陰から黒い腕が伸び、首の裏に摩擦熱を感じた。紐が千切られ、ポラロイドカメラが引ったくられた。

「あっ。返せ、馬鹿」

コーンロー――畦《あぜ》のように編んだ髪型――の黒人少年だった。シャツの胸襟から覗《のぞ》くシルバーのネックレスを揺らして踵《きびす》を返し、豹《ひょう》のように走っていく。

「待て！」

必死で追いかけた。見て見ぬふりする混血の集団を押しのけ、息を弾ませながら全力疾走する。黒い背が小さくなっていく。

解体されたバイクの残骸を避《よ》け、路地を曲がった。辺りを見回し、大通りに出た。

パトカーが停車しており、制服姿の警察官に泥棒の黒人少年が腕をひねり上げられていた。

ジュリアは舌打ちした。

畜生、警官に捕まってしまった――。

黒人少年は諦め混じりの媚《こ》びた薄笑みを浮かべ、何か話していた。警察官は底意地の悪い顔でうなずくと、差し出されたポラロイドカメラをもぎ取った。それを自らの首に掛け、パトカーのボンネットに押しつけた黒人少年の眼前に手のひらを突き出す。

黒人少年が渡したのは皺《しわ》くちゃの紙幣だった。『別の解決法もあるぞ』と囁かれたのだろう。ブラジルには暗に賄賂《わいろ》を要求する言い回しが山ほどある。

警察官は満足げに笑うと、黒人少年を突き放し、パトカーに乗った。野良犬のうなり声のようなエンジン音を轟《とどろ》かせて走り去る。

ジュリアは、肘《ひじ》をさすっている黒人少年に歩み寄った。

「あんたのせいで商売道具、なくしちゃったじゃん。盗むんなら観光客からにしてよ。次の日には新しいカメラ買って出歩いてるだろうにさ」

「見てたんならポリ公から取り返せばよかったじゃねえか」

「見返りとか言ってレイプされんのがオチじゃん」

「……悪かったよ」黒人少年は申しわけなさそうに言った。「カメラなんかぶら下げてるから、怖くなってな。ほら、興味本位で撮られた写真が連中に渡ったらやべえだろ」

〝連中〟というのは警察だろう。警官は路上で生活する子供のことを全員犯罪者だと思っており、排除は地域の望みだと信じている。以前テレビで観た元警官は、サンパウロの貧困地域で大勢の〝犯罪者〟を殺した、と得意げに語っていた。

リオのファベーラに住みはじめた当時、右脚を撃たれた少年を見つけ、声をかけたことがある。

――警察には？

――行けないよ。だって撃ったの警官だもの。

ファベーラの人間が一番恐れているのは警察官だ。そして誰もが密《ひそ》かに憧《あこが》れているのも。

警察官になれば捕まらずに盗みができるから――。

十歳に満たない女の子の台詞だった。

リオには二百近い『死の部隊』が存在している。商店主から金を受け取り、犯罪に手を染める少年たちを殺すのだ。現役警察官や元警察官、犯罪被害者で構成され、大勢に支持されている。

数年前にアマゾナス州で起きた事件を思い返した。元警察署長の邸宅に強盗に入った少年たちが、後日、皆殺しにされたのだ。犯人は複数の私服警察官だった。

知事のアマゾニーノは警察の腐敗ぶりを嘆き、州警察を廃止して軍警察に犯罪の取り締まりを任せた。すると、元州警察のメンバーが報復で残虐な事件を起こし、知事の家族を繰り返し脅迫した。

「あんた——」ジュリアは訊いた。「普段は何してんの」

「バス停でピーナッツを売ってる。稼ぎが悪いときに盗むんだ」

「親は？」

「そんなもんいねえよ。俺、クラウジオ。お前は？」

「……ジュリア」

「ジュリアか」クラウジオが白い歯を見せた。「行くとこねぇなら俺んとこ来るか？」

「冗談」

「もう怒ってないんだろ」

「勘違いしないでよ。あんたが名乗ったから私も名乗っただけ」

ジュリアはクラウジオを置き去りにして歩いた。

半ズボンのブラジル人が木製の脚立に上り、壁を塗っていた。目眩《めまい》がするようなペンキのにおいが鼻をつく。

路地の片隅には、シャツを着崩した黒人や混血の少年数人がたむろしていた。高級そうな腕時計やバッグを見せびらかし合っている。観光客から盗んだのだろう。

ジュリアは一瞥しただけで堂々と通り抜けた。品定めする複数の視線が張りついてきたが、無視した。

――ふんっ、いくら見ても盗《と》るもんなんかもうないよ。

クラウジオが追いついてきた。早足で歩くジュリアに並ぶ。

「なあ、カメラは悪かったよ」

「あっそ」

トタン屋根の掘っ建て小屋が並ぶ路地を通りすぎる。卑猥《ひわい》な単語が描かれた石壁から金網が延び、その先の広場で裸足《はだし》の少年たちがサッカーボールを蹴っていた。

クラウジオが立ち止まり、金網を握り締めた。視線は一人の混血少年に向けられていた。二人、三人、と軽く抜いていく。短いゴムバンドで繋《つな》がれているかのように足にボールが吸いついている。

「……ちぇっ。俺のほうがうめえよ」

「あんたもサッカーすんの」

「今はしてねえ。食っていかなきゃなんねえからな」

「そう」

「か、か、か、カナリヤ色のユ、ユ、ユ、ユニホ、ホ、ホ、ホームに憧れてボールを蹴ってた時期もあったけどな……」

カナリヤ色はブラジル代表のユニホームカラーだ。ブラジルでサッカーをしていたら誰もが憧れる。

「――夢はいくら蹴っても絶対ゴールしねえんだよ」

ジュリアはしばらく彼の横顔を見つめた後、再び歩きだした。クラウジオが追ってくる。どこからかボサノバが流れてきた。ジャズのように知的だが、サンバの情熱的なリズムは弱まっていない。

道路の角にあるパン屋に入ると、日系の老夫婦が笑顔で迎えてくれた。店は焼きたてのパンの香ばしいにおいに包まれている。

「いらっしゃい」

ジュリアは金を渡し、パンを買った。視線を感じて振り向くと、クラウジオが入り口から覗き込んでいた。

「ほら、遠慮しないで」

老婦人が訛《なま》りのあるポルトガル語で呼びかけると、クラウジオがためらいがちに入ってきた。

「俺、金ないから」

「……仕方ないねえ」

老婦人は、ゆで卵サイズのポン・デ・ケージョ――チーズとマンジョーカ芋の粉を丸めて焼いた無発酵のパン――を四つ紙袋に放り込み、差し出した。

「ドウゾ」

クラウジオは困惑した顔を見せた。日本語の意味が解らなかったからではなく、剝き出しの親切心に戸惑っているからだろう。商店主にとってストリートの子供は『強盗』であり『殺人者』なのだ。助ける対象ではなく、警戒し、時には殺す標的――。

「遠慮しないで」

老婦人がポルトガル語で言った。

「……オブリガード」

言い慣れていないせいか、礼の言葉は尻すぼみだった。それでも老婦人は笑顔で応えた。以前聞いた話だと、老夫婦は移民当時ずいぶん貧しい暮らしをしたという。息子を餓死させてしまったらしい。ファベーラの子供と重なるのかもしれない。

ジュリアはクラウジオと店を出た。

「まったく。私のカメラを奪ってパンまで貰うなんて、図々《ずうずう》しいわね」

クラウジオは当惑したようにうつむいた後、ポン・デ・ケージョを二つ、黙って突き出した。

「いいよ。あんたが貰ったんだから貰っておきなよ」

彼は迷いを見せてからパンにかぶりついた。二つ目を取り出し、口を開けた状態で固まる。

「どうしたの。食べないの」

「……妹に食わせてやる。ちっこいのが二匹いてな」

笑みを見せると、白い歯が黒い肌に引き立った。

そのとき、道路の向こうから薄汚れた服の少年たちが現れた。十人はいるだろう。褐色の肌や黒い肌が横に広がり、道を占拠するように歩いてくる。五歳くらいの子もいた。

少年の集団はパン屋の前まで来ると、うなずき合った。弾《はじ》かれたように駆け込み、棚のパンを漁りはじめる。まさに襲撃だった。老婦人の悲鳴が響き渡った。仲間同士で競い合うようにパンを奪い、店を駆け出ていく。

「何してやがる、クソガキ！」

クラウジオが一人の後ろ襟を鷲摑《わしづか》みにし、持ち上げた。少年の脚が宙でペダルを漕《こ》ぐように暴れる。

瞬間――銃声が弾け、クラウジオの胸に朱《しゅ》の花が咲いた。パーマ頭の少年の手に黒光りするリボルバーが握られている。

ジュリアは悲鳴を上げた。クラウジオが仰向けに倒れると、彼に捕まっていた五歳くらいの少年が腰からリボルバーを抜き、報復の銃弾を二発、三発と撃ち込んだ。血まみれの体が跳ねる。

頭を下げた通行人たちがあちこちの商店に駆け込むと、錆《さ》びたシャッターが一斉に下ろされた。逆に飛び出してきたのは、パン屋の老人だった。竹箒《たけぼうき》を振り上げ、日本語で怒鳴る。

少年たちは散り散りに去っていった。残されたのは、大の字になったクラウジオの亡《なき》骸《がら》だけだった。

それがファベーラの日常で、自分にできることは何もなかった。常に死が隣に寄り添っていた。

ジュリアはとぼとぼ歩き、共同住宅に入った。薄板で仕切られたアパートだ。部屋は二つのベッドが占領している。

自分のベッドに座り込み、クラウジオに思いを馳《は》せた。二人の妹はどうなるのだろう。きっと路上に放り出されるだろう。そして他のストリートの子供たちと同じように、生きられるだけ生きていくのだろう。引ったくりや盗みに手を染めながら――。

結局、ファベーラの子供に幸せな未来はない。

ため息をついたとき、ドアが開いた。イレーネだった。黒髪を撫でつけて額を見せており、髪が海草のように胸まで流れている。桃色のタンクトップや色あせたホットパンツは、ミルクチョコレート色の肌に映えていた。

左耳が不自由な彼女のこめかみには古傷がある。路上で生活していたころ、警官に水をかけられ、棍棒《こんぼう》でこっぴどく殴られたせいだ。目も合わせていないのに、目つきが気に食わないという理由で――。

五歳年上のルームメイトは強張《こわば》った顔をしている。

「……あんた、誰かから恨みでも買ったかい?」

「いきなり何の話?」

「ヤバそうな奴らがあんたのこと、嗅《か》ぎ回ってたよ」イレーネは深刻な表情をしていた。

「間違いないよ、あんた、狙われてるよ」

「考えすぎでしょ」

「……『死の部隊』かも」単語を口にしただけでも死が訪れる、と脅えているような口調だった。「ヤバいよ、絶対」

「まさか」

「一時的に姿を隠したほうがいいよ」

「大袈裟《おおげさ》よ。気のせいだって」

「危機感持ちなよ。さっきもそこで殺人があったんだ」

「十七、八の黒人でしょ。子供の強盗集団に殺されたの」

「違うよ。殺《や》られたのは十歳くらいのガキだよ。三人。リボルバー持った奴らにバン、バン、バン。額に三発ずつ。『死の部隊』の処刑だね。最近、この辺の店を荒らしてた奴らがやられたんだ」

殺されたのはクラウジオを殺した少年たちかもしれない。

「狙われたら命がないよ、あんた。連中はプロの集団なんだ。しばらくリオを離れたほうがいいよ」

「そんなの無理。行く当てもお金もないし」

「……そっか。そうだよね」

イレーネは机の上の虫籠《むしかご》を見つめた。小枝に蝶《ちょう》が止まっている。以前、彼女を買った外国人が「珍しい蝶だから」とくれたらしい。

「……囚《とら》われてどこにも逃げられないあんたみたいだね」イレーネは沈んだ声で言った。

「あたしも同じだけど。ファベーラの人間は結局ファベーラから逃れられないいんだね……」

気鬱《きうつ》な沈黙が降りてきた。

イレーネが「あっ」と声を上げ、思い出したように皺くちゃの新聞紙を差し出した。

「そういえば、通りで拾ったよ」

イレーネは新聞などには興味を持っていないのに、ファベーラの子供の死亡記事だけは目ざとく見つけ、拾ってくる。

ジュリアは新聞を受け取った。フライドチキンを盗んで逃げた七歳の少年が警察官に脚を撃たれ、出血多量で死亡した事件だった。大通りで倒れていたにもかかわらず、長時間放置されていたらしい。

顔写真には靴の跡がいくつもついていた。少年のあどけない顔は踏みにじられている。

「ファベーラは腐った場所だよ、本当」イレーネがため息を漏らした。「なんだか今日は疲れちゃった。もう寝るよ」

イレーネがタンクトップを脱いだ。見ると、腹が黒ずんでいた。ミルクチョコレートに焦げ目がついたように――。

「どうしたの、それ。また警官にやられたの？」

ファベーラでは、路上にいる妊婦の腹を警官が蹴ることがある。犯罪者の子が犯罪者になり、罪もない人々を殺す――と思い込んでいるからだ。汚れた血を絶やしたいのだろう。

イレーネは「これ？」と腹のアザを撫でた。「警官じゃないよ。ストリートの男に蹴ってもらったんだ」

「まさか——また、あれ？」

「そう。おなかが大《お》っきくなってきたから」

ファベーラで売春する少女のあいだで流行《はや》っている堕胎方法だ。ブラジルはキリスト教の国だから中絶は原則として禁じられているし、闇で医者に頼むと大金が必要になるが、誰かに腹を蹴ってもらうだけならタダで簡単に流産できる。

「欲しいときに子供産めなくなるよ」

二十六歳でもう三度の流産だ。

「……仕方ないじゃないさ」イレーネは悲しげに言った。「腹が膨らんだ女に金を出す客なんているもんか。処女でございますって顔してなきゃ、誰も寄ってこないよ」

「でも——」

「ジュリア。あたしより自分を心配しな。言ったろ。ヤバそうな連中が嗅ぎ回ってるって」

自分も苦労ばかりで苦しいだろうに、いつも年下のルームメイトを心配してくれる。

イレーネは両親がいて中学校に行っていたころ、数学が得意で、習った計算式を母親に披露した。頭を撫でる代わりに思い切り張り飛ばされたという。自分自身が文字を読めない劣等感のせいか、娘が自分より頭がいいと思い、見下された気になって手を上げたのだ。

——お前みたいなウスノロが算数なんて生意気なんだよ！

イレーネは母から暴力を受け、父からレイプされ、家を出た。その話をしてくれたとき、彼女は「ファベーラじゃ、別に珍しい話じゃないよ」と笑った。全てを諦めてばかりで、何も期待せずに長年生きてきたせいか、むしろ澄み切った瞳をしていた。

イレーネは腹のアザを撫でていた。

「大丈夫？」

「……平気だよ。前もしばらく痛かったんだ。寝れば治るよ」

彼女はホットパンツ一枚でベッドにもぐり込んだ。

ジュリアは靴とジーンズを脱ぐと、ブラジャーを外し、ノースリーブのシャツとショーツ一枚で隣のベッドに寝転がった。今日は早く寝たい気分だった。クラウジオの死の衝撃も、翌日になれば薄れる。翌々日になれば消える。一週間経てば忘れる。重石《おもし》にのしかかられているようなうめき声だった。

意識の手綱を手放そうとしたとき、イレーネの声が耳に入った。

ジュリアは布団をはねのけ、上半身を起こした。薄闇の中、彼女の影が丸まるようにして蠢《うごめ》いている。

「どうしたの。ねえ、大丈夫？」

　イレーネが腹を押さえたまま身をよじった。脂汗にまみれた顔が引き歪《ゆが》んでいる。

「変なんだ……おなかが変なんだ……」イレーネが咳《せ》き込み、血が布団に飛び散った。

「痛いよ。すごく痛いよ」

　内出血して感染症になったのかもしれない。最悪の場合、内臓が破裂しているかも――。

「すぐ医者を呼んで来るから」ジュリアは急いでジーンズを穿《は》いた。

「……誰も来るもんか。こんなファベーラの奥の奥なんかに」

「うまく説得できるかも」靴を履く。

「無駄だよ。医者に場所を言ったとたん、注射器が壊れたり、薬が全部盗まれたり、知り合いの葬儀があったりするんだ」

　ファベーラに踏み入りたくない医者はどんな言いわけもする。

　イレーネは再び吐血した後、声を絞り出した。

「死ねないよ。まだ死ねないよ。楽しいことだって……全然してないのにさ」

「大丈夫だから」ジュリアは彼女の手を握り締めた。「死なないから」

「……実はさ、やりたいこと、あるんだ、あたし」唇の端から血の筋が垂れている。

「お尻を剥き出しにしたビキニ着てさ、ビーチに寝そべってさ、男たちを誘惑してさ……

……それでさ、その中でとびきりのハンサムの誘いに応じてさ、金を貰わないセックスをするんだ」

「これからだってできるから。だから私が医者を──」

「聞いてよ。それでその男の腕の中で目覚めるんだ。精液を掻き出してるあいだにドアが閉まって、顔を上げたら薄汚い部屋に一人きり……なんてのじゃなくてさ」

「とにかく待ってて！」

ジュリアは部屋を飛び出ようとした。腕が引っ張られ、つんのめる。振り返ると、イレーネが瞳に切実な不安を滲ませていた。

「駄目だよ、迂闊《うかつ》に外に出ちゃ……。殺されるよ」

「私は大丈夫だから。心配しないで」

「外に出るなら、そのまま姿を消すべきだよ。あたしのことはいいから……逃げな。戻ってきちゃ、駄目だ」

「馬鹿言わないで。放って逃げられるわけないでしょ」

「カメラが好きなんだろ。夢を追いなよ」

「カメラは警官に盗られた」

「そっか……。でも、お金貯めてまた買えばいいさ。あんただけでも真っ当な世界に──」

「とにかく待ってて！」

ジュリアは彼女の手をもぎ離し、共同住宅から駆け出た。立ち並ぶバラックが闇に覆われ、ひさしが黒い死神のマントに見えた。上半身を剝き出しにした黒人少年が石段に座っている。夜に溶け込む肌の中で目だけが白く輝いていた。

医者はどこにいるのだろう。分からなかったが、何が何でも探し出し、耳たぶを引っ張ってでも連れて来るつもりだった。

ジュリアは走った。立ち止まってコルコバードの丘を見上げると、月明かりに照らされた巨大なキリスト像が無表情でファベーラを見下ろしていた。両腕を広げた様は白い十字架に見える。慈悲も奇跡も与えるつもりはないようだった。

――神様。

祈りながら路地を通り抜けたときだった。茶色いカウボーイハットをかぶった髭面《ひげづら》の男二人が立ちはだかった。

「どいてよ。私は急いで――」

男の腕が伸びてきた。危機感が背筋を駆け抜け、踵を返した。分厚い手のひらが口を包む。腕が胴に巻きつく。

両脚をばたつかせた瞬間、腹に拳がめり込んだ。息が詰まった。目を剝くと、二発、三発と食らった。

イレーネが――イレーネが待って――。

遠のく意識の中で最後に見たのは、大口を開けて待ち構える車のトランクだった。

11

今日はゴムの商船が来る日だった。

高橋は他のゴム採取人《セリンゲイロ》たちと倉庫へ行き、ゴムの板をかつぎ出した。肩にのしかかる重みは、日々の仕事の結晶だ。運んでいると、多少は誇らしい気分になる。

高橋は仲間と共に森を進んだ。葉の衣で着飾った木々が競い合うように伸び上がっていた。朝日も樹冠に遮られて地上まで届かない。熱帯雨林は濃緑色に沈んでいる。

見上げるような樹林の底を一列で歩いていると、誇らしさは薄れ、切り取った葉を運ぶ葉切り蟻《サウバ》の気持ちになってくる。

光沢が鮮やかな体長わずか五センチのハチドリが十数羽、高速で枝から枝に移動している。羽ばたきは翼が数枚に見えるほど速い。木にぶつかったら、細長く尖《とが》ったクチバシが突き刺さりそうだ。

汗水を流しながら五キロ歩くと、トゥピ語で〝コンゴウインコの川〟を意味するアラグァイア川にたどり着いた。対岸の樹林が低く見えるほど幅広だ。黄土色の川面に陽光が溶け込んでいる。

商船は岸に停泊していた。その船の形状から鳥籠船《ガイオーラ》と呼ばれている。

黒縁眼鏡をかけた船長は、〝口は悪いが男気のある船乗り〟を気取りたがっている学者――という印象だ。麻薬でハイになった床屋が切り刻んだような髪型をしている。腰には護身用の拳銃が一丁、差してあった。

　セリンゲイロがゴムの板をガイオーラ船に運び込もうとした。が、船長はタラップの前を動こうとしなかった。

「……何なんだ？」イタリア系ブラジル人のボスが訊いた。

「見ろ」船長はガイオーラ船を指差した。「途中で威嚇された」

　目を凝らすと、船の側壁に黒い穴が穿《うが》たれていた。

「一体誰がこんなことを」

「誰だと？　牧場主だろ。揉《も》めてるそうじゃないか」

「奴らは侵略者だ。俺たちは森を守るために――」

「そんなことは関係ない。面倒は困る。いいか。今月は買い取るが、トラブルを解決しなければ来月は買い取らん」

「待ってくれ。牧場主が権利を振りかざして現れたら、そう簡単には解決しない。奴らを追い返すには何ヵ月もかかる」

「行き来するたびに弾痕《だんこん》を増やすつもりはない」船長は人差し指を立てた。「一ヵ月だ。一ヵ月以内に解決できなければ、ゴムはもう買い取らん」

　セリンゲイロたちが一斉に抗議の声を上げた。ゴムの値が下がっている今、船長としては牧場主の脅迫に逆らってまでこの商売に固執する理由はない――ということか。

「さあさあ」船長はタラップを空けた。「さっさとゴムを積み込め。何日も留まらないぞ。俺たちはまた襲われる前に去る」

セリンゲイロたちがゴムの板を運び込み、船上に備えつけられた秤《はかり》のフックに引っかけた。目盛りが揺れ動く。若い船員が腕組みをして凝視している。目は計算機さながらに無感情だ。

高橋はゴム板を運び込むと、世相を知るのに必要な古新聞十数日分を船員から購入した。仲間は往復するために集落へ戻っていく。

「あの……」ジョアキンが顔馴染《なじ》みの船員に訊いた。「今月の手紙はあるかな」

ジョアキンは町の元娼婦《しょうふ》と文通中だ。

船員は「待ってろ」と言い残して船室に引き返し、手紙を持って戻ってきた。ジョアキンは半信半疑の様子で受け取ると、高橋に差し出した。

「……読んでくれ」

愛するジョアキンへ。

私はあなたと暮らしたいです。

遠く離れたまま不慣れな文字だけでやり取りするの、つらいです。

子供には父親が必要です。どうか、町で一緒に……。

待っています。

ジョアキンは黙って聞いていた。腕組みし、左手の人差し指で二の腕をコッコッと突っ突いている。

「おい」船員が口出しした。「町に行きたいなら、帰りに乗ってってもいいぜ。船長に掛け合ってやる」

ジョアキンは答えなかった。

「船は明日《あした》の夕方に出るからな」

ジョアキンはうなずいて踵を返し、原生林の奥へ姿を消した。


高橋は息子と密林の底を歩いていた。

突然、銃声が弾けた。ホエザルが金切り声を上げた。鳥の羽ばたく音が飛び交う。

高橋は警戒し、息子を背に隠して身構えた。

アンドラーデの一味かもしれない。

落ち葉や小枝を踏み締める音が近づいてくる。獣ではない。人間の歩き方だ。草むらが不自然に揺れ動き、裂けるように掻き分けられた。

姿を現したのは、ジョアキンの祖父、セルジオだった。右肩に猟銃を掛け、右手で鹿の四肢を束ねて持っている。

「ユウジロウか。わしの猟場に踏み入るでない」セルジオは鹿の死体を持ち上げた。

「こうなりたくはなかろう」

枯れ木色の肌に刻まれた皺は、木彫りの人形を思わせる。白色と灰色のまだら髭が唇の周りを覆っている。水色のシャツには土の汚れが染みついており、左脇の下がめくれるように破れていた。

「すみません」高橋は答えた。「向こうに蜂が多かったので、つい回り道を――」

セルジオは二十年前からジョアキンにゴムの採取を任せ、自身は狩猟で生活している。毎日早朝から夕方まで百数十本のゴムの木を回るために三十キロ以上歩き回るより、そこらじゅうに生息している獣を仕留めるほうが楽だからだ。

突然、草むらが割れ、子鹿が飛び出してきた。ブラジルナッツの木の根元を一周し、母鹿を見上げた。セルジオが九十歳の年齢に見合わない機敏さで動いた。

「あっ――」

高橋が声を漏らした瞬間、セルジオが母鹿を投げ捨てると同時に猟銃を構えた。引き金を絞る。銃声が轟く。

子鹿の頭が反り返り、横倒しになった。四肢が痙攣《けいれん》し、息絶えた。

森の芳香を掻き消すほどの硝煙のにおいが漂っている。

「子鹿まで殺すことは……」

セルジオは猟銃を肩に掛け、両手で母鹿と子鹿を取り上げた。五指は引っこ抜いた枯れ木の根っこを連想させる。

「母鹿を仕留めた以上、見逃しても蛇やコンドルに食われるだけだ。一発で楽にしてやるのが慈悲であろう」

飢えていても子や子連れの動物は殺さない、というのが森の人間の不文律だった。少なくとも今までに出会った人々はそうだった。だが、セルジオは――躊躇《ちゅうちょ》せず殺した。

「さあさあ、わしの猟場から立ち去ってくれ」

セルジオは二匹の鹿を掲げて揺らした。

「行こう」

高橋は息子を促し、ゴムの木に切り込みを入れて回った。夕方に回収し終え、小屋で燻す。

ゴム板が出来上がると、両肩に担ぎ、北にある倉庫へ向かった。開けっ放しの入り口を抜け、中に入った。ゴムの厚板や塊が所狭しと山積みになっている。

半分近くが埋まった倉庫の奥には、イタリア系ブラジル人のボスが待っていた。刑務所の看守はきっとこんな目だろう。刑務作業に従事する囚人を監視する目だ。

高橋は自分のゴム板を計量すると、代金を受け取ってから帳簿係の任務に就いた。

一人目のセリンゲイロが五つのゴム板を順に秤に載せる。ボスはゴムの重さと質を確認した。

「千五百三十グラム」

本当は合計千六百五十グラムだった。だが、計算ができないセリンゲイロたちは、誤魔化されていることに気づかない。

高橋は帳簿に記載しながら歯を噛み締めた。

しばらく〝正しい計算式〟で帳簿をつけてくれたら、町での仕事を紹介してやる――。

密約を交わしてから約一ヵ月。値が落ちているからゴムの売買を続けていくには仕方がない、と言われ、ボスの不正を見逃してきた。だが、今は後悔している。安値に肩を落とす仲間たち――。卑劣な裏切り者に落ちぶれてしまった。

高橋は計量のあいだじゅう、何度も口を開こうとした。

計算が間違っている、本当はもっと量があるんだ――。

だが、森の生活を抜け出すチャンスと天秤《てんびん》にかけ、唇は縫いつけられていた。次々に計量が終わっていく。

長身痩躯《そうく》のセリンゲイロが四つのゴム板を順に載せた。腕組みして顎を持ち上げ、ボスを見つめる。

「千八百三十グラム」

高橋は量を告げると、ボスの言い値を帳簿に書き留めた。そのとき、長身痩躯のセリンゲイロが唇の片端を吊《つ》り上げた。

「小便でも混じったゴムだったか、え？　それはないだろ」

「……質が少し悪い」ボスが高圧的に答える。「多少の値引きは諦めろ」

「質ねえ」長身痩躯のセリンゲイロはあざ笑った。「腐ったトマトみてえな脳みそになっちまったのか？　計算が狂ってるぞ、セニョール」細かな数字が書き込まれた紙切れを突き出す。「四つのゴムを足したら二千六十グラムのはずだ。あんたが来る前に秤を借りて計算した」

高橋は拳を握り締めた。拳の中は汗でぬめっていた。

「変だと思ってたんだ。最近はやけに目算より少ない気がしてな。能なしの秤はゴムを載せる時間帯で基準が変わるのか、え？」

セリンゲイロたちの表情が変わり、全員がボスを睨みつけた。今や立場は逆転し、ボスは囚人の暴動のど真ん中に取り残された一人きりの看守にすぎなかった。

怒気を孕《はら》んだ眼差しが滑ってきた。

「おいっ、媚売りの日本人。お前は寄生植物よりたちが悪い。仲間のふりした裏切り者め。知ってやがったんだろ」

他のセリンゲイロの視線が集中した。意外にも彼らの眼差しに怒りはなかった。あるのは、ただ、信頼して帳簿係を任せた人間に裏切られた失望だけだ。

買値を下げなければゴムそのものが売れなくなる――。そう言われ、仲間の生活のために黙認していた、などと弁解しても無意味だろう。町の仕事という〝報酬〟が約束されていた時点で裏切りだ。

セリンゲイロたちは首を振ると、計量前のゴム板を無造作に放り投げ、倉庫を出て行った。親友のジョアキンすら無言で立ち去った。二人きりになると、ボスは腰に手を当てて嘆息した。

「ゴムの計量と積み上げを手伝え、ジャポネース」

高橋は後悔を噛み締めながらゴムを秤に載せ、正しい重量と金額を帳簿に記録していった。

計量はガラス窓が闇夜に黒く染まるまで続いた。

突然、重い足音と共に太っちょのゴルドが駆け込んできた。ゴムの厚板を脇に抱え、突き出た腹を揺らしている。

「遅れちまった。頼むよ、ボス」

ゴルドが息を弾ませながら黄褐色の厚板を秤に載せた。先ほどの騒動を知らないのだろう。申しわけなさそうに頭を掻いている。

「……買い取れんな。色も悪い。明らかなビスコイトじゃないか」

ビスコイト——。ビスケットを意味するポルトガル語だ。質の悪いゴムはそう呼ばれている。

「それはねえだろ。半値でも構わないんだ」

「こんな粗悪品、貧乏人のサンダルくらいにしか利用できん。買い取ってほしけりゃ、上質のゴムを採って来い」

「……カップに水が混ざってたんだ。俺が悪いんじゃねえ」

「今日は雨など降っていない」

「きっと例の牧場主の仕業だ。アンドラーデだ。嫌がらせで水を混ぜたんだよ」

「理由など関係ない。ゴムを持って帰れ」

仲間の信頼を失った今、帳簿係は今日が最後になるだろう。高橋は帳簿のゴルドの欄に『ビスコイト　×』と記載した。

帳簿を閉じて倉庫を出る。集落は夜の衣に包まれ、樹木も畑も高床式の小屋も黒い輪郭となっていた。動いているのは、風にそよぐ草葉と行き交う人の影だけだ。セリンゲイロたちの浅黒い肌は、闇に溶け込んでいる。

ゴルドが売れなかったゴム板を抱えたまま出てきた。

「何か様子が変じゃねえか？　みんな、妙にピリピリしてやがる」

隠しても遅かれ早かれ知られるだろう。

高橋は息を吐くと、事情を説明した。ボスの口車に乗せられて計量の不正を見逃し、それがバレた、と。

「……そいつはまずかったな、ユウジロウ」ゴルドは小屋の横にある倒木に腰を下ろし、隣を掌《てのひら》で叩いた。「まあ、座れ」

高橋は言われるまま隣に座った。

ゴルドは両腕を太もものあいだに垂らし、闇を見据えた。黒いダルマのような輪郭が鎮座している。

「……俺らはな、騙《だま》されることにうんざりしてるんだ」

高橋は黙っていた。自責の念を拳の中に握り締める。

「俺が生まれたころは第二次世界大戦の真っ只中《ただ》でな……」

ゴルドは淡々と語りだした。

「東南アジアでゴムが栽培されはじめてからというもの、ブラジルの天然ゴムの価値は年々下がっていたが、戦争が起きて状況が変わった。お前の国が東南アジアを占拠したからだ。それで連合国側はタイヤに使うゴムに困るようになった」

ゴルドが説明した。

米国は昔からゴムを必要としていた。一九二四年には、有名なフォード社がブラジル政府から百万ヘクタールの土地を買い、ゴム農園を作って三百万本のゴムの木を植えたほどだ。だが、雨期の大雨で表土が流され、マラリアで労働者が大勢病死した。何より、ゴムの木は自然の分布よりも密集させると、病害虫の餌食《えじき》になる。結局、ゴム農園は閉鎖されてしまった。

「アメリカは、ブラジルから安定した価格でゴムを買うと約束した。戦争の末期にゃ、採取者を募集するポスターが町のあちこちに貼られたもんさ。〝我々も戦おう。連合国軍のためにゴムを集めよう〟ってな。ゴムの木にはゴムの塊がぶら下がっている、なんて馬鹿げた噂も囁かれた。親父は謳《うた》い文句を信じて徴募に応じたよ。船でアマゾン川を何日も下ってな。だが、森に着いて現実を思い知らされた。ゴムの生《な》る木なんてどこにも存在しねえ。ゴムの木を傷つけると、ポタポタと樹液がしたたるんだ。半日溜《た》めたらようやくカップ一杯。誰もが悟ったよ。俺らは一生、緑の地獄に囚われてしまった、と。

大勢が熱病や疲労で死んだ。お袋もそのときに死んだ。政府に騙され、採取地のボスに騙され……。俺らセリンゲイロは昔から使い捨ての鍬《くわ》みてえに扱われてきた。いや、当時は鍬のほうが長持ちしたな。半年で五人の手に握られた鍬だってあった」

日本人移民の人生と同じだ。日本政府に騙され、異国の辺境に棄てられた移民たち――。

苦しみの記憶が膨れ上がった。だが体が過去を拒絶し、再び脳の奥へ沈んでいく。

「……悪かった。俺が間違ってた。不正に協力するべきじゃなかった」

ゴルドが初めてこっちを向いた。薄闇の中で視線が絡まった。月明かりの燐光《りんこう》を吸収した黒い瞳は、緑っぽく光っている。

「俺たちの仲間だっていうなら、正直になれ。信頼で応えろ。嘘で仲間を欺くな。絶対に」

ゴルドは立ち上がると、高橋の肩を軽く叩き、闇の中に消えた。

翌日の夕方になると、商船が停泊する川岸に一人で戻った。アラグァイア川に夕日が溶け込み、川面が赤茶色に染まっている。

ジョアキンは川岸で商船を見つめていた。

高橋は昨日の気まずさを押し殺し、勇気を出して話しかけた。

「……行くのか？」

ジョアキンは振り返らなかった。商船から目を逸《そ》らさない。

「俺は――」

ジョアキンは言葉を切った。

彼が森を出るなら自分たち家族もいずれ――。そう思う。ジョアキンが一歩を踏み出せば、前に進む勇気を貰える。

「乗るのか、乗らないのか」船員は目を神経質そうに細めている。「出発時刻だ」

ジョアキンはタラップに右足をかけた。しかし、そのままだった。二歩目は踏み出さない。

森の中でホエザルが吠えている。

ジョアキンが足を引くと、船員は肩をすくめ、タラップを片付けた。商船が出発した。

夕日の下、ジョアキンは川岸に立ち、小さくなっていく商船を見つめ続けていた。

やはり森の人間は森を出られないのか。

「本当によかったのか?」

ジョアキンが振り返った。瞳には暮れゆく夕日と同じ哀切の色がちらついている。

「行きたかったけど、町は――遠すぎる」気恥ずかしさを誤魔化すように再び背を向けた。「俺はゴムの切り方しか知らないんだ。町の女は幸せにできない」

12

熱帯雨林のど真ん中に取り残されて半日――。

三浦は簡易テントを覗《のぞ》き込み、ジュリアの様子を窺《うかが》った。熱病患者のように汗まみれの顔でうなされている。

呼びかけても彼女は反応しなかった。瞳《ひとみ》は虚《うつ》ろだ。

ここまで急激に悪化するとは――一体何の病気だ？　アマゾンには病原菌を媒介する微生物が無数に生息している。未知の病かもしれない。

テントの隣では、鳥の糞《ふん》から発芽した『木殺《マタ》し《・》の木《パウ》』が巨木を締めつけ、養分を運ぶ管を潰《つぶ》して枯死させていた。

アマゾンのど真ん中でどうすればいいのか。

絶望感に打ちのめされる。

ほとんどの装備はクリフォードたちが持って行ってしまった。残された食料は早くも尽きそうになっている。病気の彼女を抱えた状態では身動きが取れない。

緩慢な死を待つのみ――。

三浦は拳《こぶし》を握り締めた。

志半ばで死ねない。

だが、一体どうすればいいのか。

沙穂《さほ》――。

頭の中に浮かび上がるのは元恋人の顔だった。彼女に再会するまでは死ねない。

クリフォードたちはセリンゲイロの集落にたどり着いただろうか。安全を確保してから戻ってきてくれたら――。

淡い希望に縋《すが》らねばならないほど状況は絶望的だった。ジュリアの症状が快復の兆しを見せることはなく、刻一刻と悪化の一途をたどっている。

唯一の抗生物質も効果があるようには思えない。

何とかしなければ――彼女はもたない。

「少し待っていてください」

聞こえているかどうか分からなかったが、ジュリアに言い残し、簡易テントを離れた。

周辺の植物を観察して回った。今こそ植物学者として身につけた知識を駆使すべきときだ。今役立てなければ、いつ役立てるのか。

多様性の宝庫である熱帯雨林――。

何かあるはずだ。

針や棘《とげ》を生やして身を守る蔓《つる》性の植物が無秩序にのた打ち回り、人間や動物の侵入を妨げている。下層林はカワラケツメイ属で、羽状の葉が生い茂り、黄色い花を咲かせている。喬《きょう》木《ぼく》性のアルム族の植物が繁茂していた。樹種の特定が困難な大木がそびえている。

三浦は植物を確認しながら三十分以上歩き回った。

障害となって垂れ下がる蔓性の植物を掻《か》き分けようとしたとき——。

「これは——」

三浦は蔓を引っ張り、葉を調べた。

キャッツクロー か——。

葉の付根につく棘の形状が猫の爪に似ているため、そう呼ばれている。文献によると、南米の先住民《インディオ》は二千年も前からハーブとして利用しているという。一九九四年には、世界保健機関《WHO》がキャッツクローに関する研究会を開催した。抗細菌、抗毒素、抗炎症、抗ウイルスをはじめとして、数え切れないほどの効果があり、がん治療のために南米からヨーロッパへ輸出されているほどだ。

彼女の快復の助けになるだろうか。

三浦は山刀《マチェーテ》の刃を使って樹皮を削り、簡易テントへ戻った。カセットコンロで湯を沸かし、樹皮を煎《せん》じた。白い湯気が立ち昇っていく。

液体をマグカップに注ぐと、簡易テントを開け、彼女に話しかけた。

「キャッツクローを煎じたものです。少しはよくなるかもしれません。飲めますか？」

高熱に浮かされたジュリアは、薄目を開けた。唇が動くも、言葉は出てこない。

三浦は彼女の頭を軽く持ち上げ、カップを唇に当てて液体を口に含ませた。

ジュリアの喉《のど》が小さく動く。

液体の一部は口元からこぼれ、顎《あご》を伝ったが、しっかりと飲んでくれているようだった。

それから半日――。キャッツクローを煎じた液体をさらに二回、飲ませた。

その効果か、病状はこれ以上悪化しなかった。少し落ち着いているように思えた。しかし、快復の傾向はない。彼女はときおり、うわ言のように「イレーネ……」と同居人だった女性の名前を口にしていた。

アマゾンの奥地で時だけが刻一刻と経過していく。

さらに半日――。

突如、法螺貝《ほらがい》らしき重低音が密林にこだました。呼応するように森全体が意思を持ったように静まり返った。ホエザルやアリドリの鳴き声すら消えた。

今度は別の方角から法螺貝を吹く音がした。それは四方八方に広がった。合図めいた重低音に取り囲まれていると、鼓膜を直接揺さぶられている気分になる。

三浦は周囲を見回した。草葉と蔓が揺れ動き、深緑の壁を裂くようにして人影が現れた。三つ、四つ、五つ、六つ――。

インディオだ。

黒茶色の肌を覆うのは、獣の毛皮で作った腰巻きだけだった。モンゴロイド系の顔に紅色の塗料で波線紋様が描かれており、頭に扇形の黄色い羽根飾りが付けてある。獣の骨で作った三つのリングの重みで耳の下部が数センチ垂れ下がっている。二の腕にはゴムの白い輪を嵌《は》めていた。誰もが木の槍《やり》を持ち、弓を背負っていた。

一番長身の者が――百七十センチほどだが――槍を上下させながら何かを言った。部族の言語だろう。呪文《じゅもん》めいて聞こえた。

インディオの一人が近づいてきた。木登りをするために発達したのか、裸足《はだし》の指は常人より二センチばかり長い。

再び呪文めいた言葉を発した。

三浦は無抵抗を示すため、手を上げた。インディオたちが木の槍を軽く振り立てている。

危機感を覚え、三浦はテントの入り口の前に陣取った。ジュリアの身を案じた。

緊張が一気に膨れ上がる。

三浦は渇いた喉を唾《つば》で湿らせた。額に滲《にじ》み出る汗の玉は、熱帯雨林の暑さだけが原因ではないだろう。しずくが眉間《みけん》から鼻の脇を伝い、唇に滴る。唇に塩気を感じた。

両側のインディオが距離を詰めてきた。槍先をテントに向け、突っ突くようなジェスチャーをしている。

向こうも警戒しているのだろうか。

三浦は身振りを交えてポルトガル語で話しかけた。

「怪しい人間ではありません。森の侵略者でもありません。森で迷った観光客です」

インディオの警戒心は解けなかった。数人が囃《はや》し立てるように槍を振り立てている。

三浦はテントを振り返り、入り口を指し示しながらまくし立てた。

「敵意はありません。仲間が病気なんです。僕たちは助けを必要としています」

言葉は通じていない。

言語《コミュニケーション》は――断絶していた。

ジュリアの姿を見せることが状況を悪化させるのかどうか、不安も強かったが、一呼吸置いて覚悟を決めた。思い切ってテントの入り口の幕をめくり上げる。

「彼女は病気なんです。休める場所が欲しいんです」

三浦は諦《あきら》めずに訴え続けた。リュックサックから缶詰を取り出し、アピールしたりもした。

インディオたちは顔を見合わせた。三浦を指差し、部族の言語を交わす。

インディオたちの警戒心が急に薄れたように感じた。槍の上下運動が落ち着いている。何が通じたのか分からない。病気の女性に同情してくれたのか、交換条件で掲げた缶詰が興味を引いたのか、それ以外の何かか――。

長身のインディオが北を指差し、次にテントを指し示して何事か喋《しゃべ》った。

助けてくれるのか――？

三浦はインディオたちを見渡した。自分の解釈が正しいのかどうか自信がない。

どうすればいいのだろう。

インディオの一人が大袈裟《おおげさ》な手振りで森の奥を何度も指し示した。

ついて来い、と言っているのだろうか。

この瞬間、言語は理解できなくても、人間としての本能的な部分で通じ合えた気がした。

錯覚でないことを祈る。

三浦はテントに顔を差し入れ、うなされているジュリアに話しかけた。

「もしかしたら……助かるかもしれません」

ジュリアはうわ言のように何やらつぶやいている。顔は紅潮し、玉の汗に濡《ぬ》れている。

三浦はジュリアをいったん外に出すと、毛布の上に横たえ、テントを片付けた。

インディオの一人がリュックを指差し、担ぎ上げた。持ってくれるのだろう。

三浦はジュリアを負《お》ぶい、彼らの後を歩いた。荷物を持ってくれたインディオも樹海をやすやすと進んでいく。棘のある草や、繁茂する葉、のたうつ蔓《つる》の群れ、毒虫や蟻をものともしない。摩訶《まか》不思議な力で歩きやすい場所が分かるかのように——。

先祖代々、数千年前から森で生きてきた者たちは、住み慣れた場所を追われても、すぐ自然と仲良くなれるに違いない。

ジュリアを背負う役目を何人かが交替してくれて、四時間半ばかり歩いた。

途中、木の枝に胎盤がぶら下げられていた。

まじないだろうか。

　さらに進むと、若いインディオがいた。V字にした指を唇に添え、小鳥の悲痛な鳴き声を真似ている。親鳥を呼び寄せているらしい。やがて彼は弓に矢をつがえると、上体を傾け、樹冠に向けて全身で弦を引き絞った。黒檀《こくたん》色の筋肉が緊張した。静寂が訪れる。矢が放たれた。空気を切り裂く微音が樹冠に吸い込まれた。鳥の断末魔の叫びが響いた。数羽が金切り声を上げて飛び立つ。

　間を置き、矢が串刺《くしざ》しになった一羽の鳥が降ってきた。恐ろしく正確だ。弓や吹き矢はほとんど音がしない。森で狩りをするには最適だ。狙われたら生き延びるのは不可能だろう。

　奥に進むと、太い蔓に裸の子供がぶら下がり、体を揺すって遊んでいた。インディオの集落はその先にあった。切り開かれた場所にマンジョーカ芋やトウモロコシの畑があり、オレンジやレモンやバナナの果樹のあいだに、藁葺《わらぶ》きの住処《すみか》が散らばっている。

　インディオの中年女性が人間二人は隠せそうな籠《かご》に薪を一杯にして背負い、歩いていた。先頭の幼子二人は、山刀《マチェーテ》で草木を切り開いている。

　地べたに座った二人の女が互いの髪をまさぐっていた。シラミを取り合っているのだろうか。

　奥では、少年が水に浸《つ》けたインゲン豆を臼《うす》に敷き詰め、丸太の杵《きね》で押し潰しながら捏《こ》ねている。二、三歳の息子に小型の弓を持たせ、使い方を教えている男もいる。

　大勢のインディオが生活していた。子供も多い。ある少年はマンジョーカ芋の皮を平べったい貝で剥《む》いていた。ある少年は朱色のウニに似た刺々しいウルクンの実の中身を煮込み、顔料を作っていた。ある少年は両膝《りょうひざ》を胸に抱くようにしてしゃがみ、ウサギ並みに大きいネズミの皮をナイフで剝《は》いでいた。ある少年はナイフで削った樹皮を燻《いぶ》し、染み出た黒光りする液体を指ですくって矢に塗りたくっていた。アルカロイド系の猛毒だろうか。

案内されるまま、草葺きの天井があるだけの広い場所に移動した。長身のインディオが、敷かれた藁とジュリアを交互に指差した。

インディオが藁の布団に彼女を横たえた。

むず痒《がゆ》い人差し指の先を爪で掻きながら待っていると、長身のインディオが前に座った。部族の言葉で喋り、三浦の手を握った。五指を広げさせる。

「……何ですか？」

長身のインディオは鋭角な小石のかけらを掲げると、何かを言って勝手にうなずいた。小石の先端が人差し指の先に添えられた次の瞬間、マッチをするようにこすられた。

「痛っ――」反射的に腕を引こうとしたものの、相手の握力が予想以上に力強く、無理だった。「何をするんですか」

爪の下の皮膚が裂け、鮮血が丸く盛り上がった。長身のインディオが指先の血を摘《つ》まむと、丸々と太った寄生虫が蠢いていた。

気づかないうちに入り込んでいたのか。文献で似た寄生虫を見たことがある。あるいは、人の体を養分にして卵を産みつける砂ダニの一種かもしれない。

長身のインディオが人懐っこい笑顔を見せた。

「オブリガード」

言葉は通じなくても礼を言った。

やがて年老いたインディオが現れた。腰布一枚だ。鰐《クロカイマン》の歯を連ねた首飾りがなめし革のような褐色の肌に映えている。

「私は族長のチュチャカブだ」流暢《りゅうちょう》なポルトガル語を喋り、ジュリアの容体を確認した。「薬が必要だな」

チュチャカブはヤシの実を半分に割った椀《わん》に乾燥ハーブを入れ、水を加えて煎じた。

「チャンカピエドラだ」煎じた茶を彼女の口に含ませる。「良薬だ。心配ない。森の病は森の薬草で治せる。彼女は治る」

言葉には年輪を重ねた大木のような力強さがあり、無条件でジュリアの快復を信じられそうな気がした。インディオは子供でも六十種の蜂を区別し、六百種の植物を把握して利用しているという。

「死者はみな精霊となる。その時期は森の精が教えてくれる。この少女はまだその時期ではない。心配いらない」

「助けてくれて感謝します」

「君は白い肌ではない。ブグレイロではないだろう。だから助ける」

ブグレイロ――。

インディオをブグレ――猿に由来する蔑称《べっしょう》――と呼ぶインディオ・ハンターだ。三十年前、ブラジル政府が調査した結果、ブグレイロが無抵抗なインディオを全裸で逆さ吊《づ》りにして切り刻むなど、残虐に殺戮《さつりく》していることが判明した。

「我々は大昔から侵略者と戦ってきた」

一五〇〇年ごろ、ブラジルに到着したポルトガル人は、野生の大木『ブラジル木《パウ・ブラジル》』を輸出品とした。幹を砕いて煮ると、毛織物用の真っ赤な染料が取れるのだ。だが、木が硬くて伐採は大変で、森の中では家畜も使えず、運搬も困難を極めた。白人は重労働を投げ出し、インディオに鉄製の斧《おの》や鎌《かま》を報酬として与えて働かせることにした。

インディオは最初こそ文明社会の農具に感動し、歓迎したが、現実は残酷だった。鞭《むち》や銃で追い立てられ、死ぬまでこき使われたのだ。不遇に耐え兼ねて反乱を起こすと、ポルトガル人を襲った罪で植民地政府から制裁された。奴隷にされたのだ。白人の騎馬軍は剣とマスケット銃で武装しており、弓と槍では勝ち目がなかった。労働を拒否した者は生きたまま焼き殺された。

「白人は我々の祖先を欺き、奴隷にした。同盟を結ぼうなどと笑顔で擦り寄り、武器を捨てたとたん捕らえられて殺されたのだ」

百数十万人いたインディオは、ポルトガル人が来てからの半世紀で一万人まで減ったという。虐殺だけでなく病気も一因だ。文明から離れて暮らす彼らは免疫がなく、外の人間が持ち込んだハシカ、おたふく風邪、天然痘、流感で大勢が死亡した。

現在は二百部族、三十万人ほどが生存していると聞く。

「我々の森を奪いたい侵略者たちは、〝呪われた服〟を木に吊るしたのだ。触れた者は次々に倒れ、苦しみ、息絶えた」

白人は邪魔な部族を取り除くため、ハシカや天然痘などの感染症に罹《かか》った病人の衣服を森に吊るし、細菌攻撃を行ったのだ。しかも、肝心のインディオ保護局は腐敗しており、一九六〇年ごろまで率先して毒殺、虐殺、売春の強制を行っていた。そんな経緯があり、国立インディオ財団《FUNAI》が設立された。

チュチャカブは悲しげな表情をしていた。

「外の人間は森を切り倒し、焼き、殺してしまう。それは間違いだ。我々は全てを森から得る。弓も籠も小屋も薬も作物も、全て森の恵みなのだ。森を傷つけてはならない」

数人のインディオが現れた。寝かされたジュリアを取り囲むと、両手の指を鉤爪《かぎづめ》のように折り曲げ、腕を上下させながら一斉に呪文を唱えはじめた。黄ばんだ歯を剥き出している。体内から絞り出す声の合唱は、聞く者の魂を鷲掴《わしづか》みにする。

祈禱《きとう》か。

「ありがとうございます。こうして迎え入れてもらえるとは思っていませんでした」

チュチャカブは祈りを横目で見ながら答えた。

「我々は外の人間との関係や文明を拒絶しているわけではない。我々を騙《だま》し、利用し、殺す者たちから身を守っているのだ」

「はい」

「我々は、ジュマ族やジャカレ族を皆殺しにしたムンドゥルク族とは違うし、彼らのように殺害した敵の生首を小屋の周りに飾り立てる習慣もない。そもそもそんな争いも習慣も私が生まれる前の話だ。我々は、森と寄り添って静かに生きているだけなのだ」

三浦は理解を示してうなずいた。

顔を西のほうへ向けると、腹が丸く膨らんだインディオの女が歩いていた。上半身裸で色黒の乳房が垂れている。妊婦は森へ向かった。

「妊娠していても森へ仕事に？」

好奇心から質問した。

チュチャカブは「いや」と首を横に振った。

「仕事ではない。出産だ」

「出産？」

「うむ。出産は森でする。森の精に守ってもらうためだ。ところで、客人。こんな森深くまで、なぜ――？」

三浦は正直に答えるべきか躊躇《ちゅうちょ》した。

〝奇跡の百合《ミラクルリリー》〟を探してやって来た、と答えたら、自然の破壊者と同一視されるかもしれない。

だが、全くの嘘を語るのも難しかった。

「僕は——日本人の植物学者です。アマゾンの生態系を研究しています」

チュチャカブはわずかに目を細め、少し間を置いてから「うむ……」とうなずいた。

「しかし、同行者とはぐれて、取り残されてしまったんです」

「同行者はどこへ行った？　一人か？」

「いえ、三人です。セリンゲイロの集落を目指しました」

「セリンゲイロ——か」

チュチャカブの眼差《まなざ》しに敵意のような感情が入り込んだのは気のせいだろうか。

「何か？」

チュチャカブは眉間に皺《しわ》を刻んでいた。

「……いや、セリンゲイロと敵対していたのは昔のことだ。遺恨はない」

「セリンゲイロと対立していたんですか」

「領地争いがあった。だが近年は、森に住む者同士、協力して牧場主や伐採作業員の横暴に立ち向かおう、という考え方に変わっておる。何にせよ、連れが快復するまで滞在するとよい」

「ありがとうございます」

夜になると、食事を振る舞われた。水豚と呼ばれるカピバラ——体長一メートル、体重五十キロもある世界最大の齧歯《げっし》類——の肉だ。食べごたえがあった。

生き延びられた実感を覚えると、改めて沙穂の顔が脳裏に浮かび上がってきた。

「ところで――一つお訊《き》きしてもいいですか？」

チュチャカブは「うむ」と三浦に顔を向けた。

「日本人の女性が訪ねてきたことはありませんか？」

「女性――？」

「はい」

三浦はウエストポーチから一枚のスナップ写真を取り出し、差し出した。そこには安《あん》藤《どう》沙穂が写っている。黒髪のロングヘアで、その隙間からルビーのイヤリングが光っていた。銀縁眼鏡の奥の瞳には知性のきらめきがある。

チュチャカブは写真をじっと凝視していた。

「彼女は言語学者です。三ヵ月前にこのアマゾンに入って――」三浦は唇を嚙《か》み締めた。「消息を絶ちました」

三ヵ月間、音沙汰《おとさた》がなく、彼女の友人知人、同僚たちに話を聞いても彼女は帰国していなかった。

研究者のフィールドワークが数ヵ月に及ぶことも珍しくないとはいえ、メールで安否を確認しても返信が一切ない状況では不安が尽きなかった。

アマゾンのど真ん中だからメールの送受信ができない可能性はある。しかし、大密林では長期滞在できる場所もかぎられているから、いつまでも森の中に入っているとは思えない。

彼女は一体どこにいるのか。

無事なのか、それとも――。

沙穂とは三年間付き合っていた。だが、二人共、研究者として自分の専門分野にのめり込む性分で、なかなか会う時間が取れなくなっていった。結局、話し合ったすえ、互いに納得の上で別れた。その後も、畑違いの分野を話し合う程度には良好な友人関係を続けていた。

彼女が熱っぽく語ってくれた話を覚えている。

「――〝普遍文法〟って考え方、分かる？」

「いや」

「要するに〝言語本能説〟のこと。人間は生まれながらにして文法が〝ゲノム〟に組み込まれているから、遺伝子継承物である言語を獲得できる、って考え方なの」

「言語でこれだけ複雑にコミュニケーションを取れるのは人間だけだし、一理ある気もするけど、言語は後天的に学ぶものじゃないかな。日本語、英語、スペイン語、中国語、韓国語、ポルトガル語、フランス語——。人は基本的に生まれた国の言語とか、両親が喋る言語を学んで話せるようになる。僕が英語とポルトガル語を身につけたのは後天的だよ。〝普遍文法〟って考え方が正しいなら、アメリカ人は英語、日本人は日本語、中国人は中国語の〝ゲノム〟を備えて生まれてくることになる。人種と違って国籍なんて、人間が決めているだけだから、白人でも日本で生まれて日本語を喋る両親に育てられたら日本語を喋るよ」

「そのとおり。でも、〝普遍文法〟という考え方では、人間が最終的にどの言語を身につけるとしても、本質的には同じことで、実はあらゆる言語は表面上、単語や音体系が異なったとしても、基本的構成要素は変わらない、っていうの」

「世界じゅうの数千の言語は根底にある文法が共通している、ってこと？」

「そうなの。生まれたときから〝普遍文法〟を備え持っている人間は、後は、どの言語を身につけるか環境によって決定するだけ――ってこと」

「言語学者としての見解？」

「私は懐疑的な立場。たとえば、オーストリアの動物行動学者カール・フォン・フリッシュは、ミツバチの〝尻振《しりふ》りダンス〟を発見して、後にノーベル賞を受賞した」

「有名な情報伝達手段だね」

ミツバチは蜜源《みつげん》を発見すると、巣に戻り、ダンスで仲間に場所を伝える。円を描くようにダンスしたら蜜源が近く――六メートル以内――にあることを示し、三日月形にダンスしたら六メートルから十八メートルのあいだにあることを示し、八の字にダンスしたら十八メートル以上離れていることを示している、という研究がある。

「そう」沙穂が言った。「ダンスの頻度でも情報がさらに細かく区別されてるっていうの。こういうコミュニケーションは人間の言語の特性と似てる」

三浦は同意してうなずいた。

沙穂は続けた。

「高度な情報伝達手段を持っているのはミツバチだけじゃないの。アフリカの南部や東部に棲《す》んでいるベルベットモンキーは、独特の警戒音で捕食者の存在を仲間に伝える。捕食者が蛇か豹《ひょう》か鷲かによって警戒音が異なるの。警戒音を聞いた仲間は、その種類によってちゃんと適切な回避行動をとる」

「そういう話を聞くと、〝言語本能説〟もあながち突飛な論とは思えなくなるね。生物には進化の過程でそれぞれ特性に沿ったコミュニケーション能力を生来的に獲得できる――」

「でも、動物や昆虫のこういうコミュニケーションは学習して身につけるものじゃないけど、人間の言語は学ばなきゃ、使えない。アマゾンの未接触部族の言語を研究したら、〝言語本能説〟に答えが出せるかもしれない」

沙穂は言語学に文化人類学のアプローチを取り入れていた。とりわけ関心を抱いていたのは、先住民の言語だった。

「世界の言語はこの五百年間で半減して、今は六千から七千。しかも、今後、百年間でさらに半減すると言われてるの」

「絶滅していくのは植物だけじゃないんだね」

「言語が失われていく理由の多くは、その言語を喋る集団が絶滅したから。ヨーロッパ人がもたらした伝染病で先住民が絶滅したり、虐殺されて絶滅したり――。時代に取り残された先住民が社会に溶け込めるよう教育を施す、なんて押しつけで一方的に言語の変更を強いられて、失われた例も多々」

「欧米の人間が先住民に英語を強制するようなものだね」

「そう。そこには、先住民の言語が先進国の言語に比べて劣っていると見なす、いわゆる〝文明人〟の傲慢《ごうまん》さがある。でもね、言語って文化そのものだから、失われることは大きな損失なの。先進国の価値観で安易に奪っていいものじゃない」

「言語には歴史と文化があるわけだ」

「言語にはその集団の価値観や思想、家族観、死生観――。あらゆるものが含まれてる。たとえば、英語の一人称は単数形だと『I』だけだし、スペイン語だと『Yo』だけでしょ。でも、日本語には一人称が数多くて、『私』『俺』『僕』『あたし』『うち』『わし』『わい』『自分』『拙者』――と性別や立場で使い分けたりする。最近は性別で一人称を区別しない欧米の言語が称賛されて、日本語でも一人称を統一すべき、なんて主張も目にするけど、多くの言語はそうして欧米人の価値観による〝正しさ〟で奪われ、消されてきたの」

彼女は喋りながらノートに走り書きした。植物標本《ハーバリウム》――専用オイルにドライフラワーが保存されている――作家のハンドメイドのボールペンを使っている。交際していたころにプレゼントしたものだ。中でピンク色のカスミソウが揺れており、グリップ部分には『Saho』の文字が刻印されている。

「一人称一つでも大事にしなきゃ、ってことか」

「日本語にこれだけの一人称が生まれた文化を追究してみると、それだけで論文が何本も書ける」

「日本語は雨や色の表現も豊かだね」

「そうなの。言語の表現からその集団の文化や歴史をひもといていける。それが言語学の面白さだと私は思ってる」

「畑違いの分野だけど、興味が出てきたな」

「でしょう？」

沙穂はにっこりと笑った。

三浦は釣られて緩めそうになった表情を引き締めた。

「だからアマゾンへ？」

「ブラジルの先住民の半数はアマゾンで暮らしてる。現在の部族数は二百ほどと言われてるけど、これからどんどん減っていくと思う。私は〝失われていく言語〟を守りたいの」

「でも、心配だよ。文明とかけ離れた場所だし、予想外の何かが起こっても救助が呼べない」

心配を伝えたものの、沙穂の決意は固く、一ヵ月後にブラジルへ旅立った。

そして――消息不明。

すぐにでも彼女を捜しにアマゾンへ飛びたかった。だが、アメリカの大学で学生たちに教えている身で、身勝手なことはできなかった。不安に胸を搔き毟《むし》られる毎日――。

彼女の研究室を訪ねると、助手の女性が同じく心配していて、話を聞くことができた。

沙穂はアマゾンの幻の未接触部族、シナイ族に関心を抱いていたという。

「彼女が追っていたシナイ族の手がかり、手帳に纏《まと》めさせてもらっていいですか？」

助手の女性は「もちろんです」とうなずき、「教授が参照されていた文献、全てご用意します」と専門書を並べてくれた。丸一日かけて内容を精査し、特に重要だと思《おぼ》しき箇所は手帳に書き記した。

とはいえ、彼女を捜しにアマゾンの密林へ向かうのは現実的ではなかった。

アメリカの大手製薬会社の人間からアマゾンへの同行を要請されたのは、そんなときだった。〝奇跡の百合《ミラクルリリー》〟を探す隊に植物学者としての専門知識が必要で、声がかかったのだ。

願ってもない話だった。植物学者として〝奇跡の百合《ミラクルリリー》〟の存在を鵜呑《うの》みにしているわけではなく、ただただ、沙穂の行方に関する手がかりを得る好機と考えた。

話を聞いた大学も許可をくれたので、二つ返事でアマゾンへやって来た。

だが――。

彼女がシナイ族の情報源として記していた〝マナウスの物知りじいさん〟の異名を持

つマテウスに会って情報を得ようとしたら、彼は殺害されてしまっていた。そして——手帳を狙う二人組が個室トイレに現れた。

偶然とは思えない。

一体なぜ——。

あの二人組は手帳にシナイ族の情報が書かれていると知って狙ったのか、〝奇跡の百合《ミラクルリリー》〟の情報があると思って狙ったのか。

三浦はウエストポーチから手帳を取り出そうとした。

手帳が——消えていた。

三浦は戸惑い、ウエストポーチの中を漁《あさ》った。財布にパスポートにペン類——。

手帳は見当たらない。

なぜ？

陸に上がった後、手帳が濡れていないか調べた。ビニール袋に入れていたから無事だった。そのときはたしかに持っていた。ウエストポーチに戻したはずなのに——。

いつ消えたのか。

なぜ消えたのか。

肌身離さず持っていたから、就寝中に誰かに抜き取られたとしか思えない。

そうだとすれば、隊の中の誰かが犯人だ。

手帳の中身はほとんど頭に入っているとはいえ、気づかないうちに盗まれているという事実は薄気味悪かった。

だが、今そんなことを考えてもどうにもならない。

三浦は思考を放棄した。

樹冠に空が遮られている森の中とは違い、切り開かれた集落では、黒い薄布を一枚一枚重ねていくようにゆっくり夜が深まっていく。

チュチャカブが「今夜はあそこで眠るといい」と言った。

木と木のあいだにハンモックが吊るされている。三浦は礼を言い、その上に寝転がった。

ハンモックを使わない数人のインディオは焚《た》き火の周りに集まり、灰を全身にまぶして地面に横たわった。ダニよけだろう。

目を閉じると、森の子守歌に誘われ、疲労困憊《こんぱい》の体はあっと言う間に睡魔に屈した。

13

高橋勇太はゴム切り《ファッカ・デ・セリンガ》ナイフを腰に下げ、アマゾンの森の中を歩いてゴムの木に傷をつけて回った。

先日から数十本を任されている。父親の期待に応《こた》えるため、しっかり役目をこなしていた。

だが、今日は眩暈《めまい》がするほどの暑さで、休憩が必要だった。ゴムの木の林道《エスツラーダ》を外れ、川辺へ向かった。

そこで女の子を見つけた。

蝶《ちょう》の群れの中に浅黒い肌の女の子がたたずんでいた。年齢は六歳か、七歳か——。とにかく幼く、腰布をしているだけだ。

先住民《インディオ》だ。

勇太は腰のファッカ・デ・セリンガを揺らしながら女の子に近寄り、ポルトガル語で声をかけた。

「何してるの？」

女の子は顔を向けた。まん丸い目と花の蕾《つぼみ》のような唇をしている。小首を傾げ、何かを喋った。

「え？」

勇太は訊き返した。

女の子が万歳するように両手を伸ばすと、モルフォ蝶はするりと逃げ、頭上で舞い踊った。

「どこから来たの？」

女の子は蝶に触れようとするのを諦め、また小首を傾げた。異国のまじないのように、理解できない言語を口にする。それは今までに聞いたことがなく、勇太は困惑した。

「僕、ユウタ。君は？」

女の子の頭上を仰ぎ見て、舞う蝶を眺めた。

言葉は一切通じなかった。

彼女はどこから来たのだろう。迷い込んだのだろうか。

「この辺は蛇が出るし、鰐《わに》もいるよ」

女の子は勇太の目を見つめた。

太陽の恵みを受け取れず、陰でひっそりと咲いている花を連想させられた。

赤色の羽で彩られた全長十五センチの雄のマイコドリが、地味なオリーブ色の雌とつがいになり、低木の枝を跳びはねていた。彼女が静かに近づくと、気配を察した二羽が飛び立った。

女の子が言葉を漏らした。『a』とも『e』とも聞こえるようで、しかし、何となく違いがある。アルファベットで喋っていない――。そんな気がした。

部族の言語なのだろう。

マイコドリのつがいは、巨大な葉の隙間を縫って飛び去った。女の子は自分も樹冠の上まで――太陽の恵みを受けられる場所まで羽ばたきたそうに見上げていた。

女の子が川辺に近づいた。

「危ないよ！」

勇太は声を上げた。

女の子が振り向く。

「川にはピラニアがいるからね」

勇太はポーチから針つきの糸を取り出し、拾った木の枝に結びつけた。簡単な釣竿《つりざお》を作って川に放り込む。針は黄土色の川に沈んで見えなくなった。

女の子はしゃがみ込み、興味深そうに川を眺めている。

勇太はもう一本の木の枝で川面《かわも》を叩《たた》いた。二度、三度、四度――。水しぶきが上がった次の瞬間、糸がピクッと上下した。釣竿を振り上げると、ピラニアが飛び出してきた。

水面《みなも》を叩くと、動物が溺《おぼ》れていると思い込んで集まる習性があり、餌がなくても食いつく。

勇太は針を外し、注意深く薄い唇をめくり上げた。ノコギリのような歯がびっしり生えていた。

「ほら、すごい歯でしょ」

女の子はピラニアの口を覗き込んだ。

「噛まれたら指が千切れちゃうよ」

勇太は人差し指を伸ばし、左手の指で作ったハサミで切るまねをした。

「危ないから一緒に来る？」

意味が通じているとは思えなかったので、行動で示すため、勇太は森の奥を指差して背を向けた。数歩進んでから振り返ると、彼女は立ち止まったままだった。

手招きしてアピールする。

女の子は少しためらいを見せてから歩いてきた。

通じた！

勇太は密林の中に戻り、一方的に喋りかけながら歩いた。ゴムの木が目に入ると、腰からファッカ・デ・セリンガを抜き、女の子を振り返る。

「面白いものを見せてあげるよ」

女の子はゴムの木をじっと見つめている。

「これをこうしたら――」勇太は刃先に力を込め、樹皮に一文字《いちもんじ》の切り傷をつけた。

「樹液が流れるんだ。それがゴムになるんだよ」

女の子は近づき、白い乳液《ラテックス》が流れ出る木を眺めた。指先で傷口を突っ突く。

「昼までカップを置いておいて、いっぱい溜めるんだ。それが僕の仕事。毎日、歩き回って何百本も採取するんだよ」

女の子はただただ物珍しそうにしていた。

14

密林の底には、緑の天蓋《てんがい》から鳥の鳴き声が降っている。茂る枝葉の陰に隠れているため、種類までは分からない。

三浦はジュリアと並んで若い先住民《インディオ》の後を歩いていた。迷いを一切見せない青年の足取りは心強かった。

ジュリアはリュックからペットボトルを取り出し、飲料に口をつけた。

三浦は彼女の横顔を見つめた。

インディオの集落に留《とど》まって二日で彼女の体調は良くなり、四日目には快復していた。その後、ゴム採取人《セリンゲイロ》の集落まで案内してもらえることになり、こうして先導してもらっている。

朝一番から歩き続け、正午になったころ――。

若いインディオが立ち止まり、密林の奥を指差した。切り開かれた場所に高床式の木造の小屋が見えている。

「あそこが――」

ジュリアがつぶやくように言った。

若いインディオは自分を指し示し、それから森の反対側に指先を向けた。

自分はここで戻る――と伝えているのだろう。インディオとセリンゲイロは近年では共闘関係になっているとはいえ、一昔前は土地を巡って争っていたという。互いの領地に踏み入る行為は誤解を招くかもしれない。そういう危惧があるのだ。

「オブリガード」

三浦はポルトガル語で礼を伝えた。

ジュリアも感謝を告げた。言葉は通じなくても、気持ちは伝わったと思う。

若いインディオは理解したようにうなずき、踵《きびす》を返した。三浦は彼が森の奥へ消えていくのを見送ってから、セリンゲイロの集落を見つめた。

「行きましょう」

ジュリアが率先して歩きはじめた。

三浦は彼女に付き従い、集落へ向かった。高床式の小屋が点在しており、セリンゲイロが行き交っている。

集落に踏み入ると、数人の視線が注がれた。

「あのう……」三浦は見回しながら誰にともなくポルトガル語で呼びかけた。「どなたか話を聞いていただけませんか」

小屋の前の数人が顔を見合わせた。何やら囁《ささや》き交わしている。

奥から一人の中年男性が近づいてきた。一目で分かるアジア系の顔立ち――。

「もしかして……日本人ですか？」

中年男性は「ああ」とうなずいた。ポルトガル語で言う。「高橋だ。あんたたちは？」

「植物学者の三浦です」三浦は隣を見た。「彼女は調査に同行中のジュリアです」

「へえ。こんな奥地まで調査に――？」

「実は同行者たちとはぐれてしまって……。彼らはこの集落を目指していたはずなんですが……」

高橋は目を細めた。

「……同行者というのは、アメリカ人の？」

「ご存じですか？　アメリカ人とイギリス人と現地の人間の三人組なんです」

高橋は集落の奥を顎《あご》で指し示した。

「一昨日《おととい》、ここへやって来て、今も滞在してるよ。不躾《ぶしつけ》な感じだった。リーダーらしき白人だけは丁寧だったが……」

「会いに行っても構いませんか」

高橋は軽くうなずいた。

「ありがとうございます」

三浦はジュリアと共に集落の奥へ向かった。天高くそびえる樹木の前に小屋があり、その前にクリフォードたちがいた。地図を片手に寄り集まって計画を話し合っている。

近づく靴音が耳に入ったらしく、三人が同時に顔を向けた。目が見開かれる。

ロドリゲスが薄笑みを浮かべた。

「しぶといじゃねえか。二人揃ってくたばったと思ってたぜ」

「……辛うじて、ですが」三浦は言った。「インディオに助けられて、九死に一生を得ました」

クリフォードの驚き顔が素に戻った。

「無事で何よりです」

ジュリアが敵意の籠《こも》った表情で踏み出した。

「私たちを見殺しにしたくせに」

クリフォードが眉《まゆ》を顰《ひそ》めた。

「あの場に留まっていたら全滅していた。そもそも、強引に同行を申し出たのは君だろ」

今度、眉を顰めたのはジュリアだった。

ロドリゲスがにやつきながら言った。

「まあ、結果的に助かったんだからよかったじゃねえか。俺らも仲間を捨てたくて捨てたんじゃねえ」

本心では仲間と思っていないだろう。

クリフォードにしても、〝奇跡の百合《ミラクルリリー》〟発見のために植物学者としての知識を求めておきながら、ほとんど迷いなく置き去りにする決断を下した。普通なら、イレギュラーな形で同行することになったジュリアだけを見捨てさせる場面ではなかったか。しかし、彼は比較的あっさりと二人を纏めて諦めた。

まるで植物学者としての知識など最初から必要としていなかったかのように――。

ウエストポーチから消えていた手帳のことを追及したい衝動に駆り立てられた。

肌身離さず持っていたのだから、盗める機会があったのはメンバーだけだ。

誰が何のために盗んだのか。

何が書かれているか、誰も知らなかったはずだ。〝奇跡の百合《ミラクルリリー》〟に関する情報はクリフォードが持っており、その存在に半信半疑の植物学者が何かしらの〝秘密〟を書き記している可能性が低いことは容易に想像できるだろう。そもそも、共に発見しようとしているメンバー内で出し抜こうと画策するメリットもない。

手帳をわざわざ盗もうと考えた理由は？　何が書かれていると想像して盗んだのか。

不信感が芽を出し、体に絡みつく蔓《つる》性の植物のごとく、育っていく。

「無事でよかった、と思ったのは本音ですよ、ドクター」クリフォードが言った。「目的のために和解しませんか」

ジュリアはクリフォードを睨《にら》みつけたものの、何も言わなかった。

三浦は、ふう、と息を吐いた。胸の内で渦巻く様々な感情は抑え込んで、表面を取り繕うしかない、今は――。

「恨んではいません」三浦は答えた。「あの状況では仕方がない判断だったと思っています」

クリフォードが表情を緩めた。

「では、今日はゆっくりしてください。セリンゲイロの皆さんは割と親切ですよ」

「食料も貰《もら》ったしな」デニスがライフルを撫《な》でながら言った。「充分準備できた」

「二、三日滞在して態勢を整えて、出発です」
二、三日――か。
アマゾンのど真ん中とはいえ、今度はちゃんとした集落で一休みできることに安堵《あんど》した。

高橋が近づいてきた。

「寝床に案内しよう」

三浦は「はい」とうなずき、高橋の後について行った。西側に小屋が二軒、並んでいる。

高橋が小屋を指差した。

「二人でそれぞれ使ってくれ」

「構わないんですか？」

「誰も使ってない小屋だ」

「ありがとうございます」

「気にしなくていい。ただ、ここも平和じゃないから、あまり長居はしないほうがいいかもしれない」

「何かあるんですか？」

高橋は顰《しか》めっ面を作った。

「……森の破壊者だよ」

ジュリアが我が身に痛みを感じているような表情でつぶやいた。

「森の破壊――」

「ああ」高橋がうなずく。「一触即発だ。アンドラーデって牧場主が伐採作業員たちを引き連れて、一帯を切り開こうとしてる。連中が現れるたび、セリンゲイロは座り込みで対抗してるんだ。今や、緊張はピークに達してる」

ジュリアの顔には隠しきれない怒りが滲み出ていた。

「そのうち死者が出るかもしれない。森に入るなら注意したほうがいい。セリンゲイロの仲間だと誤解されたら危険だ」

三浦は答えた。

「気をつけます」

三浦は小屋に入ると、体を休めた。歩きっぱなしで攣《つ》りそうなふくらはぎを揉《も》む。

頭を占めているのは沙穂のことだった。アマゾンで消息を絶った彼女は果たして無事なのか、それとも――。

製薬会社からの依頼を口実にブラジルへ来ることができた。だが、広大なアマゾンで彼女をどう捜せばいいのか。存在の不確かな〝奇跡の百合《ミラクルリリー》〟よりよほど大切だ。

夕方になると、三浦は小屋の開口部から顔を出した。見回したとき、集落の遠方の黒煙が目に入った。

森林火災――。

だが、火災にしては弱々しく、煙突から立ち昇っているように細い黒煙だった。

三浦は小屋を出ると、黒煙の方角へ向かった。途中、メンバーの姿を見かけた。ライフルを背負ったデニスは、自慢話でもしているのか、にやにやしながら老年のセリンゲイロに何やら喋《しゃべ》っていた。先着した彼らは集落に馴染《なじ》んでいるようだ。

セリンゲイロは誰も黒煙を気にしていない。異常事態ではないのかもしれない。

三浦は好奇心で黒煙のもとへ向かった。

煙の出どころは——。

ヤシの葉で葺いた屋根が十本の丸太の柱で支えられている。セリンゲイロがその下に集結していた。

高橋の姿もあった。

三浦は彼に近づいた。

「何をしているんです——?」

「ここは燻蒸《くんじょう》小屋だ」高橋はゴムの塊を担ぎ上げた。「乳液《ラテックス》を燻《いぶ》して良質のゴムにするんだ」

高橋は燻蒸小屋を出ると、森のほうへ歩きはじめた。三浦は彼に付き従い、道中、ゴム採取の生活について苦労話を聞いた。

着いたのは倉庫だった。

ゴムを担いだセリンゲイロが列を成しており、ボスと呼ばれている中年男が計量をしている。

年老いたセリンゲイロがゴム板を秤《はかり》に載せると、ボスが「おっ」と声を漏らした。

「お前一人分か?」

「最近はゴムの木の機嫌がいいんですよ」

「上出来だ」ボスが満足げにうなずいた。「三日分に相当する大きさだ。色合いも悪くない。明日《あした》も期待してるぞ」

計量が済むと、年老いたセリンゲイロは賃金を受け取った。入れ替わりに現れたセリンゲイロも、両脇に大きなゴム板を抱えていた。

「おおー、お前もか。今までの二倍強、というところだな」

ボスは驚きながらも計量し、賃金を支払った。

会話を聞くかぎり、どうやら続くセリンゲイロたちも大収穫だったようだ。

隣の高橋が怪訝《けげん》な顔つきをしている。

「どうしました？」

「いや……」高橋は渋面を崩さなかった。「誰もが平均をはるかに超えたゴムを採取しているようだ」

「いいことでは？」

「まあ――な」

高橋は釈然としない顔つきで答えると、自分の番でゴムを秤に載せた。他のセリンゲイロの半分以下だった。

彼は賃金を受け取って倉庫を出た。

三浦は高橋の後について集落に戻った。

その日は集落の女性が運んできてくれたマンジョーカ芋の手料理で腹を満たし、就寝した。獣や虫に襲われる心配なく眠れる環境に、まぶたはすぐ落ちた。

翌日は正午に高橋が訪ねてきた。眉間の皺は深い。

「あんたは植物学者だったよな。植物の専門家だ」

「はい」

「……少し付き合ってくれないか」

高橋は返事を待たず、小屋を出た。三浦は後を追った。高橋が森の中へ入っていく。

高橋が向かった先は、一本のゴムの大樹だった。

「これを見てほしい。仲間が受け持っているゴムの木だ」

三浦はゴムの木に近づいた。両腕を広げたよりも太い幹だ。樹皮に刻まれた真一文字の傷が横に三本並び、それぞれからラテックスが分泌され、二つのカップに流れ落ちている。

「ゴムはこのように採取されているんですね。実際に見るのは初めてで、興味深いです」

高橋は何も答えず、切り傷をじっと睨みつけている。やがてぽつりと言った。

「これ、どう思う……？」

三浦は彼の横顔に尋ねた。

「どう――とは？」

「今朝、息子が一度切り損なって、傷をつけ直したのを見て、ぴんと来たんだ。本来、ゴムの木には一本だけ傷をつける。だが、これは三本も傷がつけられている」

「そのほうがラテックスを多く採取できるから——ですかね」

「仲間たちのゴムの採取量が突然二倍、三倍になったのは、こういうカラクリがあったからだ。これがどういうことか、植物の専門家なら分かるだろう？」

「……傷を増やせばラテックスは多く流れるでしょうけど、その分、ゴムの木が傷んで弱ります」

「ああ。森の人間なら百も承知のはずだが……。なぜこんな乱暴な採取をしたのか」

高橋は緑の天蓋を仰ぎ見ると、ため息を漏らし、「戻ろう」と背を向けた。

途中、コーンッ、コーンッ、と何かを打つ音が森に響いていた。

見回すと、フサオマキザルが顔より大きな丸い実を木に叩きつけ、割ろうとしていた。

「何かの合図かと思いました。ブラジルナッツですね」

「ああ」高橋が答えた。「頑丈な実だから、猿じゃ一晩かかっても割れないだろうな」

アマゾンではパカだけが歯で穴をあけられるという。パカは齧歯《げっし》類の一種だ。莢《さや》は餌《えさ》として土に埋められるが、たまに取り出されずに忘れられたものが芽を出し、新しい木になる。そうして自然はサイクルを繰り返している。

高橋が樹冠を仰ぎ見た。

「そういえば収穫期が近いな……」

「収穫期ですか？」

聞き返すと、高橋が説明した。

雨季になると、セリンゲイロはゴムの採取をやめるという。ゴムの木に設置したカップに雨水が混ざり、質が落ちるからだ。その代わり、実って落下したブラジルナッツの実を掻き集め、莢を剝いて売る。

三浦はブラジルナッツの木に歩み寄った。実が五、六個転がっている。

「実りが多いと、二十個は落ちてる」

そのとき、一人のセリンゲイロが現れた。フサオマキザルに「去れ、去れ！」と怒鳴りながら、威嚇するように山刀《マチェーテ》を振る。猿は飛び上がり、ブラジルナッツの実を捨てて逃げ去った。

突然、樹冠のほうで葉がざわめいた。見上げると、五十メートル頭上から一・五キロもあるブラジルナッツの実が落下してきた。セリンゲイロが「うおっ」と跳びのいた。茶色い砲弾のような実が土にめり込む。

高橋は「大丈夫か」と声をかけた。セリンゲイロは苦笑しながら肩をすくめた。

直撃したら命が危ない。

三浦は安全な位置まで後退した。

「……行こうか」

高橋が言った。

集落に戻ると、数人のセリンゲイロがブラジルナッツの実にマチェーテを叩きつけていた。表面は何度も刃を弾《はじ》き返している。

奥に目を向けると、炎天下、セリンゲイロの妻たちが木製の長椅子に座り、台で作業をしていた。そこには扇形や台形の茶色い莢の殻が山積みになっている。割られた実に詰まった十数個の莢を取り出し、殻を剝いてナッツを取り出している。

二人で小屋に入り、向き合って座った。口火を切ったのは高橋だった。

「切り傷を増やした理由は、たぶん、賃金――だろうな。ゴムは年々値下がりして、もはや今までどおりの収穫じゃ、やっていけない。ゴムの木を傷めてでも二倍、三倍の量を採取するしかなかった。そういうことなんだろうな」

「……おそらく、そうでしょう」

「セリンゲイロも先は――ないな」

高橋の声には悲嘆が絡みついていた。

「あなたは日本人なのに、どうしてこんな森のど真ん中でセリンゲイロを――？」

高橋の瞳に自嘲《じちょう》するような色が宿った。

「何か変な質問をしてしまいましたか？」

「いや」高橋は緩やかにかぶりを振った。「俺は望んで森の人間になったわけじゃない。両親が渡伯して地獄に囚《とら》われたんだ」

15

一九四五年八月十五日、天皇陛下の玉音放送が国じゅうに流れ、日本の無条件降伏で太平洋《たいへいよう》戦争は終結した。

食糧や物資が不足し、国会議事堂前の庭も芋畑となった。新聞は粗悪な仙花紙で作られ、記事も詰め込まれていた。蠟燭《ろうそく》はハゼ蠟を空き缶に詰めて使っていた。だが、誰もが不平不満を喉の奥に押し止《とど》め、生活した。

玉音放送の全文が掲載された東京新聞には、『忍苦の二字を肝に銘じ』『突き進まんイバラの道』と書かれていた。日本人はその言葉を心に刻み、苦難の中でも生き抜く決意をしたのだ。

皇居前の広場では、「米をよこせ！」と大規模なデモが行われたが、母は参加しなかった。

「国が大変なときに国を非難していては駄目」

そう言っていた母だったが、トウモロコシやコッペパンの欠配が一週間続いたとき、闇市に頼る決意をした。着物を売った金でサツマイモを買った。砂糖の代用品である人工甘味料サッカリンは少量でも高価だった。

戦後数年経っても日本は貧しいままだった。

兄は日本人の客が多い有楽町《ゆうらくちょう》のガード下で割烹着《かっぽうぎ》姿の婦人たちに交ざり、『ＲＥＸの靴クリーム』を使って布切れが擦り切れるまで毎日毎日、靴磨きをして家計を助けていた。

両親が渡伯を決めたのはそんなころだった。ブラジルには希望があると聞かされていたからだ。豊かな土地があり、息子たちにも幸せな生活をさせてやれる。

太平洋戦争の開戦で中断していたブラジルへの計画移民は、一九五二年から再開されている。

両親は応募して『海協連（財団法人日本海外協会連合会）』から合格通知書を受け取ると、移住契約と渡航費貸付契約を結び、『あめりか丸』に乗船した。

波止場に集まる見送りたちと船上の家族たちが無数の紙テープを投げ交わした。茜空《あかねぞら》に懸かる幾筋もの虹のようだった。

「万歳、万歳、万歳――」

波止場の人々が諸手《もろて》を上げて見送る。

銅鑼《どら》の音が鳴り渡ると、楽団が演奏する物悲しい『蛍の光』に見送られ、大勢の人生と希望を乗せた『あめりか丸』が出港した。色とりどりの紙テープの束が千切れてゆく。一人の女が腕を港に――日本に向かって伸ばした。祖国と繋《つな》がっていた綱を手放したまま、名残惜しげに固まったようだった。

数組の家族は涙をたたえながら、手を振り続けている。

日本の街明かりが遠のいていった。

やがて夕日が沈み、闇が広がった。灯台の明かりも夜に溶け、波が船体を洗う音しか聞こえなくなった。一面の黒い海に白い航跡が尾を引いている。威勢よく見送りに応えていた者たちも、次第に無口になった。誰もが遠い目を日本の方角に向けている。

希望は本当にあるのだろうか——。そんな不安が見て取れる。

突風が吹き、洋装の婦人がスカートを押さえた。山の高い流行《はや》りの婦人帽がさらわれ、闇夜に舞い、海面に落ちた。それはしばらく黒い波にもてあそばれた後、奈落に呑《の》まれるように沈んでいった。


出港から一ヵ月。移民船は航海を続けていた。船底の大部屋に閉じ込められた大人たちは、希望より諦観《ていかん》を覚え、望郷の念に駆られていた。元気を残しているのは子供だけだ。

暇を持て余した着物姿の男の子が知り合った子供と遊んでいる。日本で流行していたチャンバラごっこだ。丸めた二本の新聞紙を構えている。

移民船はさらに何日も航海を続けた。コロンビアの港を経由してリオ・デ・ジャネイロに着いたのは、出港から四十五日目だ。

「これから、それぞれの入植地へ向かっていただきます」

責任者はそう言うと、日本人移民たちと下船した。口を開けば喉の奥を火傷《やけど》しそうなほどの陽光だ。

着物姿の女は汗だくになりながらも、夫をウチワで扇《あお》いでいた。夫は目を細め、袖口《そでぐち》で額の汗を拭《ぬぐ》った。

「そんなもんじゃ、しのげそうもねえ」

移民たちは誰もが戸惑いがちに街を見回した。白や黒や茶の肌をしたブラジル人たち。聞こえてくるのは異国の言葉ばかりだ。船内で勉強した程度の単語では理解できないだろう。

入国手続きと通関検査を終えた移民たちは、分散してそれぞれの入植地を目指した。

高橋一家は数家族と一緒に汽車に乗った。

汽車から降りると、責任者がアマゾンの密林に案内した。

「目的地までは一週間です」

誰もがほうけた顔で立ちすくんでいた。

広大な熱帯雨林に圧倒された。巨木が何十メートルも伸び、交錯する枝葉が空を隠しているせいで薄暗い。藪《やぶ》が生い茂り、蔓の群れが地面を這《は》いながら木々の幹に絡みついている。羽状の植物が壁を作っていた。猿や鳥の鳴き声に交じり、移民たちが踏み締めた小枝や枯れ葉の裂ける音がする。

文明を拒絶する原生林。足を踏み入れたら二度と帰れない——。そう思わせられる。

木造船が停まる川の幅は数百メートルもあり、対岸は立ち込める朝もやによって薄緑に霞《かす》んでいた。ときおり流木がゆったりと——森が生きてきた歳月と同じくらいゆったりと流れてくる。黄土色の川面に反射する人々の顔は、内心を映し出すように揺らいでいた。

移民たちは覚悟を決めたというより、諦めたという表情で一人、また一人とペンキ塗りの木造船に乗り込んでいった。

高橋一家と他の数家族はガマ川を遡《さかのぼ》り、北部のパラ州ガマ移住地へ向かった。下船したのは、夜の海面のような闇に塗り込められた密林だった。葉の多い無数の蔓植物が垂れ下がったり、巻いたり、波打ったり、無限に変化して辺り一面を這い回っている。

二十数人の影が二列になって原生林を進んだ。見上げると、母の顔も闇に包まれて表情が分からなかった。先頭を歩く案内人のランプが人魂《ひとだま》めいて浮かび上がっている。湿った空気はなんだか重たげで、ひんやりしているのになぜかシャツが濡れた。

勇二郎は母の手をしっかり握り締め、歩いた。放してしまったら二度と触れられないような不安があった。

入植地にたどり着くと、唖然《あぜん》とした。切り開かれた森の中に、突風で吹き飛びそうな木造の掘っ建て小屋が散らばっている。豚小屋同然だった。入り口に丸太や薪、農具が転がっている。

「俺たちに家畜になれっちゅうのか……」

家族で小屋に足を踏み入れた。板張りの天井の隙間からは陽光の筋が漏れ、その中で土埃《つちぼこり》が舞っている。土が剝き出しの床には、角材が何本も転がっていた。最初にしたことは布団作りだった。トウモロコシの皮を布袋に詰めて利用するのだ。

全員、緊張と不安で目が冴《さ》え、眠れなかった。短くなっていく蠟燭が家族の運命に思えた。

翌朝、家族揃って小屋を出ると、見知らぬ日本人の男が立っていた。長袖シャツに長ズボンで、麦藁《むぎわら》帽子の下の顔は日焼けで赤黒い。

「……おらは野澤《のざわ》だ。ひょっとして新人さんかい」

父が「ええ」とうなずくと、野澤は生気のない薄笑いを漏らした。

「募集要項に騙された口だな、あんさんらも」

「騙された？」

「政府は大ぼら吹きだべ。年じゅう豊作だ、三十年は無肥料で耕作できる肥沃土《ひよくど》だ、と言われて移民を決意したけんど、全部嘘だったさ。特にガマの入植地は最低だべ。作物なんかろくにできねえし、森でヤシの実を拾って飢えをしのがなきゃなんね。猿じゃあるめえし」

勇二郎は唖然として聞いていた。

「手紙も出せん、電話も使えん。誰かに訴えようにも、こんな森の奥地じゃ、とても無理だ。あんさんらも覚悟したほうがいいべ」

野澤は鍬《くわ》を担ぐと、原生林へ歩いて行った。背中が丸まっており、今まで地面の絶望だけを見て歩いてきたように見えた。

　やがて他の家族も起きてきた。全員が揃うと、監督の日本人がパトロンのブラジル人を紹介した。鍔広《つばひろ》帽子をかぶった髭面《ひげづら》の男で、シャツの襟元から胸毛が覗いていた。腰にピストルと山刀《マチエーテ》を下げ、革長靴を履いている。

　パトロンから渡されたのは一家族、米一俵だった。

「ええとですね……」日本人監督が説明した。「一年分の生活費は借金となりますが、収穫した米で返済できます」

「収穫量が少ない年はどうなります」移民の一人が訊いた。

「その場合は借金が残ることになりますが、まあ、ブラジルは豊潤な土地ですから心配はいりません。毎年、豊作ですよ」

　高橋一家が案内されたのは、小屋から二キロほど離れた畑だった。後ろにはガマ川が流れている。

　先輩の日本人移民が名乗り、「よろしくお願いします」と一人一人に握手していく。

　勇二郎は彼の手を握ったとき、農具を長年振るってきた男の握力と手のひらの硬さに驚いた。何度もマメを潰したらしく、岩肌のようだ。

　夜中、妙な気配を感じて目覚めると、土の床から葉切り蟻《サウバ》の大群が赤黒い帯となって這い出ていた。両親を呼び起こすと、父が靴底を何度も叩きつけた。

　父は大量の死骸《しがい》を靴の側面で小屋の隅に掃き、赤黒い山にした。それは日本人移民の行く末を暗示しているように思えた。自分たちも蟻と同じく朝からぞろぞろと荒道を歩き、働き、またぞろぞろと戻る。そしてそのうち……。

翌日、父が貴重な金で殺蟻器《さつぎ》を借りた。鉄製の筒に炭火と殺蟻剤を入れ、フイゴで蟻の巣穴に毒煙を送り込むのだ。

その日の夕食は母が作ったフェイジョン豆の甘煮だった。ブラジル風に料理せず、日本食に近づけようと工夫しているが、やはり少し違う。

渡伯して半月は移民たちもまだ元気だった。サトウキビの蒸留酒を酌み交わし、郷土民謡を唄《うた》うことが数少ない娯楽でも、一生懸命働いた。日本で頑張っている同胞たちを思うと、我がままは言っていられない——。そんな思いがあったのだろう。

ある日、母が古びた蚊帳《かや》で虫捕り網を作ってくれた。日本では『昆虫採集セット』を買い、夏休みじゅうバッタやトンボを追いかけ回したものだ。

勇二郎は虫捕り網に喜び、森へ遊びに行った。森は不思議な昆虫の宝庫だった。興奮して走り回り、何匹も捕まえては籠に入れた。だが、それも最初だけだった。ブラジルでは昆虫など珍しくもなく、自慢する相手もいない。一週間も経たないうちに飽きてしまった。

毎日毎日、畑仕事を手伝った。

十歳の手には余るエンシャーダ——ブラジル製の鍬——を取り、農具に振り回されながらも畑を耕した。掘り返した土に交じってミミズ——後にミミズトカゲという爬虫類《はちゅう》だと分かった——が蠢いていた。日本にいたころは嫌いだったミミズも、今や気にならない。

必死で働いたが、ガマの入植地の土は瀕死《ひんし》だった。ブラジルで主流だという陸稲——畑で栽培する稲——は半分も実らず、畑は毛を毟られた巨大な動物の背のようだ。

「今年は借金が増えそうだな……」父が母に言った。「今日から売店には行くな」

日本人移民たちは数キロ先の売店に行き、パトロンから受け取る微々たる生活費でジャガイモや干し魚を買っておかずにしていた。

「分かりました」母はうなずいた。「やり繰りします」

「森で食える草の根や木の実を探せばおかずになる」

数日後、母が森で数本の高木を発見した。掌《てのひら》状に裂けた形の葉を繁らせている。パパイアの木だった。残念ながら果実が実っていない雄の木だった。だが、母は「大根代わりに使えそう」と言って土を掘り返し、根を切り取って持ち帰った。

母がパパイアの根を千切りにし、味噌《みそ》汁《しる》の具にした。歯応えがあり、あっさりした味わいだった。

生活は日々苦しくなっていく。

「……おなか減ったよ」

勇二郎は空っぽの胃を押さえながらつぶやいた。

最近の食事はファァリーニャ——マンジョーカ芋の根から作る粉——だった。粉が喉に引っ掛かり、何度も咳《せ》き込んだ。水がなくてはとても食べられない。

勇二郎は黙って水を飲んだ。芋の根の粉じゃ、力も出ない。

「贅沢《ぜいたく》言うな。戦時中はな――」父の口癖だった。「内地の人間は決戦食で耐え忍んだもんだ」

「決戦食って？」

父は答えなかった。代わりに母が答えた。

「戦時中は食料がなくてね。お米も、お味噌も、お砂糖も、全部配給制度が敷かれていたの。着物と物々交換しなきゃ、卵も手に入らなかった。末期には、決戦食って言って、お芋の蔓とかカボチャの種が主食だったんだよ」

「これもあんまり変わんないや」

勇二郎は唇を尖《とが》らせ、パパイアの根を箸《はし》で突っ突いた。

「文句があるなら食うな」父が顔も上げずに言い捨てた。

上目遣いで窺うと、家族の中で一番体が大きい父の皿の食べ物が母と同じくらい少なかった。それに気づいたとき、父が毎夜、布切れを噛み締め、腹を――胃を握り締めて眠ろうとしている姿の意味を知った。

「……ごめんなさい」

勇二郎はもう文句を言わず、黙ってパパイアの根を齧《かじ》った。

野澤が小屋を訪ねてきたのは、そんなときだった。

「差し入れだべ。ほれ、陸蓮根《おかれんこん》でも食いな」

オクラだった。母は礼を言うと、味噌で和《あ》えて小皿に盛った。一口でなくなる程度の量だったが、貴重な食料だ。

「コロニアで助け合わにゃなんね」

「コロニア？」父が聞き返した。

「日本人の〝コミュニテー〟のことだべ。こっちは外人ばかりじゃ。おらたちが手を取り合わにゃなんね。もう戦時中とは違うんだ」

太平洋戦争がはじまると、連合国側に味方しているブラジルでは日本語教育も日本の発刊物も禁じられた。日本人が固まって会話しているだけで警察に連行されたという。

「戦争が終わっても、敗戦国の人間だ、ちゅう目で見下されたべ。そのたびに日本人の誇りさ見せてやる、って踏ん張ってきたさ。けんど、日本人同士、協力し合わにゃ生きていけんちゅうのに参ったべ。勝ち組、負け組だのいがみ合って……」

一九四五年八月十四日付けのブラジル紙『Folha da Noite』が日本の無条件降伏を報じると、祖国の勝利を信じる『勝ち組』と、敗戦を認める『負け組』が対立したらしい。弾圧に耐え忍んできた日本人移民にとっては、日本の勝利が唯一の希望だったから敗戦が信じられず、『負け組』に嫌がらせやテロを繰り返した。

「あのころ、日本の軍艦が移民たちを迎えにやって来るなんて噂が流れてよ。おらは信じて日本円を買っちまった。後で『円売り』ちゅう詐欺行為だって知ったけんど、手遅れだったべ。円なんか何の役にも立たん。無一文になって入植地を転々としたさ」野澤は自嘲の笑みを漏らした。「十年近く日本人同士が敵対したけんども、今は違う。やっぱり日本人は日本人同士、力を合わせるもんだべ」

「日本に帰られるつもりはないんですか」父が訊いた。

「故郷へ帰る夢は敗戦を知って諦めたべ」

口調には諦観が滲み出ていたが、何度も諦めたはずの望郷の念にしがみついているのは明らかだった。

「なぜです」

「日本政府が何してくれただ？ 国策、国策ゆうておらたちを体《てい》よく追い出して後は知らんぷり。開戦したら大使館員たちはみんな引き揚げちまった。石射《いしい》大使の決別の書は忘れられん。『在留民諸君ノ健在ト幸福ヲ心ヨリ祈念スル』なんて結んで、さよなら。これじゃ移民でなく棄民だべ。政府が自国民を守ってくれんなら、おらたちは何を信じ、何を頼ればいいんだべ？」

父は答えなかった。何も答えられなかったのだろう。

「希望は苦しみの種だべ。育てても何にもならね。諦めたほうが楽なこともある。あんさんらも、故郷に錦《にしき》を飾る、なんて考えを持ってるなら、早く捨てたほうがいいべ」

実際、チョコレートのような甘い生活はどこにもなく、空腹で道端の雑草を齧ったときと同じ苦い毎日があるだけだった。服がほころんで破れるたび、母が渡伯前から大事にしていた裁縫道具で継ぎはぎした。

豊作を夢見て試行錯誤しても、ガマの畑は入植者を小馬鹿にするように凶作続きだ。肥料も作物に行き渡らない。微生物の餌にしかなっていないのではないか。

ひたすら無意味な畑を耕す毎日――。

「父ちゃん、もう無理だよ」勇二郎はつぶやいた。

父は黙々とエンシャーダを振るっていた。

「俺は諦めんぞ。絶対に諦めん」

「でも、父ちゃん……」

父は作業をやめて振り返った。麦藁帽子を脱ぎ、首に巻いた手ぬぐいで汗を拭《ふ》く。

「勇二郎。太平洋戦争は、今じゃ間違った戦争だと言われてる。だがな、俺たちは正しいと信じて戦った。日本は負けてしまったが、今も当時も気持ちは変わらん。お国のためという思いはもちろんあったが、俺たちは国の家族の命のために――これから生まれてくる子供たちの未来のために命を懸けたんだ。俺は絶対諦めん」

寡黙な父が初めて饒舌《じょうぜつ》に思いを口にした。

「きっと、国の誰もが日本を復興させようと頑張ってる。俺たちも泣き言は言っていられん。日本人はどんな苦境に立たされても、逞《たくま》しく生き抜けるってことを証明してやろうじゃないか」

「……うん」

「昔、学校の先生に教えていただいた言葉がある。ジムロックというドイツの文学者の言葉だ。〝忍耐の草は苦い。だが、最後には甘く柔らかい実を結ぶ〟。この言葉を心に刻め」

父は麦藁帽子を被《かぶ》り、再び作業をはじめた。勇二郎は不平不満を胸の奥にしまい、黙って畑仕事を手伝った。

午後になると、元漁師の移民が近づいてきた。奥では母と兄が働き続けている。シャツの袖は薄黒く変色している。何度も汚れた額を袖で拭っているからだ。

「大谷《おおたに》さんとこには近づかんほうがええぞ」

父が「どうしてです」と訊いた。

「息子が病気でな。腹に紅色の発疹が出とった。ありゃあ腸チフスだろう。近づけば感染するぞ」

「……家族にも言い聞かせておきます」

「それがええ。好きこのんで苦しむことはない。どうせわしらには何もできん」

大谷家の一人息子が死亡したのは五日後だった。その二週間後、感染した母親も高熱と下痢で衰弱して死亡した。

「独りぼっちになっちまったよ……」大谷は鍬の柄に両手のひらを乗せて立っていた。

「家族のために移民を決意したってのに……その家族を失っちまったら、一体何のためにこんな辺境の地までやって来たんだか」

一週間後、大谷は農薬を飲んで自殺した。墓石もない共同墓地は月日を重ねるごとに広がってゆく。渡伯からわずか二年で日本人移民は三分の一に減っていた。病死、自殺、餓死——。

夜になると、勇二郎は厠《かわや》へ向かった。ズボンを下ろし、掘った穴の上でしゃがんだ。小便しか出なかった。好きなだけ口にできるのは井戸水だけだ。

放尿を終えてから厠を出た。闇が覆いかぶさり、樹木や草むらが黒い影となっていた。墓場のような夜霧が漂っている。

小屋に戻ろうと木々のあいだを抜けたとき、草葉を踏む足音が耳に入った。目を凝らすと、夜陰に紛れる人影があった。その影は人目を気にするように辺りを見回し、一軒の小屋に入った。大谷一家の小屋だった。今は誰も住んでいない空き家のはずだ。

不審なものを感じ、勇二郎は忍び足で小屋に近づいた。薄っぺらな木製扉の隙間に目を寄せる。鍵《かぎ》はついていないから、少し引き開ければ中の様子が窺えた。

剝き出しの土の上に一本の蠟燭が置かれ、その火が薄ぼんやりと室内を照らしていた。あぐらをかいた複数人がそれを取り囲んでいる。揺らめく火に合わせて人影も蠢いている。

囁き交わす声が聞こえてきた。扉に耳を近づけた。

「俺たちは奴隷だ。借金に縛られ、きっと一生——」

「こき使われる」

「そのとおり」

「次から次にくたばっちまう」

「希望なんか一欠けらもない」

「こんなところにいたら、誰も生き残れない。だから全員で夜逃げしようと思う」

「夜逃げ？　樹海の真っ只中《ただ》だぞ。野垂れ死にするだけだ」

小屋の中で交わされているのは密談だった。子供でも話の意味は理解できる。

「……手土産を用意して、船を手配する」

「俺たちには他人に渡せるもんなんか、何もないぞ」

「考えがある。森を北に行ったら先住民がいるんだ。それを知ったとき、ちょっと閃《ひらめ》いてな。心配するな。何とかなる」

「ここを脱出して一体どこへ行く？　どこも緑の地獄だ。どこへ逃げても同じだろ」

「……俺たち全員で、ブラジルを出る」

その後は全員がますます小声になり、話の内容はもう聞き取れなかった。

勇二郎は衝撃の余韻を引きずったまま、小屋に戻った。一人で抱えているには重すぎる秘密だった。

翌朝には父に打ち明けた。彼らだけずるいという感情も胸の内にあった。

父は当人たちに話を聞いたらしく、「俺たちも仲間に入れてもらえることになった」

と言った。

アマゾン脱出——。

それは甘美な響きだった。

夢も希望もない毎日に意味が生まれた。その日から実行の日を待ちわびた。

そして——。

「十日後の夜中に迎えの船がやって来るそうだ」

父が興奮を押し隠した表情で言った。

だが——。

母が倒れたのはそんな時期だった。脱出計画を知ってからも、パトロンに不審がられないよう、いつもどおり手抜きせずに働いていたから、限界が来たのだろう。

父は母を揺さぶった。

「大丈夫か」

布団で寝込んでいる母は、高熱でうなされていた。咳き込むと、血が混じった黒っぽい痰《たん》がシーツを濡らした。

「何てこった……」父は母に声をかけ続けた。「しっかりしろ。後三日で船が来る。こんな病院もないところは逃げ出せるんだ。もうすぐ……もうすぐなんだ」

見ると、母の肌は黄土色になっていた。

「何だ、こりゃあ……」

父が小屋を駆け出た。勇二郎は後を追った。父は野澤に母の病状を説明していた。

野澤は脅えを孕《はら》んだ顔で後ずさり、かぶりを振った。

「黄熱病だ。間違いねえ。肌が黄色いのは黄熱病だべ」

「何だそりゃ」

「こっちで現地人が恐れてる奇病だべ」

「船の到着、早まらないか？　医者に診せたい」

「……もう船の問題じゃねえ」野澤は顔に同情を浮かべた。「残念だが、あんたの女房は船に乗れねえ」

「何だって？」

「黄熱病は伝染病だべ。船に乗せたら全員に感染しちまう」

蚊を媒介にして感染する病だが、当時は患者のそばにいるだけでうつると思われていた。

「ふざけるな！　船倉でも構わない。乗せてくれ」

「すまねえ。相手の条件だべ。病人がいたら乗せないって」

父は唇を噛み締めた。

「なら出発を遅らせてくれ。治ってから乗せる」

「……無理だ。船は待っちゃくれねえ」

「女房は今にも死にそうなんだ！」

野澤は唇を引き結んだまま下を向いた。

父は憤激に打ち震えた形相で踵を返し、小屋に戻った。

「畜生……」

父が壁を殴りつけた。

横たわる母が脂汗まみれの顔を向けた。

「あなた、どう……なさったん、ですか」

「他の人間に感染するから、船には乗せられないと言われた。畜生、野澤の奴」

「……そう、だったんですか」

母は上体を起こすと、トウモロコシの皮を詰めた敷布団を持ち、立ち上がろうとした。

「馬鹿。何やってるんだ」

「あたし、鶏小屋で寝ます……。あなたや子供たちに、うつしたくありませんから」

母は腰を上げて一歩を踏み出し、布団の重みに堪え兼ねたのか、土の上に倒れ伏した。

「馬鹿言うな。鶏小屋なんかで寝させられるか」父は母を抱きかかえ、布団を敷き直して寝かせた。「お前は治すことだけ考えて、おとなしく寝てろ」

「でも……」

勇二郎は怯《おび》えながら訊いた。

「父ちゃん。母ちゃん、死んじゃうの？」

「そんなこと言うな。大丈夫だ。絶対に大丈夫だ。古《いにしえ》より日本は『言霊の幸《さきわ》う国』と言われてきた。言葉の霊力が幸福をもたらす国、という意味だ。俺はそれを信じている。大丈夫だ、心配ない」

父はしゃがみ込み、勇二郎と兄を抱き寄せた。枯れ木同然に痩《や》せ細った体が軋《きし》みそうなほど力いっぱい。

それから父は子供たちの布団を小屋の隅に移動させた。

「これで安心だろ」

母は汗まみれの顔でほほ笑み、そして眠りに落ちた——というより、朦朧《もうろう》とする意識を手放した。顔は苦しげに引き歪《ゆが》み、まぶたが痙攣《けいれん》している。

父は母のかたわらに座り、一晩じゅう見守り続けた。

明後日《あさって》には船が来るというのに、翌日も容体は変わらなかった。むしろ悪化していた。母は血が混じった黒い痰を何度も吐いた。落ち窪《くぼ》んだ眼窩《がんか》の中の瞳は、泥水のように濁っている。

「あたしのことはいいですから……子供たちと行ってください」

「お前のことは見捨てんぞ。家族全員で生き延びるんだ。こんな異国の地でくたばってたまるか」

「あたしは……船には、乗れません。だから……」

「お前一人残して行けるわけないだろ。もう一度頼んでみる。ちょっと待ってろ」

父は野澤を訪ねた。勇二郎も一緒に訴えるためについていった。彼の小屋には数人の同胞が集まっていた。野澤に頭を下げる。

「頼む。女房を助けてやってくれ」

「やめてくれ、高橋さん」野澤は困惑の顔をしていた。「おらだってできるもんなら助けたい。だけんど、おらにはどうしようもねえんだ。権限がねえ。分かってくれ」

「女房一人、残していけっていうのか。見殺しにしろっていうのか」

「……すまねえ。黄熱病は危険な伝染病だべ。こっちじゃ、病人がいる小屋は病人と一緒に焼き払ってしまうくらいだ」

他の移民が口出しした。

「悪いが、諦めてくれんか、高橋さん。みんなのために」

全員が同調してうなずいた。

「ふざけるな。女房は置いて行けん」

父は悔しそうな顔で同胞たちに背を向け、小屋に戻った。布団の上で母が目を開ける。

「あなた……？」

濁った瞳は視界が霞んでいるようだった。

父は母のかたわらに寄り、手を両手で包み込んだ。肌は濃い黄土色に変色している。

「駄目だった。病人は乗せられんとさ。畜生め。どいつもこいつも好き勝手言いやがって」

母が喋ろうとして吐血した。しばらく咳き込み、それから口を開いた。苦しみに歪んだ声は死の響きを帯びている。

「あたしは……もう、駄目です。自分で分かるんです」

「駄目なもんか。お前が死ぬもんか。悪いことなんか、何一つしてないお前が、こんなところで死ぬはずがない」

「聞いてください、あなた。船に乗せてもらっても……みなさんに迷惑をかけるだけ、です。ですから、子供たちを連れて三人で行ってください。お願いします」

「いやだ。お前を置いては行かんからな」

「子供たちのため……です」

父は歯軋《はぎし》りした。振り返り、小屋の隅で様子を窺っていた勇二郎たちを一瞥《いちべつ》する。

「それなら……子供たちだけ船に乗せる。俺は残る。お前を置いて行くなんてできん」

「子供には親が必要です、あなた」母は呟き上げた。「約束、してください。あの子たちを立派に育て上げる、と。あの子たちは御伽噺《おとぎばなし》が大好きです。話してやってください」

父は母の手を強く強く握り締めた。涙があふれている。

母が静かに目を閉じた。

しばらく沈黙が続いた。

「……さあ、お前たちももう寝ろ」

父に促され、勇二郎は布団に入った。日々の疲労ですぐに睡魔に屈した。

勇二郎は夜中に目覚めると、身を起こし、寝ぼけ眼をこすった。薄闇の中、父の影がうずくまっていた。

「……父ちゃん？」

勇二郎は恐る恐る声をかけた。父の体がピクッと反応した。状況を確かめるように首を振る。

「眠りこけていたか……」

父は母に近づき、体に触れた。そして――息を呑んだ。

母の名前を繰り返し呼ぶ。

悲痛な声で兄も目覚めた。

「どうしてこんな……」

父が右手に握り締めているもの――。それは農薬の小瓶だった。誰が何のために使ったのか、考えるまでもなかった。

父と子供たちのために、母は自ら――。

父は母の亡骸《なきがら》に取り縋り、声を上げて泣いた。


船の到着が翌日に迫っていた。木造船で町の港まで行き、そこで巨船の船倉に隠れる計画だ。同胞たちの目は、闇の中に灯《とも》った一縷《いちる》の希望への喜びをたたえていた。

父は、農薬で服毒自殺した母の亡骸を小屋の裏に埋めた。これでブラジルに一人で眠らせることになる。仕方がなかった。伝染病に冒された遺体は船に乗せてもらえない。

子供たちを連れて行きやすくなるよう、自ら死を選んだ母――。

勇二郎は罪悪感を胸に抱えていた。シャベルを担いで小屋に戻ると、一眠りしようとした。目を閉じても眠れなかった。まぶたは重いのに意識ははっきりしている。母との思い出が浮かび上がり、涸《か》れたはずの涙が頰を濡らした。

気がつくと、板壁の隙間から朝日の筋が射し込んでいた。

今日の夜中に脱出だ。

「二人とも起きろ」

父に呼びかけられ、目をこすりながら起き上がった。日本にいたころと違って一声で目を覚ます。だが、兄が寝たままだった。

「朝だぞ。起きろ」

父が兄を揺り動かした。無反応だった。

布団をめくり上げると、兄は苦しげに顔を歪めていた。その肌は――黄土色だった。

「畜生、何てこった――」

父が愕然《がくぜん》とつぶやいた。

「……兄ちゃんも、死んじゃうの？」

勇二郎は怯えて訊いた。

「馬鹿言うんじゃねえ。死ぬもんか」

「……母ちゃんは死んじゃったよ」

父は唇を噛んだ。

言葉はなかった。言霊の幸う国、日本。それを信じていた父が何も言えずにいる。母を隔離しなかったから兄も――。そんな後悔があるのかもしれない。

しばらくしてから父がようやく口を開いた。

「勇一郎《ゆういちろう》の面倒は俺が見る。お前は仕事に行け。今の時点で不審に思われるわけにはいかん」

勇二郎は躊躇したものの、体には不釣り合いなほど大きな鍬を担いで小屋を出て行った。

畑仕事をこなして小屋に戻ったとき、「高橋さん！　高橋さん！」と外から呼ぶ声が聞こえた。父が木製扉を開けると、野澤たちが立っていた。

「長男まで黄熱病にやられたそうだな。覗き見た者《もん》がいる」

「……今朝、気づいた」

「そうか……」

野澤が黙り込むと、他の同胞が口を開いた。

「悪いが、高橋さん。あんたらを乗せるわけにはいかなくなった」

「何だって。あんたらってどういうことだ」

「訊くまでもなかろう。あんたも、子供も、ということだ。同じ小屋で生活しとる者《もん》は誰が感染しとるか分からん」

「女房を見殺しにして、今度は俺たちまで見殺しにしようってのか。許さんぞ」

「女房は病死だろう。わしらに非はない」

「病死じゃない。服毒自殺だ。農薬を飲んだ。それもこれも俺たちが迷わず行けるようにだ。乗船を拒否されなきゃ、女房が自殺する理由なんかなかったんだ」

一瞬だけ同胞たちの顔に苦悩の陰りがよぎった。

「……同情はするが、結論は変わらん。船で黄熱病が蔓延《まんえん》したら、わしらは全滅しちまう。危険は冒せん。頼む。大勢を生かすための人身御供となってくれ」

思いやりの仮面を剝ぎ取った声には、脅迫的な響きがあった。

「女房の死を無駄にしろというのか」

父が踏み出すと、野澤たちが後ずさった。怒気に気圧《けお》されたのではなく、黄熱病に感染しているかもしれない者に近づきたくなかったのだろう。

「高橋さん」同胞が少し離れた場所から言った。「禍福はあざなえる縄のごとし、というではないか。不幸があっても必ず幸福はまたやって来る」

「……縄は首を吊るためのものだと思っていたよ」

「すまん。耐えてくれ、高橋さん」

「ふざけるな。残された俺たち家族はどうなる。逃げたあんたらの借金まで肩代わりさせられるのはまっぴらだ。一生ここで家畜になれっちゅうのか」

誰一人答えなかった。

父はまた一歩、踏み出した。数人が鍬や鋤《すき》を構えた。血走った目には野獣の攻撃性が宿っている。防衛本能を建前にして残酷な行為も平気でしそうだ。

父は「畜生！」と吐き捨てて木製扉を叩き閉めた。兄に駆け寄る。布団は血が混じった黒い痰で汚れていた。

「畜生、畜生、畜生！」

父は怒りを吐き出すと、床板を拳で叩いた。

「何とかしなくては――。何とか――」

父のつぶやきには思い詰めた響きがあった。

16

三浦は高橋の語りに耳を傾け続けていた。

「脱出計画はどうなったんです？　置き去りに――」

高橋は無念そうにかぶりを振った。

「……同胞たちだけで決行された。だが、失敗したようだ。夜陰に紛れて脱出する計画だったそうだが、野澤がほうほうのていで逃げ戻ってきて、大雨で氾濫《はんらん》する川で船が沈没して、岸辺に流れ着いた自分以外、全滅したと聞かされた」

「乗船を拒否されたことで逆に助かったんですね」

「結果はあまり変わらなかっただろうな。兄は黄熱病で死に、父も感染してすぐに——」

「幼いあなた一人、生き残ったんですか」

「ああ。その後、数人のセリンゲイロが入植地に現れて、哀れな異国の子供に同情してくれたのか、連れ出してくれてな。今に至る」

高橋は苦渋に満ちた声で話し続けた。

「最初こそ、森の生活はそれほど悪くなかった。食べ物は森や川で採れるし、狩猟をしなくても、肉は魚と物々交換すればよかった。集落の女と結婚し、息子も生まれた。だが、年を重ねるにつれ、別の人生が——その日暮らしではない豊かな人生があったのではないか、と考えることが多くなった。セリンゲイロもいつまでその仕事があるか……」

日本人移民の存在については知っていたものの、当時の情勢や各々の事情は何も知らなかった。

そのような艱難《かんなん》辛苦があったとは——。

「……長話をしてしまった」高橋は三浦の目を真っすぐ見つめた。「こんな辺境の地で同じ日本人に会って、つい、な。ありがとう。それじゃ、ゆっくりしてくれ」

高橋は表情の緊張を解くと、小屋を出て行った。

一人きりになった三浦は、日本人移民の存在に思いを馳《は》せた。アマゾンの森深くでセリンゲイロとして生きている高橋親子——。そのセリンゲイロも、今や絶滅危惧《きぐ》種だ。動植物だけでなく、様々な存在が絶滅の危機に瀕《ひん》している。その事実に胸が痛くなった。

夜になると、集落の女性が運んできてくれた食事で腹を満たし、早めに就寝した。尿意を覚え、三浦は目を覚ました。集落の小屋には当然ながら室内にトイレなどはないので、目をこすりながら外に出た。

小屋の裏側にある草むらに向かおうとしたときだ。女のうめきのような声が耳に入った。

三浦は立ち止まり、声が聞こえた方角を探した。亡霊の囁《ささや》き声じみた夜風が吹きすさぶ中、また女の声が聞こえた。

ジュリアの小屋からだった。

心配になり、三浦は彼女の小屋に近づいた。丸太を組み合わせてある。正方形の開口部の前に来たとき、中が見えた。木製ベッドの上で蠢《うごめ》く二つの人影があった。女性のシルエットが相手の下半身に跨《また》がり、胸を弾ませながら激しく腰を振り立てている。

嬌声《きょうせい》の合間にジュリアの囁き声が漏れ聞こえた。

「お願い。あいつを殺してほしいの」

17

三浦は小屋の開口部の隣の壁に背中を預け、深呼吸した。

か。

——ジュリアが体を使って誰かに殺人を依頼している。これは一体どういうことなのか。

なぜ彼女が？　誰に？

疑問だけが脳裏に渦巻く。

小屋の中を覗《のぞ》き込みたい衝動に駆られたものの、自制した。外から中は暗がりで影しか見えないが、中から外は仄《ほの》かな月明かりで丸見えになる。

三浦は胸を押さえ、心音の高鳴りを意識した。どくどく、と心臓が早鐘を打っている。額に滲《にじ》んだ汗の玉が眉間《みけん》を伝う。

思い切って確認すべきかどうか——。

三浦は迷ったすえ、開口部に顔を寄せた。改めて中を覗こうとした瞬間、「誰！」と鞭《むち》打つようなジュリアの声が響き渡った。

反射的に踵《きびす》を返した。

三浦は自分の小屋に駆け戻り、飛び込んだ。ドアを閉め、壁にもたれかかって、乱れた息を整える。

結局、相手の正体は分からなかった。見張ろうとしても、彼女たちが不審者の存在を警戒している以上、慎重に別れるだろう。正体を摑《つか》むことは困難だ。

彼女は置き去りにされた恨みを晴らそうとしているのか？　しかし、そうだとしたら、誰の殺人を誰に依頼したのか。クリフォード、ロドリゲス、デニス——。三人のうちの誰かの殺人を三人のうちの誰かに依頼した？

なぜ？

置き去りに賛成したのは三人だ。恨むとしたら三人全員だろう。

最終的な決断を下したリーダーのクリフォードに一番恨みを抱いているのか？

考えても何も分からなかった。

いくらなんでも、病気で身動きできなくなった自分を置き去りにされた復讐《ふくしゅう》で殺意まで抱くだろうか。

冷酷無情な選択だったとはいえ、状況を考えれば理解できる部分もある。自分たち二人は結果的にたまたま先住民《インディオ》と出会って救われたからいいものの、そんな幸運が予想できない状況下では仕方がない判断でもあったと思う。

彼女は一体誰に殺人を依頼した？

気になって早朝まで眠ることができなかった。

しかし不慣れなアマゾンの旅で疲労が想像以上に溜《た》まっており、いつの間にか眠りに落ちていた。目が覚めたのは正午だった。

三浦は木製ベッドから下りると、小屋を出た。目頭を揉《も》みながら集落を見回す。

数人のセリンゲイロが行き交っている。ジュリアは自分の小屋の前で癖毛の中年セリンゲイロと立ち話をしていた。

南へ歩いていくと、クリフォードやロドリゲス、デニスの姿もあった。集落に馴染《なじ》んでいて、リラックスしているように見える。平和な光景だ。

真夜中に覗き見た不穏なベッドシーンは、単なる悪夢だったのではないか、と思わされる。

一息ついたとき、南の小屋の前で腕組みしている高橋の姿が目に入った。渋面でセリンゲイロの集団を睨《にら》みつけている。

三浦は高橋に近づき、声をかけた。

「どうかしましたか？」

高橋は三浦を一瞥《いちべつ》し、またセリンゲイロの集団に視線を戻した。眼差《まなざ》しは険しいままだ。

「……ゴムの木の切り傷の件をぶつけようと思う」

悲壮な覚悟が顔に表れていた。

乳液《ラテックス》の一日の採取量を増やすために、必要以上にゴムの木に切り傷を入れている問題の件だ。

「このまま傷を増やしていけば、ゴムの木は弱ってしまいます。それが賢明かもしれません」

高橋は自嘲《じちょう》の籠《こも》った苦笑を見せた。

「また——嫌われ者になるな」

「え？」

「自分勝手な理由で仲間の信頼を裏切ってしまったことがある。生活のための苦渋の選択に異を唱えたら、今度こそ仲間外れかもな……。いや、もう手遅れか。そもそも、仲間たちが揃って採取量を増やしている。全員で相談し合って今の決断を下したはずだ。俺はその中に含まれていない。何も聞かされてなかった。表面上は許されたが、内心じゃ、いまだボスの手先だと思われてるってことだ」

詳しい事情は分からなかったが、採取地のボスとセリンゲイロは必ずしも関係が良好とは言えないようだ。

「結局のところ、採取量を増やす手口を俺に話したら、ボスに密告されると思ってるのさ」高橋は唇を歪(ゆが)めた。「だが、嫌われ者を買って出てでも、今のやり方はやめさせなきゃならない。採取地のゴムの木が弱って回復せず、絶滅したらセリンゲイロは終わりだ」

三浦は少し考えてから口を開いた。

「僕が気づいたことにしてもいいですよ」

高橋が「え?」と顔を上げる。

「職業上、僕は近辺の樹木を調査していても不自然ではありませんし、ゴムの木が弱っていることに気づいて、切り傷が多すぎることを突き止めたことにすれば、説得力もあるでしょう」

「しかし——」

「部外者が勝手に気づいて、危惧を伝えるだけですから、何も遺恨はないでしょう？」

高橋は唇を結び、視線を落とした。

「あなたがセリンゲイロとしてここでこれからも過ごすなら、不必要な対立は避けなくてはいけません」

高橋は思案げにうなった後、天を仰ぎ、息を吐いた。それから三浦に顔を戻した。

「助かるよ、先生」

「お礼を言うのはこちらです。集落で快く迎えていただき、命拾いしました。美味《おい》しい食事でもてなしていただきましたし」

「ありがとう」

「では、さっそく行きましょうか」

高橋は深刻な顔つきでうなずくと、一人のセリンゲイロ――ジュリアとしばしば話していた男だ――のもとに向かった。癖毛が渦巻くボサボサ頭だ。顔にはなめし革のような皺《しわ》が多いものの、眼光は力強い。腰にはゴム切りナイフ《ファッカ・デ・セリンガ》を携えていた。

「話があるんだ、ジョアキン」

ジョアキンと呼ばれたセリンゲイロは、首を捻《ひね》った。右手の人差し指がない。

「目立つ場所は避けたい」

「……それじゃあ倉庫に行こう」

高橋は途中、ゴムの採取量が倍増したセリンゲイロ数人も捕まえた。倉庫の両側には、ブロック状のゴム五日分が山積みになっている。

高橋は大きく息を漏らした。黙ったまま面々を見回す。

ゴムの臭いが立ち込めた倉庫に、重苦しい沈黙がある。

「……話って何だ」ジョアキンが焦《じ》れたように口を開いた。「そろそろ回収に行かなきゃならない。それはユウジロウも同じだろ」

高橋は三浦を振り返った。

「実は植物学者の先生から話がある」

全員の視線が滑って来ると、三浦は胸を上下させて深呼吸した。意を決して口を開く。

「アマゾンの動植物は珍しいですから、フィールドワークとして散歩がてら観察していました。そうしたら、ゴムの木に元気がないことに気づきまして」

セリンゲイロたちの顔つきが一斉に険しくなった。異分子から攻撃を受けたかのように——。

「おそらく、ゴムの木が過剰に傷つけられていることが原因だと思われます」

「ああ」高橋が続きを引き取った。「そこで俺に話がきて、確認したらゴムの木に傷が三本もあった」

ジョアキンが唇を歪めた。

高橋はうずたかく積まれたゴム塊の山を一瞥した。

「この数日、急にみんなのゴムの採取量が増えてるよな。そういうカラクリだったんだな」

「……すまん。ユウジロウは真面目だから、反対すると思って言わなかったんだ」

「ボスに密告したりはしない」

「ユウジロウを信用しなかったわけじゃない。ボスにも遠からずバレるさ。そのときは説得して協力させる。要は政府の目を欺ければいいいんだ。この採取地を保護林に指定してもらうために」

別のセリンゲイロが説明した。

採取用保護林に指定されるのは容易ではない。牧場主に殺されたセリンゲイロ兼環境保護活動家のシコ・メンデスも、長年闘い続けて三つの採取地しか守れなかった。だが、いったん採取用保護林に指定されれば、ゴムやブラジルナッツの採取しか許されなくなるという。

高橋が眉間に皺を寄せたまま言った。

「だが、あんなに傷をつければ木の再生能力が弱まるぞ。肝心のゴムの木が死んでしまったら本末転倒だ」

そのとき、靴音が倉庫に響いた。振り返ると、白髪の老人だった。古木の樹皮のように見える茶褐色の顔に皺が刻まれている。焦げ茶色のシャツを着て、肩に猟銃を掛けていた。

高橋が三浦に言った。

「ジョアキンの祖父のセルジオだ」

「……雁首《がんくび》揃えて歩いていく姿を見たのでね、様子を見に来た」セルジオが嗄《しわが》れた声で言った。「途中からだったが、話は聞いた。ユウジロウ、これはわしの発案だ」

「あなたの？」

「うむ。ここの採取地には例の研究発表も当てはまらんからな」

「研究発表？」

高橋が訊《き》き返すと、セルジオが語った。

アマゾンには出荷して収益を得られる産物が数多くあり、その中でもゴムとブラジルナッツは飛び抜けている。森を生きたまま永久に利用すれば、伐採して牧場にする二倍の価値が出るという。だが、アクレ州と違い、ここの採取地は収穫量が少ない。

「採取地の価値を高めねば、保護林に指定させることもできん」セルジオはゴムの山をいとおしげに撫《な》でた。「新参者のお前さんには分かるまい、わしらの辛苦は」

セルジオは目を細めた。目尻《めじり》に傷のような細かい皺が寄る。

彼は祖父から聞いたという話を静かに語りはじめた。

十九世紀の終わりごろ、欧米で自動車が増産され、タイヤに使うゴムの需要が増した。白人たちは先住民《インディオ》を奴隷化して採取させた。しかし、苛酷《かこく》な労働に耐え切れず大半の部族は逃げ出し、虐殺された。『涙を流す木』のために大勢の血が流れた。

そんな時代、北東部が大旱魃《かんばつ》に襲われた。作物も家畜も死んだ。米一合のために刃傷《にんじょう》沙汰《ざた》が起こるほど、誰もが飢餓に苦しんでいた。貧農のあいだに噂《うわさ》が流れたのはそのころだ。

『樹皮を切るだけで白い金《きん》が流れ出る。一夜で大金持ちになれる』

北東部の貧困者たちは噂を鵜呑《うの》みにし、家も仕事も捨ててアマゾンの密林へ向かった。セルジオの祖父も例外ではなかった。残った数頭の牛を売って船賃を絞り出し、家族六人でゴムの採取地を目指したのだ。

だが、現実は甘くなかった。誰もが金を払ってボスから採取道具や安物のライフル、小屋を借りねばならなかった。前貸し制《アヴィアード》だ。森林の使用料も徴収され、働く前からゴム一年分の借金を背負わされた。子供の教育も禁じられた。読み書きや計算を覚えられたら騙《だま》せないからだ。

隣人に会うにも徒歩で数時間かかる密林の奥地に家族で住み、朝から晩まで森を歩き回る日々——。病気や事故で毎年何千人も死んでは新たに補充された。

「俺たちは囚《カチヴェイロ》われの身だ……」

セルジオの祖父は吐き捨てると、痩《や》せ細った体に鞭打って仕事に出た。ゴムを売っても借金は増えた。ボスは秤《はかり》に細工して目方を誤魔化しているようだった。

「祖父が密《ひそ》かに作物を育てはじめたのはそんなころだった。当時、自給自足は禁じられておった。採取者が作物を育てれば、借金で縛れなくなるからな。だが、祖父は芋を作った」セルジオの顔の皺が深まり、声に苦渋が滴った。「半年後、畑が見つかった。祖父はゴムを全身に巻かれて火を付けられ、家族の眼前で焼き殺された。それがあのころの罰し方だった」

「そんなことが……」高橋は同情の籠った眼差しをしていた。「自分たち日本人移民も同じような苦境を経験しました。他人事《ひとごと》とは思えません」

「セリンゲイロは今も苦しめられておる」セルジオが言った。「今度は新たな敵に――。森の侵略者どもに。だからこそ、ここを採取用保護林にする。手段は問わん。一時的にゴムの木が弱ったとしても、必ず回復する。それよりもまず、森を守るほうが大事だ」

セリンゲイロたちがうなずいた。

開拓が許されない採取用保護林――か。そのためにゴムの木に傷を多く刻み、採取量を水増ししているとしたら、その行為を一体誰が責められるだろう。

開拓されてしまえば、ゴムの木が傷むかどうかどころではなく、全て伐採されてしまう。

彼らとしても苦渋の選択だったのだろう。

そのとき、セリンゲイロの一人が倉庫に駆け込んできた。息を切らし、肩を上下させている。

「座り込み《エンパチ》だ！」

セリンゲイロたちの顔に一瞬で緊張が伝染した。

「また来やがったか！」

弱った森にとどめを刺そうとするように、伐採作業員たちが現れたという。

「俺たちの森を守るぞ！」

セリンゲイロたちは山刀《マチエーテ》で武装し、激情に歪んだ顔で息巻いている。

ひりつく緊張が肌にびんびんと伝わってくる。

セリンゲイロたちが倉庫を駆け出て行くと、高橋が三浦に向き直った。

「先生はここにいてくれ」

高橋は言い放って背を向けた。

「いえ、僕も――」

一方的な森の伐採と聞けば、見過ごせなかった。高橋は振り返って何かを言いたそうにしたものの、しばらく視線が絡んだ後、嘆息を漏らした。再び背を向け、駆けはじめる。

集落を横切ったとき、走っているジュリアの姿が目に入った。彼女と目が合うと、互いに立ち止まった。

「森の破壊者が――！」ジュリアが切迫した顔で言った。

「はい。木々が伐採されているそうです」

「食い止めなきゃ」

「危ないですよ」

「覚悟の上」

ジュリアが高橋の後を追いかけていく。

三浦は二人を追った。

密林の底を走り抜け、全員で現場へ駆けつけた。樹冠が消えているせいで灼熱《しゃくねつ》の陽光が降り注いでいた。セリンゲイロたちが壁のように横一列になっている。ジュリアは一番端だ。

彼らが睨みつける先では、伐採作業員たちが汗で光る褐色の上半身を晒《さら》しながらチェーンソーを操っている。数本の木が倒されていた。

「さっさと終わらせちまおうや！」口髭《くちひげ》の伐採作業員がチェーンソーの騒音に負けない大声で仲間に叫んでいる。「こんな木より、いい女を押し倒してえよ」

「やめろ」

セリンゲイロの一人が怒鳴った。

だが、伐採作業員は作業をやめなかった。刃は太い幹に食い込み、木の粉が散っている。

「やめろと言ってるだろ！」

セリンゲイロが分厚い手で相手の肩を摑んだ。口髭の作業員がチェーンソーを振り回すように向き直った。

「邪魔するな。首を切り落とすぞ」

セリンゲイロが眉《まゆ》を垂れ下げ、後ずさった。伐採作業員は鼻を鳴らすと、再び木を切りはじめた。

そのときだった。森に銃声が響き渡った。伐採作業員たちの足元の土が弾《はじ》け、抉《えぐ》れた。二発、三発と続く。誰もがチェーンソーを放り出して飛びのいた。電動の刃が土の上でのたくっている。

三浦は銃撃の方角に目を向けた。奥の草葉の中からライフルの銃口が突き出ている。銃身を支える右手だけが見えている。

再び銃口が火を噴いた。

伐採作業員たちは慌てふためき、あっという間に散り散りになった。

その様子を見届けた後、振り返ると、草むらから突き出ていた銃口が消えていた。

一体誰が銃撃したのだろう。

高橋も草むらを睨みつけていた。やがて、険しい眼差しのまま言った。

「……ひとまず危機は去った。集落へ戻ろう」

三浦は高橋の背中を追って歩いた。

集落に戻ると、高橋が高床式の小屋を順に覗き込んだ。昼食をとるセリンゲイロたちの姿を見つめる。

「どうかしましたか?」

三浦は背後から声を掛けた。

「いや」高橋は背を向けたまま答えた。「利き腕を——な」

「利き腕ですか？」

「ああ。伐採作業員に威嚇射撃した者の手が見えてたろ。銃身を支えていたのは右手だった。つまり、引き金を引いたのは左手だ」

「左利きの人間が銃撃した――と」

「銃撃は明らかに逸脱した行為だ。エンパチの精神に反する。放置したら次はもっとエスカレートするかもしれない」

高橋は向き直ると、別の小屋に近づいた。中を覗き込むと、太っちょのゴルドが左手で昼飯を食べていた。浅黒い水瓶《みずがめ》のような上半身を晒してあぐらをかいている。

「……犯人が分かった。猟銃を所持しているセリンゲイロの中で、左利きは一人だけだ」高橋が小屋に上がり、ゴルドに声をかけた。「さっきのエンパチで銃撃したのはあんただな」

三浦は入り口から様子を窺《うかが》っていた。

ゴルドは蒸し焼きにした魚を齧《かじ》り、咀嚼《そしやく》して飲み込んだ。歯の隙間に挟まった小骨を抜き、指で弾《はじ》く。

「害虫がビビって逃げ去ったらしいな。ふんっ、俺なら脚の一本でも撃ってやったさ」

「あんたじゃないのか？」

「俺だったら命中させて手柄を自慢してるさ。次のエンパチは絶対に声をかけてくれ」

嘘を言っているようには見えなかった。威嚇射撃の主は、猟銃所持の許可を持たない左利きのセリンゲイロなのだろうか？　誰かの銃を拝借した可能性はある。

待てよ――。三浦はふと思い至った。

「高橋さん」三浦は入り口から呼びかけた。「お話が」

高橋が戻ってきて、小屋から地面に下り立った。

「何だ？」

「もしかしたら――」

三浦は高橋に耳打ちした。

高橋がはっと目を瞠《みは》る。

「行こう」

二人で高橋の親友であるジョアキンの小屋を訪ねた。ジョアキンは人差し指のない右手でスプーンを握り、ピラニアのスープを口に運んでいる。

「……ジョアキンだったんだな、銃撃」

道中に聞いた話によると、ジョアキンは以前、伐採作業員が振り回すチェーンソーで人差し指を切り落としたという。利き腕の右手では引き金を引けない。

ジョアキンは静かに顔を上げた。

「……作業員を傷つけたわけじゃない」

威嚇射撃を隠すつもりはないようだった。

「武力行使にはずっと反対してきたじゃないか」

「連中の飯場は突き止めたが、アンドラーデも常駐しているみたいでな。拠点の撤去は難しそうだ。だが、銃で威嚇されたら連中もしばらくは顔を出さんだろ」

「報復を招くぞ」

「……ああでもしなきゃ、仲間の暴走は止められなかった」

「どういう意味だ？」

「全員が頭を冷やす時間が欲しかったんだ」ジョアキンはスープを飲み干すと、立ち上がった。「誰が撃ったかは隠しておいてくれ。リーダーが率先して銃を使ったと知れたら、誰もが暴力に訴えたがるからな」

殺し合いに発展しそうな怒りを鎮めさせるため、か——。

だが、これで森を巡る闘いは激化するだろう。今度は死者が出るかもしれない。

「ドクター・ミウラ」

背後からの呼びかけに驚いて振り返ると、クリフォードとロドリゲスが立っていた。

距離的に小屋の中の会話が聞こえている可能性はないが、それでも心臓の鼓動が激しくなっていた。

「何でしょう？」

「デニスが行方不明です。見かけていませんか？」

「いえ」三浦は首を横に振った。「その辺りにいないんですか？」

「今後の計画を話し合おうと思ったんですが、集落には見当たりません。また勝手に森に入ったのか……」

「少し心配ですね」

　ジョアキンの小屋から高橋が出てきて、「どうした？」と訊いた。クリフォードとロドリゲスは視線を交わすと、デニスの行方不明を説明した。

「……不慣れな人間に森は危険だ」

　高橋がつぶやくと、ロドリゲスが目を眇《すが》めた。

「プロの植物《プラント》ハンターだぜ？　森には慣れてるさ」

「アマゾンに入っている人間と、アマゾンで生きている人間は違う。プロだろうと何だろうと、油断は命取りだ」

　ロドリゲスは鼻で笑った。

「姿が見えないなら捜したほうがいい」高橋が言った。「何人かの仲間にも声をかけよう」
　二、三人でグループを作ってデニスを捜すことになった。一体どこへ行ったのか。
　三浦は高橋と共に森へ踏み入った。だが、三十分ほど歩き回ったものの、デニスを発見することはできなかった。

「もしかしたら、今ごろひょっこり集落に戻っているかもしれません。いったん帰りませんか」

　提案すると、高橋は少し思案してから「……そうだな」とうなずき、引き返しはじめた。

集落へ戻る道の半ばまできたとき、草葉や蔓《つる》がひしめく密林の奥から叫び声が聞こえた。

三浦ははっとして高橋と共に周辺を見回した。

ホエザルの吠《ほ》え声ではない。人間の――それも何かに襲われたときに発する悲鳴だ。

最初に想像したのは伐採作業員たちの復讐だった。

「もしかして、先ほどの連中が仲間でも連れて戻ってきて――」

「……どうかな」高橋の目が警戒してキョロキョロと動き回る。「誰かがジャガー《オンサ》かアナコンダに襲われたか……。森の人間はよほどの危機でないかぎり、叫んだりしない」

高橋は腰からマチェーテを抜き、五十センチの鈍い刃を見つめた。

「武器としては心もとないが……」

「助けに行きましょう」

「ああ」

高橋は藪《やぶ》の壁を突っ切りはじめた。のたくる蔓の群れをマチェーテで切り落とし、「大丈夫か！」と大声で呼びながら奥へ奥へ向かっていく。

途中で立ち止まって見回し、再び駆け足で進む。

高橋が奥の草花を掻《か》き分けたとたん、巨木にもたれかかっている人間を発見した。

それは――デニスだった。汗まみれの顔を引き歪め、苦しげにうめいている。

高橋は獣の影を探すように見回してから、デニスに駆け寄った。三浦も駆けつけた。草花の香りを塗《つぶ》り潰す鉄錆《てつさび》の臭いがぷんと鼻をついた。

デニスは喉《のど》を押さえていた。

「一体何が――」

三浦は愕然《がくぜん》としたまま突っ立っていた。

デニスが手で押さえている喉元から鮮血があふれた。シャツの襟から胸にかけて朱色に染まっている。木の根元の黄色い花々が血に濡《ぬ》れ、群生する彼岸花に見えた。

冷たい手で心臓を鷲《わし》摑《づか》みにされたように感じた。密林の空気が急に濃密さを増した。

「一体何に――」

デニスは血まみれの唇を動かした。最後の力を振り絞って何か伝えようとしていた。古びたパイプの中から汚水があふれてきたような〝音〟で、何も聞き取れなかった。

その直後、デニスの体が弛緩《しかん》した。アマゾンで生き物に訪れる死は、森が生きてきた悠久の歳月とは違い、唐突で急速だった。鮮血にまみれた喉の傷口が露《あらわ》になる。獣の咬《か》み傷ではない。

刃物で真一文字に切り裂かれていた。

18

樹冠の隙間から射し込む幾筋もの細い陽光は、深緑の絨毯《じゅうたん》に縫い込まれた金糸のようだった。

勇太は、身振り手振りで先住民《インディオ》の女の子に意思を伝えようと四苦八苦していた。腰布一枚で、浅黒い上半身が剝《む》き出しだ。黒髪は獣に育てられたようにボサボサだった。

数日前に森の中でふと出会ったインディオの女の子――。その後も一人でゴムの採取をしているとき、川辺のほうへ休憩に行くと、ときどき遭遇した。

木の実を集めているようだった。

言葉は一切通じず、意思の疎通ははかれないものの、謎多き女の子が気になり、話しかけるようになった。集落には同年代の女の子が少なく、新鮮だった。

「君はどこに住んでいるの？」

勇太は小屋を形作るようなジェスチャーをしてみたが、女の子は小首を傾げるばかりだった。

女の子が言語とは思えない〝音〟を発した。そこに文法があるようには思えず、一語も聞き取れない。昔出会ったインディオの言葉は、理解不能だったが、それでも言語だと感じられた。しかし、女の子の言葉は何度聞いてもただの〝音〟だ。聞き取れる仲間が本当にいるのだろうか。

何とも不思議な感じだった。

「もう戻る？」

戻る、といっても、彼女は一体どこから来て、どこへ戻っていくのか。部族の集落が近くにあるのだろうか。

今まで付近にインディオが住んでいるとは聞いたことがないが……。

彼女について行こうとしたこともあったが、森深くに平然と踏み入ってしまうので、途中で断念した。

勇太は森の奥を指差した。一応そのジェスチャーの意味は通じるらしく、指し示したら彼女が歩きはじめる。

先に進んでいくのは女の子だ。

勇太は彼女の歩調に合わせて歩きはじめた。ゴムの採取で踏み固められた林道と違い、自然の障害だらけだ。樹木に絡みついた蔓の群れや、伸び上がる草花が緑の壁になっている。胸を掻き毟《むし》るような獣や鳥の鳴き声が広がっている。

山刀《マチェーテ》を抜き、父の使い方を思い浮かべながら振り下ろした。五十センチの刃が蔓に弾かれ、取り落としそうになった。女の子に照れ笑いを向ける。

「普段はうまく切れるんだけど……」

勇太はU字に垂れ下がる蔓を目がけ、思い切りマチェーテを振り下ろした。真っ二つになった蔓が跳ね上がり、勢い余った刃が太ももをかすめた。

「痛っ」

半ズボンから剥き出しの太ももに赤い線が走り、血が滲んだ。ズキズキする。

勇太は唇を嚙《か》み締めた。

恰好《かっこう》悪い姿を見せてしまった。

勇太はハンカチで傷口を拭《ぬぐ》った。それから蔓草の壁を切り裂きながら進んだ。マチェーテは自分を傷つけないためにも外側に振るのがコツだと知った。

ネズミでも吞み込んだのか、腹の膨らんだ大蛇《アナコンダ》が寝そべっていたから遠回りした。

かなり歩くと、汗で濡れた前髪を額から引きはがし、一息ついた。乾いた唇を舌先で湿らせる。

「大丈夫？」

勇太は女の子に訊いた。彼女のほうが平然としている。よほど森の生活に慣れているのだろう。

水筒を持ってくればよかった、と後悔した。

ふと、初めて父とゴム採取に出たある日のことを思い出した。

たしかお父さんは――。

「ちょっと待ってて」

勇太は渦巻く蔓をかいくぐって奥へ向かった。雑草や低木を搔き分け、見回した。小鳥が木から木へ飛び渡り、幹の裂け目を覗き込んでいる。餌となる昆虫でも探しているのだろう。

しばらく探し回ると、大人の二の腕よりも太い蔓を発見した。マチェーテを何度も力いっぱい叩《たた》きつけて切り落とした。

女の子のもとに駆け戻った。彼女はブルーの羽が綺麗《きれい》なフウキンチョウを見上げていた。

勇太は蔓を差し出した。

「これ、傾けたら水が出てくるよ」

言葉は通じない。

勇太は実践してみた。

女の子は好奇心と疑いが半々の顔で受け取ると、上を向いて蔓を掲げた。液体が流れ出てくる。

「喉、潤うでしょ?」

女の子は唇を拭うと、笑顔を見せた。

「じゃあ、行こうか」

自信を持って二人で歩きはじめたときだった。樹林の隙間から灰色の煙が立ち込めてきた。

見上げると、樹木の枝葉が煙にむせたように揺れていた。木々の向こう側に炎が見え隠れしている。

森が——燃えている!

唖然《あぜん》とした。心臓がバクバクと高鳴り、煙を吸ったわけでもないのに息苦しくなった。

一瞬で危機感が全身を走る。

それはもはや本能だった。

「逃げなきゃ！」

勇太は女の子の腕を引き、植物を掻き分けながら走った。炎から遠ざかろうと走るうち、アラグァイア川の支流に出た。岸には枝葉の塊が生い茂っていた。黄土色の川に浮いた小枝や枯れ草が揺れながら流れている。対岸までは五十メートル程度だ。

川岸には三匹の鰐《クロカイマン》が寝そべっていた。体長は約三メートル。角質の鱗《うろこ》が黒鉄《くろがね》色に輝いている。黄色いガラス玉のような目玉が左右に動いていた。川面《かわも》の上まで突き出た裸の枝で、ハゲタカに似た黒い鳥が二羽、羽を休めていた。

「……川を渡ろう。ここは浅いから」

女の子がまた何かの〝音〟を漏らした。

怖がっているのだろうか。だとしても、炎のことか、クロカイマンのことか、濁った川のことか、分からなかった。

「刺激しなかったら、心配ないよ」

クロカイマンに襲われたインディオの話は頭の中から追い出した。十メートルは離れているから気づかれないはず――。そう願った。

深呼吸してから二人で川に足を沈める。

一歩一歩、川底の砂を掻き混ぜないくらいゆっくりと足を進めた。真昼の陽光が溶け込む川の生温《なまぬる》い水が腰に纏《まと》わりついてきた。黄土色の川面に浸《つ》かった下半身は見えない。

突然、ボチャンッ、と砂袋が川に落ちるような音が聞こえた。視線を向けると、川岸のクロカイマンが二匹になっていた。

勇太は目を剝いた。

数メートル先に生じた波紋が動いている。少しずつ近づいてくる。全身が凍りつき、動けなかった。心臓だけが激しく跳ね回り、汗が額から頰を伝う。

黄土色の川面が一瞬だけ盛り上がり、続いて黒光りするクロカイマンが顔を出した。黄色い目玉がぎょろりと動く。

「落ち着いて……落ち着いて進もう」

泳いで逃げたい衝動と闘いながら、クロカイマンを刺激しないよう一歩ずつ進んだ。剝き出しの臑《すね》を水草や藻が撫でていく感触がある。

背後で女の子が不安げな〝音〟を発する。

振り向くと、彼女が濁った川面をじっと見つめていた。

何かが足に触れた――のか？

勇太はクロカイマンのいた方角に顔を向けた。川面から鰐の顔が消えていた。波紋もない。どこに潜ったのだろう。

唾《つば》を飲み、腰元を見下ろした。黄土色に濁った川は、浸かった腰すら見えない。何かが潜んでいたとしても分からない。

「だ、大丈夫だよ。たぶん――ナマズか何かだよ」

自分にも言い聞かせると、彼女の手を引いたまま川を進んだ。

「あっ」勇太はそれに気づき、声を上げた。「動かないで！」

黄土色の水面《みなも》の真下を全長五十センチほどのまだらの毒蛇が這《は》うように泳いでいた。波紋一つ立てず――。

川の中にいる毒蛇は凶暴で危険だった。

心臓は今や破れそうだ。毒蛇はくねくねと水の中を泳ぎ、二人の体のあいだを――握り合った手の真上を通過した。

勇太は息を吐くと、彼女と再び川を進みはじめた。

19

鳥や猿の鳴き声が止むと、森はとたんに静まり返る。静寂は無条件で孤独や不安を煽《あお》り立てる。生物の宝庫であるはずのアマゾンで自分たち二人しかいない気になる。

三浦は高橋と顔を見合わせた。

「なぜ彼が――」

三浦がつぶやくと、高橋が小さくかぶりを振った。

「獣の仕業じゃないな」

人間に殺されたのか。一体誰に？　真っ先に思い浮かんだのは、先ほどの伐採作業員たちだった。

「では、さっきの――」

「……いや」高橋はデニスの遺体を睨みつけていた。「連中ならナイフは使わないだろう」

三浦は茫然《ぼうぜん》自失状態から回復すると、深呼吸で気持ちを落ち着けた。だが、心臓は駆け足になったままだ。

「……チェーンソーの可能性は？」

「そんなもんで首を切りつけたら、胴体から頭が落ちてる。そもそも、エンパチに参加してもいなかった部外者の白人を殺す動機があるか？」

言われてみればそのとおりだ。

「エンパチのことを知らずに森に入っていて、運悪く連中と遭遇してしまったとか」

「雇われの作業員が殺人まで犯すとは思えない」

ふいに頭の中に浮かび上がってきたのは、昨晩のジュリアの嬌態だった。

――お願い。あいつを殺してほしいの。

ジュリアの殺害依頼――。

それがデニスのことだったとしたら。

おぞけが背筋を這い上ってきた。ジュリアは一体誰に殺害を依頼したのか。そして―

――なぜ。

思考の海に沈んでいると、高橋がデニスの遺体の前に片膝《かたひざ》をつき、ゆっくりと首元に手を伸ばしていった。

鮮血に染まる顎《あご》を持ち上げたとたん、ザクロをぱっくりと半分に裂いたような傷口が露になった。

三浦は思わず顔を背けた。

意を決して顔を戻すと、高橋が硬直していた。傷口にじっと目を注いでいる。

「……どうかしましたか」

高橋は背を向けたまま沈黙している。

やがて、ゆっくりと立ち上がって振り返った。

「……切り傷は若干斜めで、最後に丸く下に捻るようになっている」

「つまり――？」

高橋は言いにくそうに間を置いてから、口を開いた。重苦しい声で言う。

「俺たちセリンゲイロがゴムの木を切るときの切り方だ」

三浦は目を見開いた。

「まさか」

集落のセリンゲイロの一人がデニスに馬乗りになり、ゴム切りナイフで喉笛を掻き切っている光景が脳裏に浮かび上がる。毎日繰り返して体に染みついた切り方が無意識のうちに出た――ということなのか。

ジュリアが色仕掛けで籠絡《ろうらく》した相手は、セリンゲイロだったのか？

現地の人間にデニスの殺害を依頼した――？

考えてみれば、〝奇跡の百合《ミラクルリリー》〟を探す仲間の殺害を依頼しても、クリフォードやロドリゲスが同意するわけがない。だから利害関係のないセリンゲイロを誘惑した――。

三浦は渇いた喉を唾で湿らせようとした。だが、熱帯雨林の酷暑で体の水分を奪われており、唾もうまく飲み込めなかった。代わりに額から染み出た脂汗が鼻筋を伝った。

「報告だ」高橋が言った。「森でよそ者が殺された。それも、セリンゲイロに――」

沈鬱《ちんうつ》な空気を纏ったまま、三浦は高橋に付き従って集落へ戻りはじめた。

道中、木の焦げる臭いを嗅《か》いだ。

振り返ると、アマゾンが燃えていた。炎が纏わりついた木が無数に連なり、のたくる紅蓮《ぐれん》の壁となっていた。空を焦がさんばかりに噴き上がっている。

「森林火災です！」

「ああ！」高橋の顔に切迫感が表れる。「集落のほうへ！　とにかく逃げるぞ！」

「はい！」

立ちのぼる黒煙であっと言う間に一帯が覆われた。あちこちで樹皮が弾ける。

走り出すと、煙の向こう側から二人組のセリンゲイロが逃げてきた。浅黒い裸の上半身は煤《すす》だらけだ。腰に下げたゴム切りナイフ《ファッカ・デ・セリンガ》が太腿《ふともも》に当たり、音が跳ねている。

「逃げろ。早く逃げろ」一人が立ち止まった。「クソッタレ。アンドラーデの野郎に違いねえ」

見上げると、炎が樹林を呑み込みながら迫ってきていた。今や紅蓮の津波だった。

「畜生。俺たちの森が……」

セリンゲイロは悔しげに吐き捨てると、反対側に逃げていった。後に続こうとしたとき、悲鳴が耳を打った――気がした。『助けて！《ソコーホ》』と聞こえた。

見回すと、激しい炎の高波の向こう側で小柄な影が揺らめいた。だが、それはまばたきする間に消えた。

三浦は高橋と顔を見合わせた。

高橋がつかの間の躊躇《ちゅうちょ》を見せた後、決然と言い放った。

「あんたは集落へ！　子供は俺が助けに行く！」

20

植物学者が集落のほうへ駆けていくのを見送ると、高橋は紅蓮の炎に向き直った。

勇太の友達の声に似ていた。

樹液の回収を手伝っていて巻き込まれたのか？

助けなければと思うも、いざ炎を前にしたら二の足を踏んだ。

飛び込んだら焼け死ぬかもしれない。第一、本当に子供か分からないではないか。悲鳴は獣の鳴き声だったかもしれないし、影は燃える低木だったかもしれない。幻を追って炎に飛び込み、無駄死にしたら――。

勇気は炎に食い荒らされていた。炎の高波に背を向けたい衝動と闘った。

高橋は拳《こぶし》を握り締めた。

ここで逃げたら自分が自分を一生責め続けるだろうし、許せないだろう。

燃え残った勇気のかけらを拾い集め、密林を焼き尽くさんばかりに燃え立つ紅蓮の津波を睨みつけた。炎まみれの木が弾け、裂ける。焼けつく空気を吸い込み、喉がひりひりした。

炎が森を舐《な》め回している。火の粉と灰が舞っている。燃える蔓の群れが炎の鞭と化してうなりを上げ、次々に大地を打ち据える。地獄だ。

紅蓮と熱気に囲まれ、汗が絞り出されていた。肋骨《ろっこつ》の内側を叩く心臓は破裂寸前だ。

裂いたシャツの切れ端で鼻と口を覆い、炎に飛び込んだ。皮膚が熱い。黒煙が目に染みる。眼球を燻《いぶ》られ、涙があふれる。

子供はどこだ――。

林立する巨木群は炎を纏っていた。発砲音のように樹皮が爆《は》ぜる音が辺りに響いている。炎の真っただ中では鳥や獣や虫の鳴き声も掻き消されている。

突然、落雷さながらの爆音が炸裂《さくれつ》し、炎に呑まれた三十メートルの樹木が傾いだ。断末魔の悲鳴を上げ、根元から倒れてくる。その動きがスローモーションに見えた。

一瞬、死を覚悟した。

だが、生存本能に突き動かされ、体が反応した。

高橋は前に駆けた。真後ろで地響きが起きた。熱風が背中に叩きつけた。肩ごしに振り返り、黒焦げの倒木の死にざまを見た。数分後の自分の姿と重なった。

子供はどこだ。本当にいるのか。

目を凝らして見回したとき、燃え盛る大樹の前に、倒れた子供の姿を見つけた。

「大丈夫か！」

高橋は子供の体を抱え上げると、本能的に炎の壁の裂け目を見つけ出し、突っ切った。

怪物《フェノメノ》のように何十メートルも燃え上がり、蠢く炎の壁。壁、壁、壁、壁――。

――逃げ切れないのか。

黒焦げの倒木と同じく気持ちは折れそうだったが、とにかく生き延びるため、闇雲に走り回った。

目が痛い。熱気で瞳が焦げそうだ。

焼けただれた蛇や齧歯《げっし》類の死骸《しがい》を踏みしだき、生き物めいてのたうつ炎のあいだを駆け抜けた。その先の火勢は弱い。

――覚悟を決めて突っ切れば脱出できるかもしれない。

希望の道筋を見つけ、燃え広がる樹林から駆け出た。そのまま全速力で走った。

息も絶え絶えだった。

集落に着くと、セリンゲイロたちが燃える森を見上げていた。仲間の姿を見たとたん、安堵《あんど》のせいか踏み出す一歩が急に重くなり、五歩目で膝から力が抜けた。

高橋は子供を抱えたまま倒れ込んだ。

数人が気づき、駆け寄ってきた。植物学者の三浦もすぐさま「無事だったんですね！」と駆けつけた。

「おーい！」セリンゲイロの一人が奥に向かって叫んだ。「息子は無事だぞ！」

子供の両親が駆けてきた。褐色の肌は煤で黒く汚れている。二人は息子に取り縋《すが》り、人目もはばからず号泣した。

しばらくして父親が振り返った。

「ありがとう、ユウジロウ……」震えた声は涙に濡れている。「お前は勇敢な男だ、本当に」

むず痒《がゆ》い言葉だった。

高橋は精一杯の笑みを返すと、何とか自力で立ち上がった。顔の煤を拭おうとして前腕の火傷《やけど》に気づいた。毛穴から染み込んだ熱湯が血管を焼いているかのようだった。

幸い、火傷の範囲は小さい。

痛みをこらえながらジョアキンに近づいた。親友が絶望の滲んだ声でつぶやいた。

「このままじゃ、森が全部死んでしまう……」

「川の水で消そう！」太っちょのゴルドが答えた。

「無駄だ。一万人が水瓶抱えて集まっても消せるものか」

「じゃあどうする。森が焼け死ぬのを黙って見てろってのか！」

ジョアキンの顔は無力感に打ちひしがれていた。

そのときだった。空を覆い隠す黒煙の幕の中から、水滴が一粒、二粒、落ちてきた。

誰もが天を仰いだ。

まさか――。

数滴の雨粒をきっかけにし、突然、滝のような雨が黒煙を破った。熱帯雨林特有のスコールだった。短時間だけ土砂降りになり、訪れと同じく唐突にやむのだ。

滝壺《たきつぼ》に立っているようだった。うねる炎が大雨に打たれ、火勢が弱まっていく。

びしょ濡れのセリンゲイロたちが歓声を上げた。

「気まぐれな神の小便だな」ゴルドが笑った。「最高だ」

「おいっ」ジョアキンが胸の前で十字を切った。「罰当たりめ。痛めつけられる森の悲鳴に神が涙した――とかにしろ」

高橋はただこう思った。

恵みの雨だ。

21

勇太は女の子と川を渡っていた。

スコールに襲われたのは、半ばまでたどり着いたときだった。雨粒の乱打で川面が弾け、荒れに荒れた。あっと言う間に胸の高さまで増水した。

「やばい……早く渡らなきゃ！」

土砂降りの雨の幕で半歩先も見通せない。対岸の方向を見失わずにすんでいるのは、川の流れのおかげだ。

勇太は水中で握り締めた彼女の手を放さないようにし、水を蹴《け》り抜くように一歩を踏み出した。小さな体が押し流され、肩まで沈んだ。対岸に向かって足を出すたび、下流に流された。土砂降りの雨でしぶきが上がる。

天罰のようなスコールが激しくなり、水かさがさらに増した。濁流が渦巻き、暴れ回っている。突然、逆巻く波が嚙みつくように襲ってきた。水中で握っていた女の子の手がもぎ離された。

「あっ――」

打ち寄せる濁流に呑まれ、頭が沈んだ。口に水が入った。もう両足は川底につかない。もがき、必死で水面に顔を出す。枯れ草と一緒に水を吐く。再び大波が押し寄せた。

勇太は叫び声を上げながら流されていった。

22

高橋は仲間のゴム採取人《セリンゲイロ》たちと森の焼け跡を見つめた。辺りは煤《すす》や灰で黒く覆われており、火傷の跡が生々しい巨木が数本、残っているだけだ。

——まるで木の墓標だ。

ブラジルでまたこんな光景を目にするとは——。

日本も東京大空襲で街が焼け野原になった。東京都内の四分の一の建物が破壊され、大勢が焼け死んだと聞いている。

「アンドラーデめ」セリンゲイロの一人が拳を震わせた。「まさかこんな手段に出てくるとは……」

アマゾンでは、牧場主が土地を得るため、その地に住んでいるセリンゲイロや先住民《インディオ》の集落を焼き払ったり、雇った殺し屋《ピストレイロ》に暗殺させたりする。

「報復だ！」太っちょのゴルドが腕を振り回した。「森の仇討《かたき》ちだ。山刀《マチエーテ》で奴の首を切り落として獣の餌にしてやる」

「奴らの飯場はもう分かってんだ。乗り込むぞ！」

「アンドラーデもろともぶっ殺してやる！」

セリンゲイロたちが息巻く。

「落ち着け」ジョアキンがゴルドの腕を押さえた。「証拠は何もないんだ。暴力に訴えたら政府を敵に回すぞ」

「森の悲鳴を聞いただろ。焼かれて苦しげだった。仇を討たなきゃ、誰も納得しねえ」

ジョアキンがひるんだ。何としても森を守りたいという切実さを見たからだろう。

二度も続けて森林火災が起これば さすがに警察もいぶかしみ、動かざるをえなくなる——と信じたい。だからアンドラーデも当分は無茶をしないはずだ。だが、今後何をしてくるか分からない。もし仲間が殺されたら——。

セリンゲイロたちの怒りが頂点に達しかけたとき、焦げた巨木の陰から子供が姿を現した。ふらふらした足取りだ。黒髪に藻や枯れ草が絡み、びしょ濡れのシャツが肌に張りついている。

数秒の間を置いて息子だと気づいた。心臓が跳ね上がった。集落にいるはずなのにひどいありさまだ。

勇太が倒れ込むと、高橋は駆け寄り、小さな体を抱き起こした。

「どうした！　大丈夫か！」

勇太の表情は弱々しい。

「しっかりしろ！」

「ぼ、僕——」

青ざめた唇が動く。

「何があった！」

勇太が視線をさ迷わせた。まるで何かの罪を隠したがるかのように――。

数人のセリンゲイロたちも周りに集まっている。顔を見ると、一様に心配そうな表情をしていた。

「女の子が……流されちゃった」勇太が力なく囁《ささや》き声を発する。「森が燃えてて、逃げて、川を渡ろうとしたら増水して、二人で流されて……」

勇太の両手は泥まみれだった。手のひらの皮は裂け、指の爪が一枚、剝《は》がれている。濁流に流されながらも、死に物狂いで岸辺の枝か蔓《つる》にしがみつこうとしたのだろう。

「僕が川を渡ろうなんて言ったから、それで……」幼い顔がくしゃっと歪み、あふれ出た涙と鼻水で濡れた。「渡ってる途中で、突然スコールが……」

森林火災を消し止めてくれた〝恵みの雨〟が、勇太に対しては牙《きば》を剝いていたのだ。

「女の子っていうのは――？」高橋は辺りを見回しながら訊いた。「集落の女の子と森で遊んでいて、流されたのか？」

勇太が小さく首を横に振った。

「集落の子じゃないのか？」

勇太がうなずく。

疑問符が頭の中を巡った。アメリカ人の一行は、子供を連れていない。女の子とは何なのか。

「話が分からないと、どうにもならない。勇太、しっかり説明してくれ。何があった？」

勇太は唇を嚙み締めた。葛藤《かっとう》するような間がある。

やがて、苦悩にまみれた声で喋りはじめた。

「僕、川辺で女の子に出会ったんだ。腰に布を巻いただけで、浅黒い肌で。たぶん、インディオだと思う。でも、全然聞き取れない意味不明の言葉で……」

数人のセリンゲイロが顔を見合わせた。

戸惑う気持ちは分かる。この周辺にインディオの集落があるとは聞いたことがない。最も近くに暮らしているのは、植物学者の三浦たちを救った部族だろう。だが、決して良好とはいえない関係上、互いに相手の縄張りには踏み入らないよう、生活している。

女の子とはいえ、迷い込んでくるとは思えない。

「言葉は一切通じなかったのか？」

勇太は「うん……」とまぶたを伏せた。「まるで、ただの〝音〟みたいだった。言葉じゃなく」

「音……」

たしかにアマゾンには数え切れないほどの部族がいる。それぞれが独自の言語を持っている。とはいえ、部族の中でコミュニケーションを取るための〝言語〟である以上、文法は存在するし、身振り手振りを交えて喋ってくれれば、何となく理解できる部分はあるものだ。

まったく意味が分からず、単なる〝音〟に聞こえるなどということがあるだろうか。

「それで、その女の子が流されたんだな？」

勇太が涙目でうなずく。

増水した川に流されたならもう助からないだろう。残酷だが、それがアマゾンの現実だった。

「――待った！」

ポルトガル語で語調鋭く進み出たのは、アメリカ人――たしかクリフォードと名乗った――だった。

高橋は勇太を掻き抱いたまま、彼の顔を見上げた。

「捜索に――行かないんですか？」

高橋は眉を寄せた。

「まだ助かるかもしれない！」クリフォードの口調は熱っぽく、切迫感も露になっていた。「全員で捜索すべきです！」

セリンゲイロたちは互いの顔色を窺っている。

高橋はかぶりを振った。

「残念だが……」

「諦《あきら》めるのは早いでしょう。生きている可能性がわずかでもあるなら、行動すべきだと思います。捜しましょう！」

真っすぐな眼差しに決然たる意志を感じた。

三人組が集落を訪れたときは、いけ好かない連中だと感じたものの——少なくとも植物ハンターのイギリス人と金採掘人《ガリンペイロ》のブラジル人は、森で暮らす人間たちを見下しているように見えた——リーダー格のアメリカ人は少し違うらしい。

「勇太、立てるか？」

勇太は「うん」とうなずき、腕の中で身じろぎしてから自力で立ち上がった。

「よし。お前は小屋で休んでろ」

高橋も立ち上がった。クリフォードを見つめてから、セリンゲイロの面々を見回す。

「彼の言うとおりだ。可能性があるなら捜索しよう。川の氾濫がおさまっていたら、生存しているかもしれない」

たとえ、一縷《いちる》の望みだったとしても——。

セリンゲイロたちが一斉に「おう！」と気合の一声を上げる。

高橋は勇太を一瞥した。

罪の意識に押し潰されんばかりの表情——。

息子はインディオの女の子が流されたことに責任を感じている。川を渡ろうと提案した責任を——。

もし命を落としていたら、当分引きずるだろう。自分のせいだと思い詰めてしまう。

助けられるものなら助けたい――。

高橋はセリンゲイロたちと話し合い、散開して川の下流を中心に捜索することにした。支流が無数に枝分かれしており、勇太から聞いたとおり上流から流されたとしたら、どこに流れ着いていているか分からない。

とにかく可能性を信じて捜し回るしかない。

高橋は山刀《マチエーテ》を片手に密林を進み、川の支流へ向かった。水位はもう元に戻っている。岸辺には、大量の葉切り蟻《サウバ》の死骸が黒い帯となって打ち寄せられていた。

不安を頭から押し出せない。雨が降ると、アマゾンの川は驚くほど凶暴になる。幼い女の子の命くらい、容易に奪ってしまう。

「……きっと見つかる。もっと下流を捜すぞ」

定期的に仲間たちと集まっては励まし合い、散開して川岸を捜し歩いた。濡れて光る植物が繁茂している。

川は黄土色に濁っていて、生物の存在は視認できない。深さも踏み入るまで分からない。

川底に沈んでいたら一生発見されないだろう。

頼む――。

切実に念じながら捜し回った。

そのとき、一人のセリンゲイロが駆けてきた。緊迫した表情だ。

高橋は目を瞠《みは》り、セリンゲイロの顔を見返した。その表情を見て不安が込み上げてきた。

「見つかったぞ！」

遺体として――。

高橋は唾を飲み込んだ。

「命は――」

セリンゲイロが声を荒らげる。

「分からん！　支流の対岸に引っかかってる。泳げない俺じゃ、助けに行けない。何より――」

彼は言いよどむと、かぶりを振った。

「何でもない。とにかく、急がなきゃ、流されちまう」

「行こう！」

高橋は決意を拳に握り締め、セリンゲイロの案内で問題の支流へ向かった。

道中でクリフォードとロドリゲス、三浦と鉢合わせし、事情を説明した。クリフォードと三浦の表情が一瞬で緊張する。ロドリゲスは幼いインディオの命など興味がないのか、最初から他人事《ひとごと》のような顔をしている。

クリフォードが言った。

「とにかく、行ってみましょう！」

五人で藪《やぶ》を掻き分けて進むと、幅が二十メートルほどの支流に出た。

眺め回すと、インディオの女の子の姿を対岸に認めた。川面まで繁茂した草に体が辛うじて引っかかった状態で、揺れている。下半身は川に沈んでいた。

今にも草むらから体が引き剝がされて、流されそうだ。

クリフォードが敢然と言った。

「救助しましょう！」

川の流れは落ち着いているから、向こう岸まで泳いでいくことは可能だろう。

高橋は周辺の様子を窺った。

それを対岸に見つけたのは、そのときだった。

「待った！」

高橋は声を上げ、対岸を指差した。

女の子の位置から十メートルほど上流の草むらの陰から、鰐《クロカイマン》の平べったい顔が突き出ていた。鈍色《にびいろ》の鱗《うろこ》に覆われている。あくびするように大口を開けると、並んだ矢じりを思わせる牙が遠目にも視認できた。

「クロカイマンがいる！」

おそらく――。

高橋は川面に目を凝らした。

濁った水面に映り込む巨大な影――。

体長は四メートルほどだろうか。古代魚《ピラルクー》ではないだろう。間違いなく二匹目のクロカイマンが水中を泳いでいる。

あるいは――三匹目、四匹目が潜んでいるかもしれない。

横目で窺うと、クリフォードが下唇を嚙みながら女の子とクロカイマンを交互に睨みつけていた。

「川に入るのは危険すぎる」高橋は言った。「人間なんかクロカイマンの餌だ」

クリフォードがじろりと一瞥をよこす。

「じゃあ、どうするんです」

高橋はしばし思案した。

「……上流に川幅が狭い場所がある。そこから対岸へ渡って、女の子を救いに行こう」

クリフォードがかぶりを振る。

「一刻の猶予もありません。遠回りしているあいだに流されるか、クロカイマンに食われるか――。いずれにせよ、間に合いません。見殺しも同然です」

高橋は奥歯を嚙み締めた。

クリフォードの言うとおりだ。遠回りして対岸に渡って戻ってきたときには、もう女の子の姿はないだろう。そうなってから後悔しても遅い。

しかし――。

アマゾンの住人としては、現状の危険性が嫌というほど分かる。川を泳いで渡るにはリスクが高すぎる。カヌーがあったとしても、クロカイマンの巨大さを考えると、体当たりで引っくり返されかねない。

「あっ！」

突如、三浦が声を上げた。

高橋は三浦に目をやり、彼の視線の先を見た。女の子の体が川の流れに押しやられ、揺れ動いていた。

そして――。

女の子は草むらから引き剝がされ、川に流れた。死んだ魚のように一瞬だけ浮かび上がり、そのまま水中に没する。

「畜生《シット》！」

クリフォードが躊躇せずに川へ飛び込んだ。

「おい！」高橋は叫び声を発した。「よせ！」

クリフォードは、黄土色に濁り切った川面に水しぶきを撥《は》ね上げながらクロールしていく。

草むらから顔を突き出していたクロカイマンがズルズルと滑るように動き、川へどぼんと落ちた。川面から鈍色の鱗を覗かせ、また水中に潜む。

まずい――。

高橋は一歩踏み出し、そこで二の足を踏んだ。

どうする？　このままではクロカイマンの餌食《えじき》に――。

「馬鹿野郎！」

高橋は毒づき、川に飛び入った。一瞬だけ全身が水没した。上半身を出し、両腕で川面を激しく叩く。

「こっちだ！　おい！　こっちだぞ！」

クロカイマンの注意を引く。

だが、映る影はクリフォードのほうを向いている。

「クソッタレめ！」

高橋は勇気を奮い起こし、川の半ばまで泳いだ。水中に――間近に二匹目が潜んでいたら一巻の終わりだ。

「こっちに来てみろ！」

高橋は溺れた鳥が羽ばたくように両腕で川面を叩き、クロカイマンの注意を引いた。クリフォードを狙っていた巨大な影が向きを変えた。スーッと波紋もなく動きはじめる。

もし食いつかれたら――。

獲物の肉を食い千切るための、身体ごと回転する必殺の〝デスロール〟で水中に引きずり込まれ、人間など無力な餌となる。数百キロのトラバサミにねじ切られるようなものだ。凶悪な牙が肉を引き千切り、骨を砕く。

クロカイマンが肉薄する。

高橋は数メートルの距離まで引きつけてから身を翻し、岸へ向かって泳いだ。

「早く！」三浦の切迫した声が断続的に耳を打つ。「——っちです！　いそ——で！」

水の中のクロカイマンが恐るべき速度で獲物に迫ることは、よく知っている。川に入ったインディオが襲われた話も知っている。食い散らかされた遺体の一部を発見したこともある。

振り返って確認している余裕はなかった。

ひたすら泳ぐ。

岸辺を目指して泳ぐ。

「危ない！　こっちです！」

川辺から三浦が手を伸ばしていた。焦燥の顔でクロカイマンが相当迫っていることが分かった。

畜生め——。

愚かなことをした。無鉄砲だった。

後悔が胸を掻き毟る。

草むらが緑の壁と化してせり出す岸辺に着いた。差し伸べられる三浦の手をがっしり摑む。

必死で岸へ上がろうとする。

だが——。

足をかけた土が崩れ、再び川へ落ちた。

三浦が「あっ！」と声を上げる。

再び手が差し伸べられた。摑もうと腕を伸ばした瞬間——。

耳を聾《ろう》する銃声が炸裂《さくれつ》した。三発、四発——。

一瞬、時が止まった。

顔を上げると、ガリンペイロのロドリゲスがリボルバーを川面に向けていた。銃口から硝煙が立ち昇っている。

はっと我を取り戻し、振り返った。クロカイマンが引っくり返って腹を見せて浮かんでいる。

距離は一メートルも離れていない。もし銃撃がなければ——ロドリゲスが仕留めなかったら、岸に登る前に食い殺されていただろう。間一髪だ。

向き直ると、ロドリゲスがリボルバーを撫《な》でながら言った。

「最後に物を言うのは、こいつさ」

唇には自慢げな薄笑みが張りついている。

助かった——。

高橋は三浦の手を借りて岸によじ登ると、下流に視線を転じた。注意深く見回す。

クリフォードは——。

女の子は――。

目を凝らすと、数十メートル下流でクリフォードの姿を発見した。仰向けの女の子を抱き寄せるようにして、こちら側の岸へ向かって泳いでいる。

女の子を確保できたのか――。

「行きましょう！」三浦が叫んだ。「救助するんです！」

三浦が下流へ走りはじめると、高橋はすぐ後を追った。三浦が蔓草の壁を前に立ち尽くしている。

「任せろ！」

高橋はマチェーテで蔓草を切り落とし、道を作った。大自然の障害を掻き分け、進んでいく。

やがて、クリフォードが泳ぎ着いた岸辺に来た。

「まずは彼女を！」

クリフォードが女の子を持ち上げるようにした。高橋は身を乗り出し、女の子を受け取り、引き上げた。開けた地面に横たえ、クリフォードがよじ登るのを助ける。

びしょ濡れの服が体に張りついたクリフォードは、意外にも鍛え上げられた肉体をしていた。女の子のそばにひざまずき、脈と呼吸を確認している。

「人工呼吸をします！」

クリフォードが女の子の胸に両手を押し当て、ぐっぐっと圧迫し、口づけして息を吹き込む。

高橋は黙って見つめるしかなかった。

それが近代的な救助方法なのだろう。

何分か続けたとき、女の子が濁った水を吐いた。苦しげに咳《せ》き込んでから目を開ける。

息を吹き返した——!

奇跡としか思えなかった。

クリフォードは額の汗を拭った。肌にべったりと張りついた黒髪が横に流れる。

「趣味のサーフィンで学んだライフセービング技術が役立ちました……」

クリフォードが爽《さわ》やかな笑みを浮かべる。

場の空気が緩んだ。

英雄気質だな、と思った。金持ちの白人は、インディオの女の子の命など気にも留めていないという偏見があった。ましてや、アマゾンの奥地で流された女の子の命など。見捨てても責められない状況にもかかわらず、命懸けで救助を試みた。クロカイマンが潜む川へ躊躇せず飛び込んでまで——。

大したものだ。

仰向けの女の子は目をしばたたいた後、首を左右に捻《ひね》るようにした。

見知らぬ人間たちを警戒しているのだろうか。インディオの中には、部族外の人間を敵視している者もいる。あるいはひどい目に遭わされた経験があり、怯えている者も。

「……言葉は分かるかな」クリフォードが女の子にポルトガル語で話しかけた。優しい声音だ。「君は川に流されたんだ。危うくクロカイマンの餌になるところだった。だけど、もう大丈夫だ。心配ない」

女の子はまばたきを繰り返すばかりだった。

クリフォードは耳慣れない単語を二、三、発した。どこかの部族の言語だろうか。

女の子に通じた気配はない。

クリフォードが肩をすくめながら振り返った。

「駄目ですね……」

「今のは？」

「いくつかの部族の挨拶《あいさつ》です。アマゾンに入ってインディオに遭遇したとき、友好的な態度を見せたら無用な諍《いさか》いを避けられると思いまして……。自衛の手段として、挨拶程度ですが、調べておいたんです」

「そうか……」

「残念ながら、私が覚えてきた言語は役立たずだったようです。彼女は一体どの部族でしょう」

高橋は「分からん」と首を横に振った。

女の子が上半身を起こし、口を開いたのはそのときだった。勇太が表現したとおり、それは〝音〟としか言いようがないものだった。だが、彼女は懸命に何かを伝えようとしていた。

女の子の発する〝音〟には、規則正しい文法が存在するようには思えない。

本当に言語なのだろうか。

横目で窺うと、三浦がじっと女の子を凝視していた。その眼差しに宿る感情は何なのか――。

「……さて」クリフォードが言った。「集落に戻りましょう。この子も安静にする必要がありますし、デニスの行方も気になります」

植物《プラント》ハンターのデニス――か。

死にざまが脳裏に蘇《よみがえ》る。

首の傷口は、セリンゲイロがゴムを採取するときの切り方だった。おそらく凶器はゴム切りナイフ《ファッカ・デ・セリンガ》だろう。森林火災とインディオの女の子の救出のドタバタですっかり記憶から抜け落ちていた。無視はできない問題だ。

クリフォードは女の子を背負うと、歩きはじめた。全員で集落へ帰還する。

すぐさま勇太が駆け寄ってきた。クリフォードの背中に女の子の姿を見つけるや、表情が一瞬で明るくなった。

「見つかったの！」

「ああ、無事だ」高橋はクリフォードと女の子を見た。「彼が救ってくれた。命懸けで、な」

勇太はクリフォードの前に立ち、「ありがとう！」と笑顔を見せた。

クリフォードは「いや」と小さくかぶりを振った。「幸運だった。たまたまだよ」

「本当にありがとう！」

勇太の笑顔を見て、高橋は安堵した。クリフォードの勇敢さに感謝しなくてはいけない。

待機していたセリンゲイロの一人に女の子の無事を伝えると、その吉報は瞬《また》く間に伝わり、捜索を行っていた者たちが次々と集落へ戻ってきた。

女の子は小屋のベッドで休ませている。

小屋の前には、クリフォード、ロドリゲス、三浦、ジュリアの四人が集まっていた。

高橋は三浦に顔を向けた。仲間が殺害されていたことを伝えるのか？　と眼差しで問うた。

三浦は覚悟を決めたようにうなずき、進み出た。クリフォードとロドリゲス、ジュリアを前に口を開く。

「報告があります。デニスは殺害されていました」

23

切り開かれた集落の空気は重苦しかった。

三浦は面々の顔を見回した。

最初に言葉を発したのはロドリゲスだった。

「殺害って何だ?」

クリフォードが困惑を張りつけた顔で言う。

「……説明してください、ドクター・ミウラ」

三浦は森林火災の前に見た光景を説明した。

ロドリゲスが顔を歪《ゆが》め、吐き捨てる。

「マジかよ——」

クリフォードが「遺体の場所は?」と訊《き》く。

三浦は高橋と顔を見合わせてから答えた。

「先ほどの火災で、炎に呑《の》まれて、おそらく……」

「そうですか。しかし、なぜデニスが——。本当に人間の仕業なんですよね?」

「ナイフのようなもので、首を掻《か》き切られていました。それは間違いありません」

話をするあいだ、クリフォードもロドリゲスも顰《しか》めっ面をしていた。当のジュリアは驚愕《きょうがく》の顔つきだ。

昨晩の彼女の密約を知っていると、どこかわざとらしい表情のように見えた。

デニスの殺害を依頼したのがジュリアだとしたら、理由は何なのか。一体誰に依頼したのか。依頼されたセリンゲイロは単に肉体の誘惑に負けて従ったのか?

集落の女性たちに比べたら、リオ・デ・ジャネイロの都会で育ったジュリアはたしかに魅力的だろう。美貌《びぼう》もスタイルも圧倒的だ。誘惑に抗《あらが》えない男はいると思う。

しかし、私怨《しえん》もなく殺人を引き受けるほどだろうか。他に何か取り引きがあったのか？

分からないことだらけだった。

クリフォードの一瞥《いちべつ》を受けたロドリゲスが鼻で笑った。

「俺じゃねえぜ」

クリフォードはロドリゲスの目から本心を探ろうとするかのように、見つめ返した。

「……疑ってはいませんよ」

「どうかな」

「仲間を殺害する動機はないでしょう。旅の途中で何か決定的な対立があったわけでもありません」

「気に食わないイギリス野郎――ってだけだ」

殺害の動機――。

ジュリアにはそれがあったのか？　自分が知らないうちに、何か起きていたのか？

何度考えても分からない。

「……一ついいか」高橋が慎重な口ぶりで割って入った。「あんたらの仲間を殺した人間だが――」

クリフォードとロドリゲス、ジュリアが揃って顔を向ける。

高橋は大きく嘆息してから言った。

「犯人は我々の仲間――セリンゲイロかもしれん」

ロドリゲスが「あ?」と目をぎょろつかせる。

「……首の切り口がセリンゲイロ独特のものだった。あくまで可能性の話だが」

クリフォードが訊いた。

「なぜセリンゲイロがデニスを殺害するんです? よそ者への排他的な感情はないでしょう?」

「俺にも分からん」

分からないことだらけだった。

クリフォードの眼差《まなざ》しに警戒心が宿る。

「もしそうだとしたら――セリンゲイロの中に犯人がいるなら、看過はできません。次に殺されるのは私かもしれませんし、あるいは――」

彼がロドリゲス、ジュリア、三浦を順に見ていく。

ジュリアの企《たくら》みを目撃していなかったら、おぞけを覚えただろう。セリンゲイロの集落に薄気味悪さを感じたかもしれない。

だが、今は疑問が頭を占めている。

「確証はない」高橋が苦渋の顔で言った。「切り口も偶然の産物かもしれん」

「しかし、我々に仲間を殺す動機はありません」

「俺たちにもない」

「そう願います。それを確認するためです。セリンゲイロを集めてください」

高橋は躊躇《ちゅうちょ》を見せたものの、踵《きびす》を返した。

十分後、十人ほどのセリンゲイロが集まった。まったく事情は聞かされていないらしく、誰もが怪訝《けげん》な顔つきをしていた。

高橋は天を仰ぐと、デニスの死を伝えた。全員が厳《いか》めしい顔つきになる。

セリンゲイロの一人が声を荒らげた。

「アンドラーデの雇った殺し屋《ピストレイロ》の仕業だ！　あの白人を俺たちが雇った用心棒だと思って、暗殺したに違いねえ」

なるほど――。

そういう視点もあるのか。

昨晩、何も見ていなければ納得したかもしれない。

しかし――。

「俺たちの中に犯人がいるかもしれないんだ」

高橋が言った。そのとたん、肌にひりつく痛みを感じられるほど空気が緊張した。

セリンゲイロの一人が嫌悪に顔を歪めた。

「仲間を疑うな。もう一度そんな戯言《たわごと》を吐いたら、お前のコーヒーに小便入れてやるからな」

暴言を受けても高橋は意に介さず、反論した。

「喉《のど》の切り口が特徴的だった」高橋が空想のナイフで横一文字に切る真似をする。「ゴムの木の切り方だったんだよ」

「馬鹿言うな！　俺たちにどんな動機がある。アンドラーデの腐った短小ペニスなら誰もが切り取ってやりたいがな」

「分かったぞ！」細面《ほそおもて》のセリンゲイロが訳知り顔で言った。「アンドラーデの糞《くそ》豚野郎の策略だ。俺らに罪を着せる気なんだ。だから俺らの癖を真似たんだ」

高橋が「どういう意味だ？」と訊く。

「政府を利用して俺らを潰《つぶ》す気だ。俺たちセリンゲイロがよそ者の白人を殺害したとなったら、政府が動くだろ。政府を敵に回したら座り込《エンパチ》みで抵抗するどころじゃなくなる。そこを狙って森を開拓しちまう作戦なんだ」

「罪をなすりつけるならもっと別のやり方があるんじゃないか。切り方の癖なんて、政府の人間には分からないだろ」

「じゃあ、何だっていうんだ？」

結局、セリンゲイロたちの中に疑心が蔓延《まんえん》しただけだった。

夕闇が忍び込む時間帯、三浦はジュリアの小屋を訪ねた。考え抜いたすえのことだった。

「――話って？」

ジュリアは木製の椅子に腰かけていた。

三浦は立ったまま彼女の顔を見返した。瞳《ひとみ》に警戒心などは宿っていない。

「デニス殺害の件です」

ジュリアが「ええ」とうなずく。

三浦は深呼吸した。

「――あなたが殺害を依頼したんじゃないですか」

「は？」

「実は昨晩、見てしまったんです。何の話か分かりますよね？」

三浦はそう言って彼女の顔色を窺《うかが》った。

ジュリアの目がスーッと細まる。

「……覗《のぞ》き見はあなた？」

「意図的ではありません。用を足そうとして外に出たら、うめき声が聞こえて、心配になって様子を見に行ったんです」

「……そう」

「あなたが誰かの殺害を依頼していました」

ジュリアの目は探りを入れるように、細くなったままだ。

三浦はごくっと唾《つば》を飲み込んだ。

彼女は一呼吸置いてから口を開いた。

「誤解よ」

「しかし、たしかに聞いたんです。ベッドの相手に〝あいつを殺してほしい〟と囁《ささや》いていました」

「……私はデニスの殺害は依頼してない」

「デニスの殺害は――？」

ジュリアは眉間《みけん》に縦皺《たてじわ》を刻んだ。

「殺そうとしていたのは他の誰か――ということですか？」

「……ええ」

「一体誰を――」

彼女の口から出てきた名前は意外なものだった。

「アンドラーデ」

三浦は目を見開いた。

「なぜアンドラーデを――？　環境破壊者だからですか？　アマゾンを守るために――？」

問いただすと、ジュリアは木製テーブルの上のカップに視線を落とした。

覚悟を決めるように、しばし沈黙を作った。うつむいたまま桃色の唇を開く。

「森の中に置き去りにされたとき、私が話したこと、覚えてる？　リオでの生活」

「もちろんです」

リオ・デ・ジャネイロの貧民窟《ファベーラ》で生きていたジュリアは、常に死と隣り合わせの毎日だった。

腹痛を訴えたルームメイトのイレーネを助けるため、医者を呼びにアパートを飛び出したところ、正体不明の二人組に拉致《らち》されたという。話はそこで終わっていた。

その後、何がどうなってアマゾンに入ることになったのか。

ジュリアは深呼吸すると、語りはじめた。


夜の川を一艘《そう》のカヌーが進んでいる。

ジュリアは体の前で両手首を縛られていた。腰に銃を下げた二人のカウボーイハットが前後に乗り、片方が操縦している。

「ねえ」ジュリアは振り返って後ろの男に声をかけた。「何が目的か知んないけどさ、帰してよ。友達がさ、苦しんでるんだから」

医者を呼んでくると約束したのに――。ファベーラで車のトランクに押し込まれ、拳《けん》銃《じゅう》で脅されてカヌーに乗せられてしまった。

カヌーのエンジンが静かに音を立てている。闇夜にホーッ、ホーッと鳥か猿の鳴き声が広がっていた。

「ねえってば！」ジュリアは声を荒らげた。「何とか言ってよ。何者なの」

後ろの男は腕組みを解《と》くと、人差し指でカウボーイハットの鍔《つば》を下げて目を隠した。そしてまた腕を組んだ。

ジュリアはため息を漏らすと、辺りを眺め回した。両岸に茂る草木は闇を抱えて黒々としていた。その陰で黄色い目玉が光っている。カヌーが通りすぎると、クロカイマンがどぼんと川に滑り落ちていく。

逃げられそうもない。川に飛び込んだらクロカイマンやピラニアがいるし、岸にたどり着いても森の中を何十日もさ迷うはめになる。

やがて操縦者の男が黙って白い筒を取り出した。グワンパだった。牛の角で作られている容器で、牛飼いの人間なら必ず持っていると聞いたことがある。二人は牧場で働く人間なのかもしれない。

男はポリ容器の水をグワンパに注ぎ、突き出した。ジュリアは相手の顔を見つめた後、縛られた両手でそれを受け取った。草の香りが鼻に広がった。底にはマテ茶の粉が沈んでいるようだ。

ボンバと呼ばれる金属製のこし器付きストローに口をつけた。喉の渇きが癒《いや》された。

グワンパを返すと、男はポリ容器の水を注ぎ、今度は自分でマテ茶を飲み干した。そして操縦に戻った。

カヌーは黒い川を進み続けた。薄闇の中、無数の大枝が対岸まで跨《また》がんばかりにせり出していた。その大枝から花の房をつけた蔓《つる》の群れが垂れ下がっている。ときおり、頭を下げてやりすごした。

永遠に続くような時間が過ぎたとき、岸辺にカヌーが寄せられた。多様な植物が水際を縁取り、岸を覆い隠している。

「下りろ」

ジュリアは岸に下り立つと、二人に挟まれて密林の中を歩いた。文明を締め出すように巨大な樹林が立ちはだかっている。ランプだけが唯一の明かりだった。寄り集まった蔓の群れは、無秩序に張り巡らされた無数の黒い縄のようだった。光が揺れるたび、植物の影が生き物めいて蠢《うごめ》く。

蔓が動き出して男たちを搦《から》め捕り、締め上げてくれたらどんなに嬉《うれ》しいか。アマゾンの熱帯雨林は、そんな妄想も実現しそうなほど不気味だった。

若いカウボーイハットが吸ういがらっぽい煙草の煙が漂ってくる。不快なにおいだ。

そのうち、開けた場所に着いた。牧場だった。寝そべっているのは十数頭のヤギ——いや、違う。見間違いだ。ヤギに見えるほど痩《や》せ細った白い牛だ。

二人は牧場主に雇われて牛の世話をするカウボーイ——ガウチョだろうか。大抵は白人開拓者と先住民の混血だ。

「旦那様《セニョール》が呼んでいる」

連れて行かれたのは、赤茶色に塗られた木造の小屋だった。

中に入ると、柵《さく》の中で十数頭の豚が飼育されていた。飼料に鼻面を突っ込み、餌を食べていた。ときおり鼻を鳴らし、ゲップするような鳴き声を上げている。

高窓から射し込む月明かりも届かない隅の暗がりから、人間の息遣いが聞こえてきた。

ジュリアは恐る恐る近づいた。山積みになった干し草の上で二人の裸の女が――薄闇に溶け込む黒い肌の太った女が抱き合っていた。二つの波打つ脂肪の塊に隠れていたが、茶褐色の中年男がサンドイッチになっている。

――三人でヤっている！

ジュリアは嫌悪感を抱いた。行為にではなく、ぶよぶよの脂肪に――。

黒人の大女に挟まれた中年男は腰を動かし続け、やがて官能的なうめき声を上げて果てた。

立ち尽くしていると、黒い肉布団から抜け出た男が立ち上がり、ランプに火を灯《とも》した。薄ぼんやりした光で闇が追い払われる。

男はでっぷりした体格だ。射精したばかりのペニスが垂れ下がっている。黒髪はオールバック気味に撫《な》でつけてあり、目は剃刀《かみそり》で切り目を入れたように鋭い。黒い口髭《くちひげ》を生やしている。

「牧場主のアンドラーデさんだ」カウボーイハットが言った。「粗相のないよう、質問には正直にな」

見覚えがある。

たしか――。

「早かったな。連れてくるのは明日《あした》の朝かと思った」アンドラーデはパンツとズボンを穿《は》き、ジュリアを見た。「豚小屋の干し草は部屋の小綺麗《こぎれい》なベッドよりも落ち着く。納屋の藁《わら》の上で産み落とされたからかもな」

何週間か前、娼婦《しょうふ》と間違えて声をかけてきた。札束をちらつかせて高圧的に命令すれば、ファベーラの女など思いどおりになると思い込んでいるような男だ。

アンドラーデがリネンのシャツを羽織り、上から順にボタンを留めていく。

「俺の親父は日雇いの牧夫でな。病院で出産する金などなかった」

アンドラーデが歩み寄ってきた。顎先《あごさき》を掴《つか》まれると、ジュリアは首を捻《ひね》って振りほどいた。

「盗《と》った金を返してもらおうか」

高慢な豚男に一泡吹かせてやりたくなり、誘いに乗ってホテルまで行った後、隙をついて財布を持ち逃げした。まさか執念深くカウボーイハットの二人組に命じてまで捜しているとは思わなかった。

「……何の話か分からない」

「お前が盗ったことは分かってんだ。財布を盗んで、逃げ出しやがって」

「私は知らない。どこかでスられたんじゃないの？　ファベーラじゃ日常茶飯事だから」

「そうか……」アンドラーデの眼差しに憤怒《ふんぬ》が表れた。二人の男に顎をしゃくる。「吊《つ》るせ」

同じ命令を何度も受けているのだろう、二人のカウボーイハットは豚小屋の片隅にとぐろを巻く麻縄を取り上げた。

抵抗は無意味だった。あっと言う間に天井の梁《はり》から吊られた。爪先《つまさき》が辛うじて地面に触れており、全体重が手首にかかるのを何とか防いでいる。

「正直に吐きたくなるようにしてやる」

アンドラーデは木の台からカップを取り上げ、ランプの明かりの中で蓋《ふた》を開けた。濃緑色の毛虫の群れが蠢いていた。親指ほどの大きさで、長毛がびっしりと生えている。

生理的な嫌悪感を催した。

「嘘を引っ剝《ぺ》がす方法はいくらでもある」アンドラーデが薄笑いを浮かべると、口髭がいびつに歪んだ。「ベネズエラヤママユガ《ロノミア・アケロウス》の幼虫だ。毛に隠された細い棘《とげ》は、凝血を分解する液体を分泌する。触れたら体じゅうの穴という穴から出血して止まらなくなるってことだ」

不安を煽《あお》り立てるように数頭の豚が鳴きしきる。

「俺は俺を舐めた奴を絶対に許さん。お前の葬儀に集まる親族や友人、全ての人間の涙を合わせたより大量の血が流れるだろうな」

「だったら大したことないね」

自分のために泣いてくれるのは、親友のイレーネしかいない。

アンドラーデが目の前に立つと、ジュリアは身をよじった。二人の黒人の大女が楽しそうに見物している。

「……気が強いな。正直に吐く気になったら早めに言え。だんまりが続くと、少しばかり訊き方を厳しくしなければならん」アンドラーデは豚の群れを顎で示した。「豚の飼育では、母豚の乳房を嚙《か》む子豚に〝歯切り〟の処置をする。ニッパーでな。虫と戯れているうちに吐くのが賢明だ」

毛虫が蠢くカップが体の上で傾けられかけた瞬間、複数の足音が駆け込んできた。黒人二人、混血一人だ。誰もが麦藁帽子を被《かぶ》り、麻の軍手を嵌《は》めている。作業服の裾《すそ》が鉤《かぎ》裂《ざ》きになっているのは、長年の労働の証《あかし》だろう。一人は土で汚れたシャベルを持っていた。

「セニョール」一人が麦藁帽子を脱いだ。「作業員に連絡したところ、伐採は中断したそうです」

アンドラーデはカップに蓋をし、木の台に戻した。

「なんだと？」

「現地のセリンゲイロたちの抵抗に遭い、作業を続けることが困難になったそうで……」

「それで連中は逃げ戻ってきたのか？」

「仕方なく……」

「役立たずどもめ。賃金に見合う働きもできんのか。豚でさえ値段相応の肉を提供するというのに」

アンドラーデが攻撃的な言葉を吐くとき、眉間に皺が寄って目が細まり、分厚い唇がめくれ上がることに気づいた。それが感情的な印象を作る。

労働者たちが気圧《けお》されると、アンドラーデは眉尻《まゆじり》を下げた。

「すまんな、お前たち。俺が不甲斐《ふがい》ないばかりに……。賃金もろくに払ってやれん。だが、森を開拓できれば状況は変わる。牧場の十や二十、買っても釣りがくるほどの大金が入るんだ」

「セニョール……」

「俺は働きに見合った賃金を払ってやりたいんだ」

「私たちは平気です。生きていく分には問題ありません」

アンドラーデは眉間の縦皺を揉《も》みながら労働者を見返した。

「家族もみな我慢します。食事が一日一食になったとしても、木の根っこを齧《かじ》ってでも耐えます。ですから森の人間を傷つけるのはやめましょう。森を開拓せずとも、経営は——」

言い終えることはできなかった。唐突にアンドラーデが腰のリボルバーを抜き、引き金を絞ったからだ。

銃声が弾《はじ》けた。豚が鳴いた。

焦げ臭い硝煙のにおいが鼻をつく。混血の労働者は麻袋が倒れるように頽《くずお》れた。手に持っていた麦藁帽子が宙を舞って逆さまに落ちる。眉間には赤色の穴が穿《うが》たれていた。

ジュリアは目を剝《む》いた。とたんに心臓が跳ね回りはじめた。

アンドラーデが残りの労働者を見据えた。

「俺が、お前たちのために――と言っている。お前たちはただこう言えばいい。〃ありがとうございます《ムイント・オブリガード》、セニョール〃。口答えは必要ない」

「シ、はい《シン》」残った二人が声を揃えた。「ムイント・オブリガード、セニョール」

「よし」アンドラーデはうなずくと、死体を見下ろした。「葬儀代は俺が出してやる。こいつの妻子に伝えておけ」

「シン、セニョール」

労働者たちは二人で死体を抱え、豚小屋を出て行った。

「幸運だったな。俺は怠け者どものケツを引っぱたきに行かねばならん。尋問はその後にしよう」

アンドラーデは首の骨を鳴らすと、「ヘリを使うぞ」と言い放ってランプを消し、二人のカウボーイハットと愛人を引き連れて立ち去った。

残されたジュリアは身をよじり、両手首を縛る麻縄が解《ほど》けないか、試してみた。肌が擦り切れるような痛みがあるだけだった。

結局、十分ばかりもがいて諦《あきら》めた。

ジュリアは苦悩の記憶を喋《しゃべ》り終えると、ふう、と深くため息を漏らした。まるで魂を吐き出すかのように――。

三浦は話を聞き終えると、一呼吸置いてから口を開いた。

「まさか、セリンゲイロの森を開拓しようとしているアンドラーデと接点があったなんて、思いもしませんでした。その後はどうなったんですか?」

ジュリアはうつむき加減で答えた。

「アンドラーデに三日三晩拷問されて、嬲《なぶ》られて――。殺される覚悟をしたとき、使用人が逃がしてくれて」

「だから復讐《ふくしゅう》を――」

「私のことはいいの。私はアンドラーデにひどい目に遭わされたけど、それでも生きてる。でも、イレーネは――一人でアパートで息絶えてた。アンドラーデに拉致されなかったら、助けられたのに……」

「そうだったんですね」

「イレーネは、優しさなんて何の価値もないファベーラで、唯一、優しくしてくれた。それなのに一人寂しく死んでしまった。たぶん、私に見捨てられたって思ったまま……」

彼女の顔には悔恨が滲《にじ》み出ていた。

「……イレーネはセリンゲイロの一人と文通してたの。相手が町に来たときに知り合ったジョアキンって人。その男との子供も妊娠して、産もうとしたけど、手紙で相手が森を出ないって分かって、絶望して、結局、堕《お》ろした。一人じゃ育てられないから。彼女は体を売る生活に戻った。私はそのことも本人にぶつけたかった」

　そういえば、集落に着いてからのジュリアがセリンゲイロの一人――後にジョアキンと知った――と話し込んでいる姿を何度か見かけていた。イレーネの死と絶望を伝えていたのだろう。

「アマゾンに入りたかったのは、そういう理由があったんですね」

「イレーネへの手紙の中で、自分たちセリンゲイロがアンドラーデたちと対立してるって書いてあるのを見て、私は運命の悪戯《いたずら》を感じた。セリンゲイロの集落に行けば、アンドラーデがいる。だから私はアマゾンを目指したの。でも、マナウスまで来たのはいいけど、一人じゃとてもセリンゲイロの集落まではたどり着けないし、立ち往生して。で、酒場でバイトしながら方法を練ることにしたの。そんなとき、あなたたちの会話が聞こえてきて、私の目的地に近い場所を通りそう、って分かって、声をかけた。環境保護問題に関心がある大学生を騙《かた》って」

　それがジュリアの隠し事だったのだ。

　アマゾンのど真ん中に放り出されたとき、近くにセリンゲイロの集落があることをジュリアが知っていた本当の理由も分かった。

「昨晩、アンドラーデの殺害を頼んだ相手は――？」

「ロドリゲス。私に頻繁に色目使ってたから、ベッドに誘い込んで、アンドラーデの殺害を依頼した。イレーネの復讐だから。まあ、アンドラーデが森に顔を出さなかったら、どうにもならないけど……」

「では、デニスの死には関係してないんですね？」

「いけ好かない男だったけど、死を願うほどの恨みがあると思う？」

「たしかにそうですね」

彼女は正直に打ち明けているという確信があった。これだけの作り話をする意味もないだろう。

ジュリアの依頼でなかったとしたら、デニスはなぜセリンゲイロに殺されたのか――。

24

「……さっさとこんな集落、おさらばしたいぜ」

会うなり、ロドリゲスは吐き捨てた。

「とち狂ったセリンゲイロに殺されちゃ、たまんねえ。おちおち眠れねえよ」

クリフォードやロドリゲスに動機があるとは考えにくい。ジュリアの依頼でなかったとしたら、セリンゲイロの中の誰かが何らかの動機でデニスを殺害したことになる。

デニスは単独で森に入っていた。そこで殺害される理由が生まれたのかもしれない。

一体何なのか。

クリフォードが思案する顔で言った。

「デニスが何かを嗅《か》ぎ回っていたことは確かでしょうね」

三浦は彼に訊いた。

「何か心当たりが？」

「……実は行方を晦《くら》ます前、妙なことを言っていたんです。『ブラジルナッツの木が語ってくれた』と」

「ブラジルナッツの木が？」

「はい。ドクターは専門家として何か思い当たりませんか？」

「それだけでは何とも――」

「ブラジルナッツの木には、何か他の木とは違う特性があるんでしょうか」

「特にそんなことはないと思いますが……」

ブラジルナッツの木――か。

デニスはブラジルナッツの木を調べて何に気づいたのだろう。それが殺された理由なのか。

クリフォードは嘆息した。

「まあ、デニスのその行動が死を招いたのだとすれば、何も知らない我々が狙われる心配はありません。しかし、同じ目的を持っていると誤解されていたら、危険は付き纏《まと》います。ここで過ごすのは今夜が最後ですし、警戒は怠らないようにしましょう」

ロドリゲスが腰のホルスターをポンポンと叩《たた》く。

「俺の寝首を掻きに来やがったら、返り討ちにしてやる」

クリフォードは肩をすくめ、「ドクター・ミウラも充分警戒を」と言い残して立ち去った。

ロドリゲスも自分の小屋へ向かっていく。

取り残された三浦は息を吐き、高橋を捜して集落を歩き回った。彼は北口で見つかった。

「その後はどうですか?」

三浦は高橋に話しかけた。口にしなくても、セリンゲイロ犯人説の件だと伝わっただろう。

高橋は緩やかにかぶりを振った。

「残念だが、犯人は分からない。森林火災で遺体が焼けた今、警察が介入しても無駄かもしれん」

「……もしかしたら、何か手がかりがあるかもしれません」

高橋が右の眉をピクッと動かした。

「殺された仲間が漏らしていた言葉がありまして。どうもブラジルナッツの木を見て何かに気づいたようです」

遺体を共に発見し、切り口からセリンゲイロの犯行だと推測した高橋は信用できる。

自分が犯人なら切り口の話は決してしなかっただろう。

「ブラジルナッツの木の場所は分かりますか？」

高橋は眉間の皺を深めた。

「……いや、全ては把握してないな」

「そうですか」

「先生はどうする気だ？」

「近辺を調査してみようと思います。半日ほどの猶予しかありませんが、後々警察の手に委《ゆだ》ねるとしても、何か提供できる情報があるほうがいいでしょうし」

「そうか。分かった」

「夜になる前には戻ります」

三浦は高橋に別れを告げ、夕方の森に入った。

熱帯雨林では植物が生存競争を繰り広げていた。木々は陽光をふんだんに浴びようとますます背伸びし、下生えの草花は日陰に甘んじてうずくまっている。樹木には蔓植物や寄生植物が纏わりついていた。数十種類の着生植物が大木の幹や枝を覆っている。熱帯雨林には、数トンもの着生植物を纏った巨木もあると聞く。

樹冠の隙間からは、子猿を背負った大型のウーリーモンキーが顔を覗かせていた。ヤシの木に穿たれた穴からは、キツツキがクチバシを突き出している。目につくのは獣や鳥ばかりだ。

ブラジルナッツの巨木は数カ所で見つかった。だが、特に違和感などは見当たらない。

樹木を観察しながら二時間ばかり歩き回った。光が遮《さえぎ》られる密林の底では、夕方でもすぐに薄暗くなる。巨木の根元にカラフルな小鳥が群れているかと思ったら、オウムバナ科の植物――ヘリコニアだった。その名のとおり、赤色と黄色が交じったオウムのクチバシを思わせる。花の奥の蜜《みつ》を吸えるのは、特定のハチドリだけだ。

薄闇に包まれた密林を歩いていると、頭上で葉擦れの音がした。見上げたら、大きな蛇の影が枝から枝へ滑るように動いていた。枝の先端にぶら下がる蜂の巣が揺れ動いた。攻撃されたと勘違いした蜂が総出で応戦に現れ、羽音をうならせながら飛び交う。

羽音の大群が敵を捜し、密林の底に降りてきた。

三浦は後ずさった。

蜂がいない場所に移動しよう――。そう考えたとき、頭の中で何かが引っ掛かった。

蜂。

三浦は密林を二十分ほど戻った。

記憶を頼りに捜し回ると、ブラジルナッツの巨木が三本、近い距離に並んでいる場所に出た。

ブラジルナッツの木は法律で伐採が禁じられているから、開拓されても残るという。だが、周囲の木々が切り倒されると、花粉を媒介するミドリシタ蜂がいなくなるから、結局実がならなくなり、遅かれ早かれ枯れてしまう。

辺りのにおいを嗅いでみた。かすかに——意識的に嗅がないと気づかない程度だが——殺虫剤の残り香が漂っていた。森の人間には腐った花のにおいにしか思えないだろうが、都会で暮らしていた者には馴染《なじ》み深い香りだ。

懐中電灯で足元を注意深く照らした。落ち葉の上に蜂の死骸《しがい》が数匹、転がっている。

誰かが意図的に蜂を殺虫剤で殺している……？

強制的な避妊だ。

三浦は樹皮を撫でた。

「可哀想に……」

なぜそんなことをするのか。

三浦は思案し、ふと思い当たった。

殺虫剤を撒《ま》いている人間は、ナッツが実ってほしくなかった、ということか。

なぜ？

ナッツが実って困る理由があるのか？

たくさん実った実が落下すると、セリンゲイロたちが拾い集めに来る。そうなったら困るということか。

その理由は一体——。

三浦はブラジルナッツの木の根元をじっと見つめた。わずかに土を掘り返した跡がある。

何かが埋められている――？

一九六五年にブラジルナッツの木の伐採が法律で禁じられたから、隠したい〝何か〟はその周辺に埋めれば安全だ。切り倒せない木がある場所を好んで開墾する者はいない。

そういうことではないか。

今なお木が枯れていないのは、周辺の蜂を殺虫剤で殺しても、遠くから何匹かは飛んできて受粉するからだろう。枝葉は樹冠より頭一つ高いから見えないが、実の一つや二つは実っているはずだ。

緊張で手のひらはじっとりと濡《ぬ》れていた。心臓は痛いくらいに動悸《どうき》を打っている。

デニスは植物《プラント》ハンターだったから、樹木に関する知識もそれなりに持っていただろう。

同じ疑問に気づいたとしたら――。

三浦はいったん引き返し、ゴムの木を探した。根元には樹液を受けるカップが必ず置いてある。百数十本の木に設置するためのカップを全て持ち歩くのは無理だから、誰もがそれぞれの木の根元に一個ずつ置いているのだろう。

カップを拾い上げ、ブラジルナッツの木に戻った。根元にしゃがみ、懐中電灯で照らしながらスコップ代わりにした。ザクッと音がする。猿や鳥の鳴き声も消えた森に大きく響いた。

背筋がぞっとし、思わず辺りを見回した。濃くなった夕霧が樹林や蔓や藪《やぶ》を呑み込んでいる。

身震いしてから土を掘りはじめた。そのとき、背後で枝葉を踏み締める音がした。驚いて振り返り、懐中電灯を向ける。

「誰ですか！」

夕霧を照らす光の中に老人が立っていた。

老人が一歩、二歩、落ち葉を踏みにじりながら進み出てきた。見覚えのある顔だった。ジョアキンの祖父——高橋は確かセルジオと呼んでいた——だ。

「光を向けんでくれんか」覚悟が窺える口調だった。「威嚇射撃で誤って心臓を撃ち抜くかもしれん」

懐中電灯を下げると、セルジオは猟銃を構えていた。

三浦はごくっと唾を飲み込んだ。

「デニスを殺したのはあなたなんですか……？」

薄闇の底に沈黙が降りてくる。

「土を掘り返した痕跡《こんせき》があります。デニスも不審に思って、ここを調べて、そして——」

三浦は緊張したまま待った。

「……余計な口を利くと、寿命が縮むぞ」セルジオが干からびた声で言った。銃口を軽く上下させる。「無益な殺生はできるかぎり避けたいのでな」

口ぶりこそ穏やかだが、全身から殺意が滲み出ている。

「とりあえず、歩いてくれんか。光は消してな」

「……僕も殺すんですか」

「猿を撃つのと変わらんだろうな。長年猿を狩っていると、感覚が鈍磨するものでな。猿はあらゆる面で人間に近い。初めて猿を撃ったときの衝撃は――言葉では言い表せんよ」

セルジオは銃口で促した。

三浦はつかの間ためらった後、懐中電灯のスイッチをオフにした。密林が闇に閉ざされた。

足を踏み出すと、靴底で落ち葉が弾け、小枝が折れた。森に慣れているセルジオと違い、何度も木の根につまずき、蔓に足をとられた。

背後から靴音がついてくる。

「許してくれ……」セルジオの声には悔恨が滲んでいた。「恨みはないが、秘密を知られるわけにはいかん」

三浦は背を向けたまま訊いた。

「秘密というのは何なんですか……」

背中に沈黙がのしかかる。

今にも銃声が耳を貫きそうだ。

「知る必要はない」

セルジオが答えたのはそれだけだった。再び沈黙が訪れる。その分、樹冠から降ってくる猿や鳥の鳴き声が強まった。

歩くうち、密生している樹林が開き、川辺に出た。夕日が川面《かわも》に溶け込み、赤っぽく水の色を変えている。茂みの陰から二匹の鰐《クロカイマン》が鼻面を突き出していた。

三浦はゆっくりと振り返り、銃口と対峙《たいじ》した。セルジオの瞳に憐憫《れんびん》の情が浮かんでいる。

撃つ覚悟――。

三浦は太鼓さながらの心音を意識した。脂汗が額から滲み出て、虫が這《は》うような不快さを伴って顔を伝う。

三浦は震える声を絞り出した。

「外の人間を二人も殺したら、隠し通せませんよ」

「アマゾンでは人間の一人や二人は簡単に消せる」

セルジオは草むらのクロカイマンを一瞥した。

三浦は彼の視線を追い、気づいた。

口封じの場所に川辺を選んだのは、遺体をクロカイマンが処分してくれるからだろう。

――本気で殺すつもりだ。

「そこまでして一体何を隠そうとしているんですか。そもそも、僕らはたまたま集落に立ち寄ったよそ者です。何も知りません」

「……その台詞《せりふ》は土を掘り返そうとする前に言うべきだった」セルジオは銃口を三浦の

心臓に定めた。「すまんな。あんたに恨みはない。だが――」

　引き金に指がかかる。

　死を覚悟した瞬間――。

「セルジオ！」

　怒声が響き渡った。

　揃って顔を向けると、高橋が立っていた。

　セルジオの顔に動揺が表れる。

「どうしてここに――」

　高橋はセルジオの猟銃に目をやり、彼に視線を戻した。

「そこの先生が森へ入ることは聞いていたんです。帰りが遅いから様子を見に来たら、銃口を突きつけられて、歩いている姿を見かけました」

　セルジオが顔を顰める。皺が深まった。

「高橋さん」三浦は言った。「デニスを殺したのは彼です。おそらく、何かの口封じで――」

　高橋はセルジオを見据えたままだ。

「俺も一緒に殺しますか？」

　セルジオは構えている銃身に目を落とし、しばし葛藤《かっとう》を見せた後、打ちひしがれたように銃口を下げた。

三浦はほっと胸を撫で下ろした。

25

高橋は樹林から進み出た。セルジオが三浦に銃口を突きつけている光景を目の当たりにしたときは、目を疑った。

「どうしてこのようなことを――？」

セルジオは答えなかった。

三浦が代わりに口を開いた。

「ブラジルナッツの木の根元の土に掘り返した跡がありました。デニスが掘ったんだと思います。そこで彼に見つかったんです」

土を――？

それが殺人の動機なのか。

高橋はセルジオに訊いた。

「何が埋められているんです？　あんなふうによそ者の白人を殺さなきゃならないなんて」

セルジオはよろめくように後退すると、巨木に背を預けて天を仰ぎ、目を細めた。

「あの白人は――黄金郷《エル・ドラド》を探しておったのだ」

エル・ドラド——。大航海時代のスペインに伝わる伝説の黄金郷だ。南米アンデスの奥地に存在すると言われている。

まさか、デニスがそんな都市伝説を信じて行動していたとは——。

高橋が訊いた。

「この地にエル・ドラドが——？」

セルジオが鼻で笑った。

「そんなもん、ありゃせん」

「では、何が——」

「……罪だよ」セルジオの皺深い顔には諦観《ていかん》が刻まれていた。「もはや隠し通せんな。当時の生き残りはわし一人だ」

「当時の？」

「実際に手を下した者はみな……早死にした。わしに比べたら、という意味だがね。セリンゲイロの苦境はイギリス人の〝密輪王〟のせいだ」

密輪王——。

ゴムの木の種子を国外に持ち出した植物ハンターのヘンリー・ウィッカムのことだ。

「東南アジアで栽培された木からゴムが採れ、ブラジルの天然ゴムの価値が下落した。明日の生活も見えん毎日だった」

セルジオの祖父は『アマゾンでは黒い黄金が採れる』という甘言を鵜呑《うの》みにし、牛を売って家族と森への移住を決意したという。だが、待っていたのは借金地獄と奴隷扱いの生活だった。彼の祖父は食いつなぐため、ボスに禁じられている自給自足を試みた。そして見つかり、ゴムを全身に巻かれて焼き殺された。

「ボスを殺して逃げようとした者もいたが、手下に殺された。家族の前でゴムの粘液を喉に流し込まれ、見せしめに窒息死させられたのだ。セリンゲイロの苦境は何十年も続いていた。そんなときだ、日本人移民たちがゴムの木の種子の国外持ち出しを計画している、という情報が入ったのは」

「日本人移民が？」

自分自身、両親に連れられて兄と一緒に渡伯した日本人移民だ。その単語を出されたら他人事《ひとごと》ではない。

「ああ」セルジオが続けた。「ボスがわしらに言った。『ゴムの木の種子の持ち出しは阻止せねばならん。さもないとゴムがますます値崩れして売れなくなるぞ』と。誰もが顔を見合わせた。困惑しておったよ。〝阻止〟の意味するところが分かっておったからな」

それを実行したとすれば、ブラジルナッツの木の根元に埋まっているのは――。

高橋は自分の想像におぞけを覚えた。

「まさか、あなたは――」

セルジオが憐憫の眼差しを宙に据えた。

「……ああ、仕方がなかった」

「ボスは手下を使わなかったんですか？」

的外れな疑問だと気づいたが、訊かずにはいられなかった。

「奴隷を殺すのと外国人を殺すのでは罪の重さが違う。万が一バレたとき、責任をなすりつけたかったのだろうな。何にせよ、日本人移民たちはヘベア種の種子を持ち出そうとしていた」

ヘベア種――。それは数百種類ある中でも発芽率の高いゴムの木だ。

日本人移民たちはウィッカムと同じことをしようとしたのか？

高橋は動悸の高まりを覚え、唾を飲み込んだ。

ウィッカムのせいでゴムの価格は下落した。もし移民が日本にも種子を密輸出したら、価値は完全になくなってしまう。

セルジオは淡々と語った。


セリンゲイロたちは森に潜み、機会を窺っていた。息を殺し、ゴム切りナイフ《ファッカ・デ・セリンガ》を握り締めている。相手は数人だ。人数はわずかにセリンゲイロが上回っている。

日本人移民たちがインディオたちから麻袋を受け取った。種子を先住民に集めさせたようだ。大方、インディオたちは、鉄製の農具などと引き換えに頼まれたのだろう。土地を巡って対立するインディオ側としても、ゴム採取で生活が成り立たなくなったらセリンゲイロたちが森を去る、という思惑があったかもしれない。

脅して麻袋を奪い取る方法も考えた。だが、ボスは納得しない。種子の持ち出しを目論む連中は、一度阻止されても同じことを再び実行するものだ。

セリンゲイロたちは汗でぬめる手のひらをズボンで拭うと、ファッカ・デ・セリンガを握り直した。顔を見合わせ、いくぞ、と目で合図し、藪を駆け出そうとした。そのとき、川のほうからエンジン音が聞こえてきた。全員が居竦んだ。藪の陰に座り込む。

セリンゲイロの一人が薄闇の中を移動し、様子を見に行った。しばらくして戻ってくると、表情に戸惑いが張りついていた。

「援軍が来やがった」

話を聞いてみると、他の日本人移民を乗せた木造船が停泊したという。

セリンゲイロたちは当惑し、見張りに来ていたボスの手下に相談した。木造船が停泊したまま夜を明かしそうだと分かるや、手下は一つの作戦を口にした。

セリンゲイロたちは一夜で準備を整え、翌日の大雨に乗じて行動を起こした。

雨季の雨粒が川面を叩き、奔流が船を揺らしていた。密林の木々は風雨にかしいでいる。無数の枝葉が暴れ回っている。縦横に触手を伸ばす蔓草が揺れている。

川が増水し、岸の植物を呑み込んでいた。濁流が土手を削り、浮草や倒木を押し流している。

雨はどんどん激しくなり、今や灰色の幕となっていた。木々の黒い影も霞み、幽鬼じみて見える。

鈍色《にびいろ》の空に鉤裂きの稲妻が走った。密林が色彩を失い、白黒に明滅した。続けざまに雷鳴が轟《とどろ》く。

日本人移民たちが乗る木造船は濁流にもてあそばれ、上下左右に跳ねた。

落雷を思わせる轟音《ごうおん》が響いた。船室の天井が割れ、木片が飛び散った。悲鳴が上がる。絶叫がこだまする。

セリンゲイロたちは切り立った岩壁の上から、先を尖《とが》らせた丸太を降らせた。一本、二本、三本、四本――。

船を外れた丸太が川面に突き刺さり、間を置いてから跳ね上がるように浮かんでくる。

セリンゲイロたちはさらに丸太で攻撃した。

移民たちは水浸しの甲板を駆け回った。彼らの叫び声は吹き荒れる雨風に引き千切られて掻き消えた。水しぶきが押し寄せる。

甲板に丸太が突き刺さった。木造船の先が跳ね上がり、移民の一人が川に放り出された。濁流に揉まれながらも顔を出し、船に縋《すが》りつこうとした。横殴りの波に襲われ、沈み、体が逆さまになる。両腕で水を掻いて体勢を直し、水面《みなも》に顔を出しては沈む。

川幅は狭いが、両岸は岩壁になっていて逃げ場はなかった。生き延びるには下流の川岸まで泳ぎ着かねばならない。

浸水した木造船が真ん中からへし折れた。木材が粉々になり、濁流が逆巻く川に呑まれた。移民たちは木片に縋りついた。決死の形相で脱出を試みている。和装の者から一人、二人、三人と溺《おぼ》れていく。

数人が木造船を沈没させているあいだ、〝襲撃隊〟は下流の岸で待ち構えていた。自分たちのゴムと生活――そして命を守るため、泳ぎ着いた日本人移民を殺害し、森に埋めたのだ。だが、一九六七年、カラジャスで鉄鉱石が発見された。採掘プロジェクトは国内を駆け巡った。遺体を埋めた森も開発範囲に含まれていると知ったセリンゲイロたちは、慌てて白骨を掘り起こしてカヌーで運び、安全な場所に埋め直した。それが三本のブラジルナッツの木の根元だった。伐採が禁じられているブラジルナッツの木の根元なら、掘り起こされるリスクが少ないと考えたのだ。

全員、罪を噛み締めたまま生きてきた。

話を聞き終えると、高橋は愕然とした。衝撃に打ちのめされ、しばらく言葉が出てこなかった。

「ま、待ってください。移民の全滅の話は――」

自分たちの入植地で、同胞たちが脱出計画を立てた。手筈《てはず》を整えて船に乗ったら、氾《はん》濫《らん》する川で沈没したという。

まさか――。

信じられない思いが強い。

「……そうだ。お前さんの同胞たちだ。彼らはゴムの木の種子を手土産にしてブラジルを脱出しようとしていた」

高橋は緊張が絡んだ息を吐いた。

子供のころ、小屋で盗み聞きした密談が耳に蘇った。

――手土産を用意して、船を手配する。

――俺たちには他人に渡せるもんなんか、何もないぞ。

――考えがある。森を北に行ったら先住民がいるんだ。それを知ったとき、ちょっと閃《ひらめ》いてな。心配するな。何とかなる。

手土産とはゴムの木の種子だったのだ。ウィッカムと同じようにインディオに集めさせたのか。

「しかし――」高橋は言った。「殺すことはなかったはずです。ゴムの木の種子は一ヵ月も経つと芽を出さなくなります」

イギリスはブラジルから東に向かえばすぐだから、ウィッカムは間に合った。だが、日本は無理だ。遠すぎる。

「日本に着いたころには、種子はもう芽を出さなくなっていたはずです。脅威はなかった」

セルジオが苦渋を噛み締めた顔のまま答えた。

「いや、脅威はあった。日本人移民たちは祖国へ向かおうとしたのではない。アメリカへ渡る計画だったのだ。不法移民として」

高橋は目を剝いた。

ブラジルを脱出し、アメリカに不法移民として渡る？

そういえば、アマゾンを脱出するという話しか聞かされていなかった。目的地に関しては何も知らなかった。

なんて無茶な計画だ。

だが、分かる気もする。渡伯した者はみんな日本では生活していけず、ブラジルに希望を見たのだ。脱出して帰国しても、結局は暮らしていけない。それなら大国アメリカへ、希望の地へ――。そう考えても不思議はない。

「ユウジロウ、フォード社のゴム農園の話は知っているかね」

タイヤのためのゴムが必要でブラジルにゴム農園を作ったが、ゴムの木はうまく育たず、失敗に終わった。

「知っています」

「当時はどこもゴムを欲していた。日本人移民たちはアメリカへ渡り、どこかの車会社にゴムの木の種子を売り込む計画だったのだ。第二のヘンリー・ウィッカムを生むわけにはいかん。ゴムの木の種子の持ち出しは何が何でも阻止せねばならなかった」

それで日本人移民たちの虐殺を――。

生き延びた野澤はその悪夢が恐ろしく、口を閉ざしたのだろう。襲撃で沈没したとは決して明かさなかった。

「わしは白骨を埋めた場所を狩場にし、人が寄りつかないよう、密かに守り続けていたのだ」

彼の狩場に誤って踏み入ったとき、容赦なく追い払われたことを思い出した。

「だが、今回、よそ者のイギリス人がわしらの〝罪〟に気づいた。わしは事情を説明し、口止めした。奴は言ったよ。『俺たちは〝失われる種《ロスト・スピーシーズ》〟を守ってやってるのさ』」

俺たち――。

デニスはおそらく同じ植物ハンターのヘンリー・ウィッカムと自分を並べたのだろう。

「綺麗事だ」セルジオが吐き捨てる。「種の保存だの何だのと綺麗事を並べたところで、利益を欲し、自分たち先進国の価値観で自然の摂理に介入し、そこで生きる人間たちの生活を脅《おびや》かしている事実は変わらん」

立派で良識的に見られたい人間たちが現実を知らず、表面的な理想論だけで起こす行動の陰で苦しむ者たちがいる――。先進国の便利で快適な部屋で暮らしている人間たちは、そこまで想像が至らない。

〝何か立派な行いをしている気〟にさえなれば、それで満足なのだ。欺瞞《ぎまん》を指摘されても、今さら引っ込みがつかず、逆に怒りを撒き散らすだけ――。

過去、セリンゲイロの集落を訪れた者たちは、たしかにそんな傲慢《ごうまん》さと独善を持っていた。

横目で窺うと、三浦が唇を噛み、地面を睨んでいた。

何か思うところがあるのだろうか。罪悪感か？　後悔か？　多国籍の彼ら一行は、単にアマゾンの植物の生態系調査に訪れたわけではないのかもしれない。

セルジオが言った。

「過去の罪を掘り起こされるわけにはいかん。仲間たちが築き上げてきたセリンゲイロの信頼が損なわれる。手を下した者たちが今やもうわし以外には生存していないとはいえ、な」

彼の危惧《きぐ》は理解できないでもない。

今までセリンゲイロは森を守るため、牧場主や伐採業者に非暴力の座り込み《エンパチ》で抵抗し、殺し屋《ピストレイロ》の犠牲者となってきた。セリンゲイロ兼環境保護活動家のシコ・メンデスが殺害された後、世論はようやく採取者に目を向けるようになったが、大昔の話とはいえ、外国人虐殺の罪が公になればどうなるだろう。一方的な被害者は大罪を犯した加害者となる。

セリンゲイロの立場が悪くなる。

だが――。

外国人を殺してしまった以上――そして、その事実を知ってしまった以上、黙認はできない。

高橋は天を仰いだ。

26

三浦は高橋と集落へ戻り、クリフォードとロドリゲスに真相を伝えた。

クリフォードはさほど驚きを見せず、「なるほど……」とうなずいただけだった。

三浦は「どうします？」と訊いた。

「どうもこうも、こんなアマゾンの奥地で我々が警察の役回りはできないでしょう」

「それはそうですが――」

「デニスには気の毒ですが、現時点で我々にできることはありません。目的を達した後で、町へ帰り着いてから、警察に事情を説明するしかないでしょう」

ロドリゲスが「自業自得だぜ」と鼻を鳴らした。「黄金郷《エル・ドラド》なんかあるわけねえだろ」

クリフォードが〝奇跡の百合《ミラクルリリー》〟の話をしたとき、『発見したらそれこそ黄金の山も同然です』と言った。ロドリゲスが『黄金郷《エル・ドラド》より信憑《しんぴょう》性がある話ならいいけどな』と揶揄《やゆ》したとたん、デニスが反応を見せたことが蘇る。

「飢えた犬みてえに余計なことを嗅ぎ回るから、殺されるんだ」

デニスを好いていなかったロドリゲスとしては、彼の死に何の感情も抱いていないようだった。

三浦はクリフォードに訊いた。

「明日、〝奇跡の百合《ミラクルリリー》〟探しに出発するんですか？」

クリフォードは眉間に皺を寄せ、思案するように黙り込んだ。

「違うんですか？」

クリフォードは集落の北側に視線を投じた。

「……当初の予定は後回しにします」

「え？」

「ここまで来たら〝奇跡の百合《ミラクルリリー》〟は逃げません。それよりも、先住民《インディオ》の女の子の保護が最優先です」

「保護というのは？」

「女の子を仲間の集落へ連れていきます。仲間からはぐれたままじゃ、何かと困るでしょう」

ロドリゲスが呆《あき》れたように言う。

「人道ってやつかよ。インディオなんざ、ここの連中に任せときゃいいだろ。森の人間は森の人間――。俺らが面倒見てやる必要はねえ」

「そうもいきません」クリフォードが断言した。「関わった以上、保護は義務です」

「……お節介だな、ボスも」

クリフォードは軽く肩をすくめた。そして――三浦に顔を戻す。

「というわけです、ドクター。インディオの保護は我々で行いますから、ドクターはしばらくここに滞在していただけますか」

「同行は不要ということですか？」

「はい。ドクターを無用な危機に晒《さら》すわけにはいきません。あなたの専門知識は〝奇跡の百合《ミラクルリリー》〟発見のために必要なんです」

〝奇跡の百合《ミラクルリリー》〟――か。

正直、今はほとんど興味がない。そもそも、アマゾン行きを決意したのは、消息を絶った沙穂の足取りを摑みたい一心からだった。

三浦は、クリフォードが救助したインディオの女の子のことを思い返した。

セリンゲイロたちが困惑する言語を話していた。いや、言語なのかどうかも定かではなかった。

女の子がもしアマゾンの幻の未接触部族、シナイ族だったとしたら――。

失われていく言語を守りたいと語った沙穂は、シナイ族に関心を抱いていた。シナイ族を追い求めれば、彼女にたどり着けるかもしれない。

今回、セリンゲイロの集落でインディオの女の子と遭遇したのは、何かの運命のように感じる。

もしかしたら――という一縷《いちる》の望み。

「いえ」三浦は決意を込めて言った。「僕も同行します」

クリフォードが首を捻る。

「今回は予定外の行動です。想定していないルートを進む必要があり、リスクが高いです。集落で我々の帰りを待っていただくことが賢明かと思います」

「襲撃を受けて船が大破した時点で想定外の事態ですし、すでに危険には遭ってきました。覚悟の上です」

「安全は保証できません。ご理解ください、ドクター」

「お願いします。僕も同行させてください」

クリフォードが不審そうに目を細めた。

「なぜそんなに固執するんですか？　ただ、一人のインディオを保護するだけです」

三浦は返事に窮した。

アマゾン行きを決意した真の理由を話したらどうなるだろう。クリフォードにはクリフォードの目的があり、その趣旨に賛同して同行している以上、身勝手は許されない。

「集落に留《とど》まっているのも退屈ですし、僕自身、インディオの生活様式や独特の知識に興味があります。植物学者として、文献では学べない実地を知ることができたり――」

クリフォードは探るような眼差しを向けてきた。だが、三浦は視線を外さなかった。

まっすぐ彼の目を見つめ返す。

しばらくすると、クリフォードは小さく嘆息した。

「……分かりました。一緒に行きましょう」

三浦は「ありがとうございます」とお辞儀をした。背後から「私も」と声がした。

振り返ると、ジュリアが立っていた。

「私を置き去りにする気？」

ロドリゲスが彼女の肢体を舐《な》め回すように見た。ベッドの中でのジュリアが頭に浮かんでいるのだろう。

ジュリアはじっと睨み返すようにした。互いに心の奥を探り合うような間がある。

結局のところ、彼女との密約はどうするのだろう。

アンドラーデの殺害——。

それこそ、ジュリアの目的だった。環境保護活動は真の動機を隠す建前だった。

クリフォードはジュリアに苦笑いを返した。好きにすればいい、と言いたげだった。

クリフォードがロドリゲスを引き連れて自分たちの小屋へ去っていくと、三浦はジュリアに訊いた。

「アンドラーデの件はもういいんですか？」

「……正直言えば、殺してやりたいほど憎い。復讐のためにここまで来たわけだから」

「今は違うんですか？」

ジュリアが視線を逃がした。

「ジョアキンは、非暴力の座り込み《エンパチ》で抵抗し続ける、って言った。憎しみは憎しみの連鎖を、暴力は暴力の連鎖を生む、って」

自分が行った銃撃での威嚇が森林火災の報復を招いた——と後悔しているのかもしれ

ない。

三浦は黙ってうなずいた。

「何より——アンドラーデを暗殺したら、セリンゲイロが疑われて、それを口実に追い込まれるかもしれない。私の行動が迷惑をかけてしまう」

ジュリアは下唇を嚙んだ。

理不尽に対して過激な手段で反撃することはたやすい。一定数の共感も得るだろう。闘っている最中は高揚感もあるだろう。結果がどうあれ、満足感は覚えるかもしれない。しかし——。

本当にその手段が最善なのか。誰かを苦しめないか。誰かを傷つけないか。逆効果にならないか。自分たちの立場を悪くしないか。冷静かつ客観的に判断しなければいけないと思う。

ジョアキンが彼女を冷静さに引き戻したのだろう。本来なら、森を焼かれた報復に駆り立てられても不思議はない。それでもなお、非暴力のエンパチを選択した彼を立派だと思う。

翌朝の出発時間になると、高橋が見送りに現れた。息子の勇太はインディオの女の子に笑顔を向け、話しかけている。言葉が通じなくても一生懸命だ。

集落の出入り口からクリフォードが「出発しましょう！」と声を上げた。

三浦はうなずいた。

クリフォードはインディオの女の子に身振りで促すと、連れ立って歩きはじめた。

勇太が女の子の背中に向かって、「またねー！」と大きく手を振っている。

女の子は一度振り返ってから、ほほ笑みを見せた――気がした。そして歩いていく。

三浦は仲間たちに合流した。

「遅《おせ》えぞ！」ロドリゲスが毒づく。

「まあまあ」クリフォードがとりなした。「誤差のうちです。さあ、出発しましょう」

女の子が先導して森を進んでいく。集落の場所を知っているのは彼女だけだ。

クリフォードを先頭にし、ロドリゲス、ジュリアと続く。三浦はジュリアと並んで歩いた。

女の子の足取りに迷いはなく、まるでアマゾンであるなら、どこにいても自分の集落の場所が分かっているかのようだ。

女の子の両親は今ごろ心配しているのではないか。幼い娘が丸一日、行方不明だったのだ。アマゾンには付き物の、自然の中で命を落とす悪運に見舞われたと思っているかもしれない。

一刻も早く親元に帰してやりたい。

そして――彼女がもしシナイ族だとしたら、沙穂が訪ねてこなかったか、訊いてみたい。

もっとも、言語が全く通じないとすれば、どうコミュニケーションをとればいいのか。沙穂の顔写真を見せれば、何らかの反応はあるだろうか。わずかな希望だとしても、それに賭《か》けてみたい。

沙穂は一体どこで何をしているのか。

無事であることを願う。

「まだ遠いのかよ」ロドリゲスがうんざりしたように吐き捨てる。「夜通し歩くわけじゃねえよな？」

先頭の女の子は振り返らず、密林を自分の庭のように迷いなく歩き続けている。

今になって女の子が裸足《はだし》であることに気づいた。靴を作る文化が存在しないのだろう。文明側の人間としては、木の枝や小石で足の裏を怪我しないか心配になる。

女の子が草むらを掻き分けて進んでいくと、川岸へ出た。川幅は狭く、三メートルほどしかない。二本の丸太が寄り添うようにして橋になっている。おそらくインディオが運んできたのだろう。

丸太は枯れた根っこが剝き出しだから、斧《おの》やノコギリで切り倒したわけではなく、自然の倒木を利用したのだ。

ロドリゲスが「ここを渡るのか？」と訊いた。女の子は答えず、丸太の上を器用に歩いていく。

ロドリゲスは舌打ちすると、後に続いた。三浦は最後尾からバランスをとりながら丸太を渡った。直径一メートル程度の巨木が二本並んでいるから、突き飛ばされでもしないかぎり、川へ転落することはない。

川を渡り切り、何げなく上流に目を向けたときだった。一艘《いっそう》のカヌーが係留されていることに気づいた。

「あれ——」

三浦は遠方のカヌーを指差した。全員の顔がカヌーに向く。

クリフォードがつぶやいた。

「カヌー——ですね」

「はい」心臓がどくっと跳ねた。「……確認させてくれませんか」

クリフォードが怪訝な顔を見せた。

「なぜ？」

「気になりませんか？　森の人間以外の者が入り込まないアマゾンの奥地で、カヌーが放置されているんですよ」

「インディオが利用しているんでしょう」

「しかし——」三浦はカヌーの後部にエンジンらしきものが搭載されているのを認めた。「見てください。おそらくエンジン付きです。インディオがあんな文明的なカヌーを使っているでしょうか？」

「何が言いたいんです、ドクター」

「森の人間以外の誰かがやって来たのかもしれません」

もしかしたら――。

沙穂――。

「どうでもいいだろ、そんなもん」ロドリゲスが鬱陶《うっとう》しそうに言った。「先を急ごうぜ。暗くなったらたまらねえ」

「少し確認するだけです」三浦はクリフォードを見つめたまま言った。「お願いします」

クリフォードは渋面でうなった。

「……分かりました。そんなに気になるなら、確認してみましょう」

クリフォードはインディオの女の子に身振りでカヌーを示し、待つように説明した。話が通じたとは思えないが、女の子は黙って突っ立っている。

クリフォードがロドリゲスに顔を向けた。

「彼女を見守っておいてください」

クリフォードが言い残し、川岸を歩きはじめた。三浦は彼の後に付き従った。

十分ほど歩くと、係留されているカヌーのもとに着いた。枯れ葉は散っているものの、苔《こけ》などに覆い尽くされているわけではなく、朽ち果ててもいない。比較的、綺麗だ。

三浦はカヌーの中を確認した。木製のパドルが無造作に放置されている。そして――木製の底板に赤黒いシミがあった。

「これは――」

　クリフォードが眉を顰《ひそ》めた。

「血痕——ですね」

三浦は岸辺からカヌーへ身を乗り出し、顔を近づけた。カヌーの中を慎重に見回してみる。そのとき、シート部の陰にボールペンを見つけた。

目を瞠《みは》り、ボールペンを取り上げた。上半分が植物標本《ハーバリウム》になっており、中でピンク色のカスミソウが揺れていた。

　グリップ部分には、ローマ字の筆記体で『Saho』の文字が刻印されている。

三浦がプレゼントしたボールペンだった。ハーバリウム作家のハンドメイドで、沙穂の名前を入れてもらったのだ。

彼女のボールペンがここにあるということは——。

「どうかしましたか?」

肩ごしにクリフォードの声が降ってきた。

「いえ……」

三浦は反射的にボールペンを手の中に隠し、立ち上がった。振り返ると、クリフォードのいぶかしむ眼差しと対面した。

「何でもありません」

　クリフォードは目を眇《すが》め、三浦とカヌーを交互に見た。何かを言いたそうにしたものの、結局、口を開かなかった。

「……では、戻りましょうか」

三浦はクリフォードの後について戻った。

沙穂はシナイ族の集落を探してここまで来たのだ。世界でただ一つのボールペンがその証拠だ。

では、やはりインディオの女の子はシナイ族だろう。近くに集落があるのだ。

だが、ここまでやって来た沙穂の身に不測の事態が起きたことは間違いない。おそらく、血痕は彼女のものだろう。

クロカイマンに襲われたのか？　それとも、シナイ族は凶暴なインディオで、部外者の進入を許さず、彼女を襲ったのか。

三浦は下唇を嚙み締めた。心臓が狂おしいほど鼓動する。額から滲み出る脂汗は、決して熱帯雨林の暑さのせいだけではない。

沙穂は無事なのか。

それとも――。

暗澹《あんたん》たる気持ちになる。絶望感に吞み込まれそうになるたび、必死で不吉な想像を振り払った。

インディオの女の子のもとへ戻ると、再び五人で歩きはじめた。頭の中にあるのは沙穂のことだけだった。

体の重さが二倍、三倍になったようだった。踏み出す足は鉛のブーツを履いているかのように重い。

シナイ族が外部の人間に友好的な部族であることを願う。怪我をした沙穂が救われていてほしい。

疲れを見せない女の子に付き従い、歩き続けた。夕方になると、薄闇が忍び込みはじめる。

三浦は額の汗を拭った。

そのとき、女の子が立ち止まり、立ち並ぶ樹木に遮られた奥を指差した。

クリフォードが彼女の指の先に目を向け、ポルトガル語で「着いたのか？」と訊く。

当然、言葉は通じなかった。

女の子は小首を傾げたまま、前方を突っつくようにした。そして――再び歩きはじめる。

密林がほんの少し切り開かれた場所に出た。

「ここが――？」

クリフォードが周辺を見回した。

セリンゲイロの集落と違って高床式の木造小屋があるわけでもなく、藁《わら》のような草が山積みになっていたり、平べったい石が置かれていたりするだけだ。

突然、少女が吠えた。『吠えた』としか表現できなかった。高音の声が森に吸い込まれていく。

樹木の陰から物音が聞こえた。

顔を向けると、腰布一枚の女の子が姿を現した。伸ばし放題の黒髪は乱れ、撥《は》ね、顔を包んでいる。

女の子は警戒した顔つきで面々を眺め回した。

連れてきた女の子が〝音〟を発した。文法が存在するかも分からない例の〝音〟――。

もう一人の女の子が同じ〝音〟で応《こた》える。

連れてきた女の子がクリフォードを指差し、また〝音〟で話しかけた。

二人は相槌《あいづち》のようにうなずき合っている。

「おおー！」クリフォードが感嘆の声を出した。「コミュニケーションを――」

会話と思えなくても、二人の女の子はたしかに意思の疎通をはかっていた。

三浦はクリフォードを見た。

「家族や他の仲間はどこにいるんでしょう……？」

クリフォードは三浦に目を向けず、じっと二人の女の子を眺めていた。まるで睨みつけるように――。

「どうしました？」

クリフォードは黙ったままだ。

女の子二人は〝音〟でコミュニケーションをとっている。

「これがシナイ族……」

クリフォードのつぶやきが聞こえ、三浦は耳を疑った。

シナイ族――。

一体なぜクリフォードはシナイ族の存在を知っているのか。

女の子たちが歩み寄ってきた。純粋無垢《むく》な眼差しをクリフォードたちに向ける。

ジュリアが「家族や仲間は――?」と尋ねた。

もちろん女の子たちに言葉は通じない。ただ、じっとジュリアを見返している。

クリフォードが女の子二人を見据えたまま答えた。

「いないよ、他には誰も」

ジュリアが「え?」とクリフォードに顔を向けた。

「シナイ族は絶滅の危機に瀕《ひん》していてね、今やたった二人しか生存していない」

クリフォードの詳しさに驚いた。

残り二人――。

三浦は女の子たちに目を向けた。

本当にシナイ族の生き残りがこの二人だけだとすれば、もう絶滅は避けられない。

女の子二人では子孫を残せない――。

三浦は拳《こぶし》を握り締めた。

また、世界から一つの部族が消滅しようとしている。その絶望的な状況に胸が痛んだ。

「……さて」クリフォードがロドリゲスに何やら耳打ちすると、懐から拳銃《トカレフ》を取り出し、彼に言い放った。「シナイ族の二人を拘束してください」

27

集落に二人組が迷い込んできたのは、クリフォードたちが出発して半日以上経ったときだった。

最初に気づいたのは、ゴムの採取から帰ってきた高橋だった。白人の二人組だ。巨軀《きょく》のほうが近づいてきて、ポルトガル語で「ここは？」と尋ねた。アメリカ人かと思ったが、英語とは違う訛《なま》りがある。

「ゴム採取人《セリンゲイロ》の集落だ」

中肉中背のほうは無言で集落を見渡している。その眼差しは鋭く、単なる物珍しさではなく、観察、あるいは捜索――と表現することが適切に思えた。

「あんたらは？」

高橋は訊いた。

「……人捜しをしている」

「人？」

「アメリカ人だ。現地の人間とアジア人を連れている。他にも白人と女が一人ずついるかもしれない」

高橋は意識的に反応を殺した。

クリフォードたちのことを言っているのだ。仲間なのか？　だが、二人組が纏っている殺気にも似た気配は、とても彼らの味方とは思えなかった。

「森ではぐれた仲間か？」

知らぬ顔を装って訊いてみる。

巨軀のほうが「ああ。道中で別れてしまった」と答えた。その態度に動揺や後ろめたさは全く表れていない。だからこそ、逆に鵜吞みにできない気がした。

クリフォードたちは他に仲間がいるとは言わなかった。表情を一切変えずに噓をついているかもしれない白人二人組——。一体何者だろう。

仲間でないとしたら、敵——。

セリンゲイロの全員がクリフォードたちの存在を知っている。隠し通すことはできないだろう。

「……その集団はここを訪ねてきたよ」

白人二人組の目がギラリと光った。

「今は？」

「もう滞在してない」

「どこへ行った？」

高橋は肩をすくめてみせた。

巨軀のほうが舌打ちする。

「連中は何か話していたか？」

答えていいものかどうか、判断しかねた。直感は、黙っているべきだ、と告げている。

「アクシデントで船を失って森をさ迷って、ここにたどり着いたと聞かされた。目的は知らない。特に何も語らなかった」

「そうか……」

二人は眉間に皺を刻んだまま黙り込んだ。

意外にも食い下がってこなかった。クリフォードたちが目的を安易に吹聴する、と考えていないということか。

中肉中背のほうが集落を眺め回しながら言った。

「とりあえず、半日ほど滞在させてもらう」

態勢を整えるのか、他のセリンゲイロに聞き込みをするのか。だからといって、全員に口止めはできないだろう。

「……好きにすればいい」

白人二人組は「ああ」とうなずき、集落の奥へ向かった。さっそく若いセリンゲイロに近づき、何やら話しかけた。

やはり情報収集をしている。クリフォードたちがインディオの女の子を保護し、彼女たちの集落へ向かったことは遠からず知られるだろう。

高橋は白人二人組の様子を窺い続けた。

巨軀のほうが仲間を見て天を指差したのは、彼らが現れてから二時間ほどが経ったときだった。

高橋は彼の人差し指の先を仰ぎ見た。空に浮かぶ黒い点――。

ヘリだ。

白人二人組が高橋に目を留め、近づいてきた。中肉中背のほうがヘリを指し示しながら言う。

「あれが何か分かるか?」

「……ヘリだろ」

「そういう意味じゃない。なぜヘリが飛んでいる?」

高橋は嘆息しながらかぶりを振った。

「俺が知るはずがない」

「テレビの撮影か?　観光客か?」

「どうかな。今までそんなヘリがやって来たことはないな。あるとしたら――」

「何だ?」

「いや、何でもない」

「隠し事をするな。何がある?」

高橋は鼻を掻いた。

「……アンドラーデの自家用ヘリかもしれん」

「誰だ、それは」

「この一帯を伐採して開発しようとしている牧場主だ。ヘリで移動していると聞いたことがある」

白人二人組は顔を見合わせ、母国語で何やら言葉を交わした。やはり英語ではなかった。

巨軀のほうが高橋に顔を戻した。

「居場所は分かるのか？」

「……飯場は知っている」

「そうか。そこへ案内してもらいたい」

高橋は顔を顰めた。

「悪いが、無理だ。俺たちセリンゲイロはアンドラーデと対立してる。奴は森の破壊者だ。俺たちの生活を脅かしてる」

「付近までで構わない」

高橋は首を横に振った。

アンドラーデ率いる伐採作業員を追い払うための銃撃。報復の森林火災。そして――座り込み《エンパチ》。依然として対立は続いている。セリンゲイロが近づけば厄介な事態を招く可能性がある。

中肉中背のほうが言った。

「他の奴に声をかけようぜ。金さえ払えば協力する奴はいる」

巨軀のほうが「ああ、そうだな」と答える。

二人が背を向けようとしたとき、高橋は思わず声を上げた。

「待て！」

二人が高橋に顔を向けた。

「俺が案内する」

二人が猜疑《さいぎ》の眼差しを向けてきた。

「急な心変わりだな」巨軀のほうが仲間に言った。「信用できると思うか？」

ポルトガル語を使っているあたり、あえて聞かせているのだと分かる。

「仲間はアンドラーデに顔を知られている。抗議活動で最前線に立っているからな」

「お前は違うと？」

「ああ。アンドラーデに顔は覚えられてない」

事実だったが、真意は別にあった。白人二人組がクリフォードたちと敵対しているなら、目を離したくない、という思いがあった。

監視——だ。

白人二人組の探るような目が全身を這い回る。

だが、高橋は黙って突っ立っていた。やがて白人二人組が「よし」とうなずいた。

「時間が惜しい。今から案内してくれ」

腐った倒木を乗り越え、逆さまになった蜘蛛《くも》の脚のような下生えが繁茂する場所を避けて歩く。低木の枝葉が折り重なって微風にざわめいていた。

伐採作業員の飯場に着いたのは、集落を出てから一時間ほど密林を歩き続けたときだった。

森が切り開かれた広場に、簡易な丸太小屋が何軒か建っている。切り株の椅子に作業服姿の伐採作業員たちが座り、木皿で飯を食べていた。下品なジョークでも言ったのか、ときおり、品のない笑い声が上がっている。

闖入者《ちんにゅう》に気づいた伐採作業員が仲間に目配せした。全員の顔が一斉にこちらを向いた。眼差しには警戒心と敵意が込められていた。当然だろう。ヤリンゲイロと対立中なのだ。

巨軀のほうが進み出ると、大きな声で誰にともなく問うた。

「主《あるじ》のアンドラーデに会いたい」

伐採作業員たちは困惑顔で視線を交わしている。

「儲《もう》け話を持ってきた。会わせてくれ」

しばらく間があり、一人の伐採作業員が奥へ駆けていった。報告を怠って叱責《しっせき》されたくない、という判断だろう。アンドラーデはかなりの危険人物だ。

五分ほど待つと、でっぷりしたアンドラーデが歩いてきた。用心深い性格であるらしく、脇に二人の殺し屋《ピストレイロ》を従えている。腰には拳銃を収めたホルスター。

三人の後ろには、禿頭《とくとう》の老人が杖《つえ》を支えにして立っている。

高橋はその老人が気になり、顔を確認しようとした。だが、その前にアンドラーデが白人二人組の前に立ちはだかった。顎を撫でながら訊く。

「儲け話とは？」

巨軀のほうは興味を引いたことに満足したように、唇の片端を吊り上げた。

「さっき飛来したヘリはあんたのか？」

アンドラーデが「ん？」と猪首《いくび》を捻った。

「上空にヘリが飛んでいた」

「……ああ」

「そうか。なら、そのヘリを借りたい。俺たちが追っている連中に追いつきたい」

「追っている連中？」

「白人とアジア人と現地人と女の隊だ」

「なぜ追っている」

「同じものを狙っている――とだけ答えておこう」

「それが金になるのか？」

「あんたには何の価値もないものだ。だが、連中が手に入れたもの――あるいはこれから手に入れるものを奪取できれば、相応の報酬を払おう」

アンドラーデが薄笑いを浮かべた。

交渉があっという間に纏《まと》まった――。そう思ったが、アンドラーデは鼻で笑った。

「はした金に興味はねえ。こちとら、もっと馬鹿でけえ事業を目の前にしてんだ」

事業――？

一帯の開発のことか？　しかし、森を開拓してもその費用や維持費のほうが高くつくのではないか。

アンドラーデの目的は一体何だ？

中肉中背のほうがピストレイロの腰の拳銃に視線をやった。

「武器を供与しよう。ロシア製の銃火器だ。ロシアンマフィアに話をつけてもいい」

「ほう……」

アンドラーデは興味を引かれたように眉を持ち上げた。

ロシアンマフィアにロシア製の銃火器か――。二人組はロシア人なのかもしれない。

「……奥で話を聞こうか」

アンドラーデがピストレイロを従えて踵を返した。白人二人組がついていく。

高橋は、取り残された老人に顔を向けた。

見覚えがある。

――お前たちセリンゲイロには罪がある！

以前、セリンゲイロの集落にふらっと現れ、意味深な言葉を放って立ち去った日本人移民と思《おぼ》しき老人だ。

高橋は老人の顔をじっと観察し、はっと気づいた。

「あなたはもしかして――」

高橋は老人に近づいた。

「野澤さんでは？」

老人が目を眇めた。焦点を合わせるように二、三度まばたきをして、高橋の顔を見返した。

「お前さんは――」

「高橋です。高橋の次男で、勇二郎です。同じ入植地で生活を共にしていました」

老人は追想するような眼差しで虚空を見つめた。たっぷり一分以上沈黙を続けた後、目を見開いた。

「高橋さんのせがれか――」

「はい。野澤のおじさんですよね？」

「……そうだ」

「どうしてあなたがアンドラーデなんかと――」

アンドラーデの名前を出したとたん、野澤の瞳に憎悪が渦巻いた――気がした。

「……セリンゲイロの罪を暴くためだ」

セリンゲイロの罪――か。

今なら分かる。

「……入植地からの脱出時に起きた日本人移民虐殺ですね？」

野澤は後悔を嚙み締めるような顔で地面を睨みつけた。

「そうだ。唯一の生き残りとして、大罪をなかったことにはできん。そう思った。目の当たりにした恐ろしさで長年口を閉ざしてきたが、今はアルツハイマーとやらで、記憶が失われていく。忘れてしまう前に暴かねばならん」

「それでなぜアンドラーデのところへ？」

野澤は伐採作業員たちの様子を確認するように周辺を見回し、声を潜めぎみに答えた。

「この地に金脈があると思い込ませた。マディラ川の下流で金採掘人《ガリンペイロ》から手に入れた黄金を見せびらかして方々で吹聴し、その中で興味を持ったアンドラーデをここへ導いた。開発すれば、金の採掘地として莫大《ばくだい》な富を得られると信じさせたのだ」

告白に愕然とした。

デニスが都市伝説のような黄金郷《エル・ドラド》の話を信じていた理由は、そういうことだったのか。

野澤の作り話をどこかで耳にしたのだろう。

つまり、アンドラーデがこの地にこだわる理由は、金脈――。

「なぜそのような法螺《ほら》を――」

「……セリンゲイロたちが埋めた日本人移民たちの骨は、開発の過程で掘り起こされる」

高橋は目を剝いた。

埋められている日本人移民たちの骨を衆目に晒すために――。

まさかそのような真相が隠されていたとは――。

高橋は拳を握り締めた。

セリンゲイロの過去の虐殺を暴き立てたら、罪なき者たちが森を追われかねない。

だが、黙っていたらアンドラーデが森を開拓する。金脈の話を心底信じているなら、決して諦めないだろう。

アンドラーデが野澤の法螺話を信じて一帯を開発すれば、ガリンペイロが金《きん》目当てに押し寄せてくるだろう。ガリンペイロは金脈のある場所に住み着き、欲望のために自然を破壊する。森を切り倒し、地面を掘り返し、金の採取に使った水銀を川に垂れ流す。そんな連中が大挙して押し寄せてきたら、セリンゲイロの生活は壊されてしまう。

「……今さら数十年前の罪を暴いて何になります？」

「それが無念にも異国の地で殺された同胞たちへの弔いだ」

「セリンゲイロたちも自分たちの生活を守るために――」

日本人移民たちがゴムの木の種子を持ち出そうとしたからだ。デニスの言葉を借りれば、セリンゲイロたちも〝失われる種《ロスト・スピーシーズ》〟を守ろうとしたのだ。

「高橋のせがれ」野澤が地を這うような低い声で言った。「お前さんには罪を暴く責がある」

「……責？」

野澤の眼差しに強い感情が宿った。

「同胞たちがゴムの木の種子の持ち出しを画策していることをセリンゲイロに密告したのは、高橋さんだ」

台詞の意味が呑み込めず、一瞬、時が凍りついた。

「父が——何です？」

辛うじて声を絞り出した。

「同胞たちに置き去りにされては、長生きはできん。追い詰められた高橋さんは、セリンゲイロたちのもとを訪ねて、密告と引き換えに救いを求めた。次男の——お前さんの面倒を見てほしいとセリンゲイロに頼んだのだ」

高橋は啞然としたまま言葉を返せなかった。

父の密告のせいで入植地からの脱出計画が知れ渡り、虐殺に繫《つな》がった——。

「高橋さんは罪の重さに耐えかねたのか、黄熱病で死を前にした贖罪《しよくざい》意識か、生き延びたわしに全てを告白した」

高橋は次々に明かされる真相に衝撃を受けた。

家族を失った後、セリンゲイロたちに救われた。単に幸運だったのだと思っていた。

だが、まさかそこに父の意思があったとは——。

「お前さんには亡き父親に代わって真相を暴く責があるのではないか。それが贖罪ではないか」

父の罪の重さを噛み締めていると、白人二人組がアンドラーデと共に戻ってきた。

「商談が纏まった」巨軀のほうが高橋に言った。「案内、ご苦労だった」

28

三浦は目を瞠《みは》った。

「一体何を――」

クリフォードは振り返り、三浦に銃口を突きつけた。

「申しわけありませんが、ドクター。おとなしくしていただきましょう」

突然の事態に状況が呑《の》み込めず、ただただ唖然《あぜん》とするしかなかった。

なぜクリフォードが豹変《ひょうへん》し、自分に銃口を向けているのか――。

額から脂汗が滲《にじ》み出る。

「ちょっと！」

ジュリアが声を荒らげながら踏み出した。そのとたん、銃口が彼女に滑る。

ジュリアが立ちすくんだ。

クリフォードがロドリゲスに目配せした。

ロドリゲスはにやつきながら、麻縄を取り出した。怯《おび》えた顔をしたインディオの女の子二人に近づいていく。

三浦は二人が木に縛りつけられるのを黙って見ているしかなかった。銃口の前では身動きが取れない。

ロドリゲスがシナイ族の女の子二人を拘束すると、クリフォードが三浦とジュリアをねめつけた。

「次はあなた方の番です」

「ま、待ってください！」三浦は後ずさりした。「一体なぜこんなことをするんですか」

「ドクターが知る必要はありません」クリフォードが憐憫《れんびん》の眼差《まなざ》しを見せた。「私の進言を聞いて集落に留《とど》まっていれば、こうはならなかったのに――」

クリフォードの目的は〝奇跡の百合《ミラクルリリー》〟のはずだ。なぜシナイ族を拘束するのか。

クリフォードの眼差しの殺意は本物だった。抵抗したら本気で撃つつもりだろう。

銃口に睨《にら》み据えられていては、何もできなかった。ジュリアと共に縛り上げられた。後ろ手に拘束され、巨木に縛りつけられた。

三浦は二人を見上げた。

クリフォードがロドリゲスに言い放った。

「――では、現在地を伝え、ヘリを要請します」

ヘリ？

クリフォードは何を言っているのか。

三浦はクリフォードに話しかけた。

「製薬会社に連絡する手段があるんですか?」

クリフォードが熱帯雨林に相応《ふさわ》しくないほど冷徹な眼差しをよこした。

「製薬会社?」

「……違うんですか?」

問うと、ロドリゲスが鼻で笑い飛ばした。

「ボスが本当に製薬会社の人間だと信じてんのかよ?」

「え?」

クリフォードがロドリゲスを一睨みし、「口を閉ざせ」と酷薄な声で制した。

ロドリゲスが軽く肩をすくめてみせる。

クリフォードが製薬会社の人間ではない? 製薬会社が新薬を開発するため、新成分を採取できるという〝奇跡の百合《ミラクルリリー》〟を探しているのではないのか。

ロドリゲスも数日前までは信じていたはずだ。どこかのタイミングで聞かされたのかもしれない。

「まさか――」三浦はクリフォードに言った。「〝奇跡の百合《ミラクルリリー》〟の存在は出鱈目《でたらめ》で、本当の目的はシナイ族――」

クリフォードの一瞥《いちべつ》には、感情が籠《こも》っていなかった。当然ながら答えは返ってこない。

だが、その無言の間が全てを語っていた。

クリフォードの目的は最初からシナイ族だった。しかし、だとしたらその理由は？　シナイ族が目的だとしても、なぜ同行者を拘束しなければいけないのか。

三浦は隣で縛られているジュリアに顔を向けた。彼女は怒りを嚙《か》み殺した表情でクリフォードを睨みつけている。

「私たちをどうする気――？」

ロドリゲスが人差し指と親指で団子っ鼻をしごいた。

「観光気分でついて来るから悪いんだぜ。アマゾンじゃ、遺体の一つや二つ、すぐピラニアや鰐《クロカイマン》の餌になる」

クリフォードはロドリゲスを改めて叱責《しっせき》しようとしたのか、一歩を踏み出し、口を開いた。だが結局、言葉は発さなかった。まるで、その程度のことは知られても結果は変わらない、と言いたげに――。

彼は邪魔者二人を殺す気なのだ。

出発前、集落への同行を拒否したのは、シナイ族の拉致が目的だったからだ。自分たちの真の目的を知られたくなかったのだ。

当初の予定では、女の子の案内でシナイ族の居住地を突き止め、ヘリを要請して部族の人間を引き渡し、自分たちは何食わぬ顔でセリンゲイロの集落へ戻ってくるつもりだったのだろう。後は、適当に〝奇跡の百合《ミラクルリリー》〟を探した後、会社から帰還命令が出た、とでも言い繕って旅を終える――。

三浦は緊張が絡んだ息を吐いた。

シナイ族――。

クリフォードの目的が部族だとしたら――。

三浦ははっとした。

「もしかして、僕の手帳を盗んだのは――」

クリフォードが三浦を見据え、間を置いた。そして――懐から三浦の手帳を取り出した。

同行者のクリフォードならば、いつでも盗むことができただろう。

「あなたが……」

クリフォードは答えず、シナイ族の女の子二人を眺めた。縛られた二人を見る眼差しは、顕微鏡で微生物を覗《のぞ》いている科学者みたいで、人間を単なる観察対象としているような冷徹さがあった。

クリフォードの目的はシナイ族だった。それは分かった。では、手帳にシナイ族の情報が書き留められていることをなぜ知っていたのか。

手帳の中身に関しては何も話していない。そもそも、〝奇跡の百合《ミラクルリリー》〟を探すための知識をあてにされた一介の植物学者の手帳に、シナイ族の情報があるなどと分かるはずがない。

いや――。

逆だとしたら――？

〝奇跡の百合《ミラクルリリー》〟探しが口実にすぎないとしたら、植物学者に同行を依頼する必要はない。サバイバルや探検の専門家を雇ったほうがはるかに目的を達しやすいだろう。

三浦はクリフォードを見上げた。

「あなたは僕がシナイ族に関心を持っていると知って、僕に接触してきたんですね？」

植物ハンターを雇ったのもカムフラージュだったのだ。

クリフォードはわずかに興味をそそられたように、三浦に視線を移した。

「……ドクターの発想はなかなか面白いですね」

「違うんですか？」

「ドクターは植物ではなく、シナイ族に関心がおありだったんですか？」

シナイ族への関心を知られるタイミングがあっただろうか。元恋人の言語学者がシナイ族を探して行方不明になっている、という話は当然していない。道中でシナイ族の話題を出したこともない。

知るタイミングがあるとしたら――。

盗聴。

非現実的な単語が脳裏をよぎる。

まさか、と思いながら、三浦は口に出した。

「あなたは僕の知り合いの言語学者の研究室を盗聴していたんじゃないですか」

クリフォードはとぼけるように首を捻《ひね》った。だが、否定はしなかった。

沙穂の研究室で助手の女性と話をした。沙穂がシナイ族に関心を持ち、アマゾンで消息不明になったことを口にした。

そして——。

——彼女が追っていたシナイ族の手がかり、手帳に纏《まと》めさせてもらっていいですか？

——もちろんです。教授が参照されていた文献、全てご用意します。

助手の女性とそんな会話を交わした。

——手帳に纏めさせてもらっていいですか？

シナイ族の情報を手帳に纏める、と話してしまっている。クリフォードはそれを盗聴で知ったのではないか。

思い返せば、タイミングがよすぎた。沙穂がシナイ族に接触するためにアマゾンへ飛び、消息を絶った。彼女を捜しに行きたいと考えている植物学者のもとに、アマゾン同行を求める製薬会社の人間が現れる——。

全てが繋《つな》がっていたなら、筋は通る。

質問を重ねようとしたとき、クリフォードがロドリゲスに「ヘリを要請してきます」と言い残し、歩み去った。

残されたロドリゲスは、金塊でも眺めるかのような目でシナイ族の二人を見つめている。

女の子二人は顔を見合わせ、例の〝音〟で会話していた。どのような言語体系で意思の疎通がはかられているのか。表情が変わらないので、内容の想像すらできない。

クリフォードがシナイ族を求める理由は分からない。だが、とにかくシナイ族を発見したかったことは分かる。だから、シナイ族に関心を抱いていた沙穂の研究室を盗聴していたのだ。そこで知人の植物学者がシナイ族の情報を手帳に纏めたことを知り、シナイ族発見のため、味方に引き入れることにした。〝奇跡の百合《ミラクルリリー》〟の話をでっちあげ、アマゾン行きを提案した――。

三浦はロドリゲスを見つめた。

「シナイ族を探している日本人女性に会ったことは――？」

ロドリゲスが「あ？」と振り返る。

「先ほどのカヌーに彼女の痕跡《こんせき》がありました。彼女がこの付近までたどり着いたのは間違いありません。そこで消息を絶っています……」

ロドリゲスは目をスーッと細めた。そして――にやりと口元を緩めた。

「心配すんな。すぐ女のもとへ送ってやる」

どくん、と心臓が大きく波打った。

つまり、沙穂はもう――。

送ってやる――。

三浦は怒りを噛み締め、ロドリゲスを睨みつけた。悲しみや悔しさが入り混じり、感情がぐちゃぐちゃになる。

クリフォードとロドリゲスはアマゾンで沙穂の命を奪った後、彼女の研究室を盗聴しはじめた、ということか。シナイ族を見つけるために——。

クリフォードが戻ってきた。ロドリゲスに言う。

「ヘリは明日《あした》の朝、到着します。それまで、シナイ族の二人をしっかり見張っておいてください」

ロドリゲスはホルスターのリボルバーを叩《たた》いた。

「私は明日に備えて就寝します」

クリフォードが踵《きびす》を返し、奥のほうへ去っていく。

ロドリゲスは「へっ」と吐き捨てた。「いいご身分だぜ。さんざんこき使いやがって」

——俺があんたにどれだけ従ってきたと思ってる？

ロドリゲスがクリフォードに吐いた言葉が蘇《よみがえ》る。二人は今回の旅が初顔合わせではなかったのだ。

明日になったら、おそらく自分とジュリアは殺されるのだろう。今生かしている理由は——。

——アマゾンじゃ、遺体の一つや二つ、すぐピラニアやクロカイマンの餌になる。

ロドリゲスの台詞《せりふ》で想像がつく。

太陽が出てから、処分しやすい川辺まで歩かせ、そこで殺すつもりなのだ。

「残念だったな、センセイ。正直になって俺と手を組めば、違う結末もあったかもしれねえが、もう手遅れだぜ」

「……何を言ってるんです？」

「俺の囁《ささや》きを突っぱねたろ」

――センセイ、俺はあんたの本当の目的を知ってるぞ。

あの揺さぶりのような台詞は、協力関係を結ぶための遠回しな符牒《ふちょう》のようなものだったのだ。おそらく、ロドリゲスが殺した日本人の女性言語学者と繋がりがある植物学者だ、という程度の情報はクリフォードから与えられていたのだろう。

クリフォードの目的が〝奇跡の百合《ミラクルリリー》〟以外にあると読み、いざというときの切り札を得るため、囁きかけたに違いない。クリフォードの真の目的を知ることができれば、出し抜ける――より大きな儲《もう》け話になるかもしれない、と期待して。

「じゃあな。夜明けまでの命を楽しみな」

ロドリゲスは女の子二人を縛りつけた巨木の向かい側の木の根元に尻《しり》を落とし、あぐらを掻《か》いた。

夜の静寂が漂う。

「ねえ……」

隣のジュリアが囁きかけた。

「何とか逃げなきゃ……」

三浦はロドリゲスに顔を向けたまま、横目で彼女を一瞥した。切迫した表情だ。

「分かってます。しかし、この状況では――」

三浦は後ろ手に縛られた両腕を捻るようにしてみた。だが、麻縄は緩みもしなかった。隣でジュリアも身じろぎしていた。同じく拘束はびくともしないようだった。

互いにしばらくもがいて諦《あきら》めた。

無言の間が続いた。覆い被《かぶ》さる夜空。集落を取り囲む密林のあちこちから鳥や猿の鳴き声が聞こえてくる。

「ねえ!」

今度のジュリアは比較的大声だった。顔を向けると、彼女はロドリゲスを見据えていた。

「ちょっと!」

呼びかけに反応し、ロドリゲスが腰を上げた。太鼓腹を揺らしながら近づいてくる。

彼はジュリアの眼前で仁王立ちになった。

「どうした? 小便か?」

ジュリアは羞恥《しゅうち》を噛み締めるように視線を逸《そ》らした。ロドリゲスが下卑た薄笑いを浮かべる。

「垂れ流せよ。どうせ、明日までの命だ。取り繕っても意味ねえだろ」

ジュリアが弱々しい声で懇願した。

「最期なら、せめて人間らしく……。お願い」

ロドリゲスは弱った獲物を見る眼差しをしていた。

「……知らない仲じゃないでしょ」

ジュリアの思わせぶりな台詞で、ロドリゲスの頭の中に彼女の裸体が蘇ったことは確実だった。

「それくらいのお願い、聞いてくれても罰《ばち》は当たらないはずよ」ジュリアは上目遣いで見つめた。「その後は――ね？」

彼女はなまめかしく上半身をよじるようにした。ボタンを二つ外してあるシャツの襟元から覗く胸の谷間を強調しているのが分かる。ロドリゲスの視線がそこへ落ちる。彼は舌なめずりをした。

「……へっ、特別だぜ」

ロドリゲスはジュリアの背後に回り、「クソッ、固《かて》えな」と毒づきながら麻縄を解《ほど》いた。

「最後の晩餐《ばんさん》だ。もっとも、食うのは俺のほうだがな」

ロドリゲスが下品な笑い声を上げた。

ジュリアが立ち上がるとき、彼女の右手に拳《こぶし》大の石塊《いしくれ》が握り締められているのが見えた。

三浦は意図を察した。

だが、ロドリゲスにバレたら——。

「あの——」

三浦はとっさにロドリゲスに呼びかけた。

ロドリゲスが「あ?」と顔を向ける。それは明らかな隙だった。

ロドリゲスの背後でジュリアが石塊を振りかぶった。そして——思いきり振り下ろす。

鈍い音がした。

「ぐっ——」

ロドリゲスがうめき声をあげ、片膝《かたひざ》をついた。彼が振り返る前にジュリアが躊躇《ちゅうちょ》なく二発目を後頭部に食らわせた。

ロドリゲスが倒れ伏した。

ジュリアは肩で息をしながら呼吸を整えた。

「目覚める前に逃げないと……」

ジュリアが三浦の後ろに回り、麻縄と格闘した。

「……本当に固い」

彼女が舌打ちする。

時間をかけたらクリフォードが気づいてしまうかもしれない。彼が戻ってきたら素手の彼女に勝ち目はない。

三浦は倒れたロドリゲスの腰に目を向けた。

「あれを――」

彼女が前に戻り、三浦の視線の先を見た。ロドリゲスの腰にあるのは――山刀《マチェーテ》だ。

ジュリアはうなずくと、ロドリゲスの傍らにしゃがみ込んだ。マチェーテを抜いた。

彼女が三浦の後ろに戻る。

「これで――」

拘束された腕に刃の側面がこすれる感触があった。次の瞬間、麻縄が切れた。

「さ、早く逃げましょう」

「待ってください！」

彼女が駆け出そうとした。

呼び止めると、彼女が立ち止まって振り返った。

「何？」

「いや……」三浦は巨木に縛られた女の子二人を見やった。「あの子たちも救出しないと」

「正気？」

「置き去りにはできません。クリフォードに拉致《らち》されたら、どうなるか――。保証はできません」

　クリフォードは、クロカイマンが生息する川に飛び込んでまで女の子を助けた。その姿に欺かれ、彼を立派な正義漢だと思い込んでしまった。それもこれも、ンナイ族を確保するために死なせるわけにはいかなかったからだ。きわめて利己的な救助──。

ジュリアは嘆息すると、マチェーテ片手に女の子たちに駆け寄り、背後に回った。麻縄を切る。

「逃げるのよ」ジュリアが囁き声で言う。「分かる？　あの白人の男は悪い奴だから、一緒に逃げるの」

女の子二人は顔を突き合わせ、言語とは思えない例の〝音〟で意思の疎通をはかる。

一方が〝音〟を発し、一方がそれに反応した。それから──〝音〟を返し合う。

二人揃《そろ》って立ち上がった。

ジュリアの訴えが通じたのだろうか。

「行きましょう」三浦は密林の奥を指差した。「クリフォードが気づく前に」

歩きはじめたとき、ジュリアがはっとした顔で振り返り、倒れ伏したロドリゲスを見た。

「奴の拳銃《けんじゅう》を──」

だが、ロドリゲスがうめき声を発し、身じろぎした。

「駄目です」三浦はジュリアの手を取った。「目を覚ましました。逃げましょう！」

ジュリアは後ろ髪を引かれるように悔しげな顔をしたものの、諦めて踵を返した。

装備もろくになく、ウエストポーチのみで夜の熱帯雨林へ踏み入った。

29

眠りから起こされたクリフォードは、ロドリゲスから報告を受け、怒鳴りつけた。

「何してる！　連中を逃がしたのか！」

ロドリゲスが顔を歪《ゆが》めた。

「油断しちまった。不意打ちで石の塊を頭に叩きつけられて――」

「縄を解いたからだろう」

「クソアマが体で誘惑しやがった」

「そんな色香に騙《だま》されたのか？」

ロドリゲスが舌打ちした。

「とにかく、逃がすわけにはいかない。シナイ族は何が何でも取り戻さなきゃいけないんだ」

ロドリゲスが腰のリボルバーを抜き、弾倉を確認した。

「絶対に許さねえ」

吐き捨てたロドリゲスの声には殺意がみなぎっていた。

クリフォードはロドリゲスと連れ立って森へ入った。

シナイ族――。

生存している最後の二人。絶対に欠けることなく、本国アメリカへ連れ帰らなければいけない。

目的は言語だった。

冷戦が終わって旧ソ連《れん》が解体され、ロシアになった。大国同士、表向きは平和に向けて歩みを進めているように見える。だが、裏側は決して綺麗《きれい》ではない。

両国は水面下で諜報《ちょうほう》戦を繰り広げており、情報の獲得競争で相手よりも先んじなければならない。そのためには情報伝達手段が最重要だ。

諜報員同士で情報をやり取りする場合、当然ながら敵側に知られるわけにはいかない。

そのためには——暗号が必須《ひっす》だ。

暗号は古代ローマ時代から使われていたという記録がある。

近代では、第二次世界大戦中、敵国ドイツが開発したエニグマ暗号機がある。アメリカとイギリスはその暗号機を奪うため、諜報員を使った。暗号を解読できれば、ドイツの作戦は筒抜けになり、戦局を有利にできる。

エニグマ暗号機の暗号は解読が比較的容易だった。なぜなら、解読の手順が体系化されていたからだ。そのような場合、法則を発見しさえすれば、解読できる。

解読されないためには、OTP《ワンタイムパッド》——一回かぎりの暗号帳《コードブック》を用いる方法が一般的だ。これは世界各国の諜報組織が採用している。ランダムな数列（鍵《かぎ》）が大量に書かれた手帳があり、毎回、解読に使われる鍵が替わる。一度使った鍵はもう使われない。だからこそ、解読がきわめて困難だ。

古今東西、様々な暗号が開発されてきたが、仲間同士での解読を前提としている以上、法則性はあり、結局のところ、敵側も解読できてしまう。

では一体どうするのか。

もし世界の誰も知らず、現存している二人のあいだでしか通じない言語が存在するとしたら――？

そう、誰も解読できない暗号となる。

シナイ族は未接触部族で、その言語は誰も解読できず、絶滅寸前だ。シナイ族の言語を研究すれば、敵国に解読されない堅牢《けんろう》な暗号を生み出すことができる。

シナイ族の確保――。

それがＣＩＡの任務だった。

荒事も辞さない金採掘人《ガリンペイロ》に接触し、ロドリゲスを含む四人を雇ってアマゾン入りした。大自然は過酷で、道中、二人が命を落とした。残るメンバーでシナイ族の集落を探した。その最中《さなか》だった。

アマゾンで出会った日本人の女がシナイ族を探していると知った。シナイ族の存在は抹消しなければならない。存在が広く知れ渡れば、暗号が解読されるリスクが生まれる。

だからロドリゲスに命じ、彼女を始末させた。逃げる彼女を追いかけて銃撃し、彼女は最終的に川へ転落したという。

リスクは排除したものの、そのときはシナイ族を発見することができなかった。

結局、いったん引き返し、態勢を立て直すことにした。

シナイ族はどこにいるのか——。

手がかりが少なすぎた。

シナイ族を追っていた日本人の女を拘束して尋問し、情報を聞き出すべきだったと後悔したが、遅かった。

日本人の女は自分たちが知らない情報を持っていただろうか。

彼女の研究室に忍び込み、メモ帳などを探したりもした。だが、めぼしい情報は得られなかった。

念のため、研究室には盗聴器を仕掛けておいた。

ある日、彼女と親しい間柄だったらしい植物学者が研究室を訪ねてきた。

——彼女が追っていたシナイ族の手がかり、手帳に纏めさせてもらっていいですか？

傍受した台詞だった。

研究者の情報収集は研究者——。

ドクター・ミウラはシナイ族の情報を得ただろう。拉致して尋問するリスクよりも、味方に引き入れる選択をした。彼女を捜したがっているから、興味を引く依頼と共にアマゾン行きを打診すれば応じるだろうことは予想できた。

製薬会社社員の肩書きを作り、〝奇跡の百合《ミラクルリリー》〟の話をでっち上げて接触した。そして

――シナイ族の発見という真の目的を隠し、ドクター・ミウラと行動を共にした。

マナウスに着いてから襲撃してきた白人二人組は、おそらくロシア人の諜報員だろう。

アメリカ側の動きを把握していて、情報の横取りを目論《もくろ》んだのだ。

シナイ族の存在まで知っていたかどうかは分からない。銃撃を受けて漁船が大破するアクシデントに見舞われたものの、追い払うことはできた。

そして――。

シナイ族の集落を突き止め、生き残りを確保した。

それなのに――。

クリフォードはロドリゲスの背中を睨みつけた。

色香に惑わされて逃亡を許す大失態。足を引っ張る愚か者には相応の罰が必要だが、今は貴重な追っ手だ。

シナイ族は必ず取り返してみせる。

30

夜は静まり返っており、鬱蒼《うっそう》とした熱帯雨林が音という音を吸い尽くしていた。濃緑の樹林や枝葉は暗闇に溶けている。そんな中では、燃え立つような朱色や橙《だいだい》色の花だけが灯火めいて目立つ。

フクロウに似た顔のヨザルが地上で昆虫をむさぼっていた。

三浦は辺りを見回してみた。密林が懐に闇を呑み込み、静寂の中で無数の黒い影の群れとなっている。

今ごろはクリフォードたちが追ってきているはずだ。二人は銃を持っている。見つかったら勝ち目はない。

突然、ガサッと草むらが音を立てた。

三浦ははっとして立ち止まり、警戒のアンテナを張り巡らせた。葉ズレの音の方向をじっと見つめる。人間を包めそうなほど大きな扇形の葉が静かに揺れていた。

懐中電灯を消すと、三浦はジュリアから受け取っていたマチェーテを抜いた。足音を殺して進んだ。

闇に呑まれた密林は、縦横に折り重なった植物の黒い絨毯《じゅうたん》で覆われていた。緊張で神経が異様に研ぎ澄まされている。落ち葉を踏みしだく音すら火薬の破裂音に聞こえた。

扇形の巨大な葉の陰から人間が飛びかかって来そうな気がした。齧歯《げっし》類や蛇が揺らす雑草に何度も振り返った。暗闇を掻き抱く密林の奥地は静寂に閉ざされ、人間の侵入を阻んでいる。

三浦は背を丸めて息を殺した。扇形の大きな葉をめくり上げ、その隙間から覗き見た。

何かの生物の影がササッと音を立てて草むらの奥へ消えた。

ほっと胸を撫《な》で下ろした。

大蛇《アナコンダ》のような危険な生物ではなかったようだ。ジャガーなどにも出くわしたくない。

三浦はマチェーテを腰に戻し、懐中電灯を点《つ》けた。ジュリアたちのもとへ戻る。

「それでは行きましょう」

目的地は、沙穂のカヌーが係留されていた川辺だった。舟を得ればクリフォードたちから逃げられる。

三浦は落ち葉や小枝を踏みしだきながら、蔓《つる》の群れの下をくぐって大回りした。

大型のトリクイグモが低木を這《は》い登っている。実際は昆虫が主食だが、名前どおり鳥すら食べそうだった。

濃密な草葉の香りはまるで死臭を含んでいるようだ。

密林を何キロも歩き、目当ての川に出た。カヌーが岸辺の巨木に麻縄で係留され、静かに上下している。

ジュリアが後部のエンジンを確かめた。

「動きさえすれば、逃げられる」

「動かし方は分かりますか」

「分かるけど、この狭い支流を進むなら舳先誘導者《ボタドール》と操縦者《モトリスタ》がいないと……」

「僕にできることなら何でもします」

「他に手段はないんだし、やってみましょう」

三浦は彼女から操縦桿《かん》の使い方を教わった。ジュリアの手助けがあれば何とかなりそうだ。

シナイ族の女の子二人をカヌーに乗せた。言葉は通じなくても状況は理解してくれているようだ。

三浦は巨木に歩み寄り、縄の結び目を解こうとした。

突然、ジュリアが声を上げた。

「早く!」彼女は片足をカヌーに乗せていた。「奴らが来た!」

ジュリアの視線の先に目を向けた。密林の中に人影が——クリフォードとロドリゲスが立っていた。

考えてみれば、逃亡するためにカヌーを目指すことは容易に想像がつく。二人はそう推測して追ってきたのだ。

「縄を!」

三浦はマチェーテを抜き、麻縄を一刀両断にした。川岸に駆け戻り、カヌーに飛び乗る。船体が揺れた。銃声が轟《とどろ》いた。水しぶきが跳ねた。

ジュリアが頭を下げながらエンジンをかけた。

三浦は彼女の頭を押さえつけ、背中にのしかかるようにしてカヌーを走らせた。銃弾が船体を削った。木片が飛び散る。

カヌーの舳先《へさき》が川面《かわも》を切り裂き、一直線に進んだ。首を捻って後方を確認する。

ロドリゲスが銃を撃った。また木片が弾《はじ》けた。十リットル入りのガソリンタンクの真横だった。

危険だが、支流に逃げるしかない。

三浦は操縦桿を操り、舳先を右に向けた。しぶきが上がる。

支流では両岸の樹木がせり出して深緑の回廊となっていた。風が吹き渡り、覆いかぶさる枝葉が揺れ動いている。カヌーが緑のトンネルに吸い込まれた。蛇行し、岩場に迫る。

「まずい――」

三浦はタンガナ――数メートルの棹《さお》――を取り上げ、踏ん張って岩の一点を突いた。両腕の筋肉が突っ張った。間一髪で舳先の向きが変わる。側面が岩場で削れ、カヌーが上下に跳ねた。ジュリアが小さく悲鳴を上げた。舟縁《ふなべり》にしがみつく。

今度は岸が迫った。タンガナの一突きで向きを変える。

銃声が密林にこだまし、猿や鳥の金切り声が響き渡った。

瞬間、右腕に激痛が走った。

「ぐっ――」

思わずうめきが漏れる。

エンジンのパワーは強く、クリフォードたちと距離が離れていく。やがて二人の姿は消えた。

一段落すると、改めて痛みを覚えた。脂汗がとめどなく流れ出てくる。歯を食いしばり、耐えた。

「それ――」

　ジュリアが心配そうにつぶやいた。

　三浦は激痛を噛み締めながらカヌーを走らせ続けた。入り組んだ支流を縦横に進み、安全を確信してから速度を落とした。

　袖《そで》をまくり上げた。血染めの生地がへばりついているせいで、皮膚が一緒に剝《は》がれるような感触があった。

　弾の直撃は――なかった。

　腕をかすめたのだろう。

「危なかったです」三浦は胸を撫で下ろした。「かすり傷です」

「……良かった」ジュリアが前方に目を投じる。「とにかくこのまま逃げましょう」

　地図が存在しないアマゾンの大密林の懐――。

　支流を進んだ先にどこへ着くのか。

　三浦は上体を半分だけ倒すと、カヌーが進むに任せた。

　突然エンジンの音が弱まり、喘息《ぜんそく》のように咳《せ》き込んで停止した。

「ねえ、故障？　根性ないんだから、もう！」

「いえ……」三浦は脂汗を拭《ぬぐ》い、エンジンを見た。「スクリューに何か絡まったみたいです」

今やカヌーは川の流れに身を委《ゆだ》ねる木の葉だった。エンジンが止まると、世界から忘れ去られたような静寂が広がり、その分、熱帯雨林に生息する鳥や猿や虫の鳴き声が大きくなった。

尖《とが》ったトサカを持つカンムリサケビドリがラッパに似た鳴き声を発し、自由を見せびらかすように岸から岸へ飛び渡った。

「もたもたしてたら追いつかれる」

三浦は岸に目を向けた。雑草の茂みからクロカイマンの頭が覗いている。そばに食い荒らされたアリクイの死骸《しがい》が横たわっていた。引きずり出された腸《はらわた》が川面に浸かり、血の帯が流れている。

「……スクリューを確認しましょ」

水深何メートルだろう。

シナイ族の女の子二人は、心配そうに顔を見合わせていた。

ジュリアが三浦に言った。

「あなたは怪我してるし、私が潜る」

「しかし――」三浦は夜の闇が溶け込んだ川面を眺めた。「この辺りの川にはピラニアが――」

ジュリアは小さくかぶりを振った。

「アマゾン川じゃ大型の獣も数分で骨だけになる――なんて都市伝説よ。事実なら、ピラニアのいる川で水浴びする現地人は、『自然の処刑場』に足を踏み入れて、みんな死んでることになる」

牛の群れを渡らせるとき、先頭の一頭を意図的に傷つけて囮《おとり》の生け贄《にえ》にする牧夫がいるという。案外、そんな牛を川に入れるから食い荒らされ、妙な『伝説』が生まれるのかもしれない。とはいえ、群れて獲物を襲う黄ピラニアや白ピラニアは凶暴で危険だ。それくらいの知識はある。

「他に方法はないでしょ」

彼女は思案顔で眉《まゆ》を寄せた後、決然と顔を上げた。

「素潜りは得意だから心配しないで」

三浦は横目で岸のクロカイマンを確認した。身動きしない。

「……分かりました。お願いします」

スクリューで彼女が怪我しないよう、三浦はカヌーのエンジンを切った。

ジュリアは舟縁に腰掛けると、黄土色の川面に両脚を垂らした。緊張した顔で深呼吸し、尻を滑り落とした。水しぶきが跳ね上がる。全身が完全に水没した後、顔が出る。

「生温《なまぬる》い……」濡《ぬ》れて額に張りつく黒髪を掻き上げる。「濃厚なスープみたいな水だけど、数日ぶりの水浴びにしちゃ悪くないかも」

「平気ですか？」

ジュリアはVサインをすると、息を吸い込み、一気に潜った。波紋が広がり、黄土色の川面に映る影が溶けるように消えてゆく。

姿が見えないと不安を煽《あお》る。泥だらけの手で胃を掻き混ぜられている気分だ。饐《す》えた胃液と一緒に恐怖が迫り上がってくる。

岸のクロカイマンは相変わらず寝そべっていた。だが、他の一匹が水中に潜んでいる可能性はある。毒蛇も怖い。

三浦は舟縁に両手をつき、川面を覗き込んだ。彼女の影は見えない。大丈夫だろうか。高鳴る心臓が波打つたび、二の腕の傷がズキズキうずいた。

そのときだ。川下から平べったい魚影が滑るように近づいてきた。大人の一、三人、覆えそうなほど巨大だ。

背筋が薄ら寒くなった。

アカエイだ！

尾に猛毒がある。

魚影は――カヌーの真横を静かに遊泳していく。

胃と心臓が痛くなるほど時間が経った。実際は二十秒か三十秒くらいだろう。感覚的には二、三分に感じた。

川面が破れた。顔を出したのは――ジュリアだった。息を吐き、右腕を突き上げる。手には藻が握られていた。

「スクリューといいちゃついてた」

三浦は肺から安堵《あんど》の息を吐いた。

突然、ジュリアの背後の水面《みなも》が盛り上がり、クロカイマンが顔を出した。濡れた黒鉄《くろがね》色の鱗《うろこ》が仄《ほの》かな月光に輝いている。子供なら丸呑みにできそうなほどでかい。体長四メートルはある。岸の一匹とは別だ。目玉が彼女を睨み据えた。

黒い殺し屋が川面を滑るように迫る。

空腹で攻撃的になっている——。一目で分かった。獲物は彼女だ。

心臓が大きく跳ね、胸郭を内側から叩いた。

「こっちだ！」

三浦はクロカイマンに怒鳴った。カヌーの舟縁から身を乗り出し、水面を叩く。激しく何度も何度も——。

水しぶきが上がる。

黒い殺し屋の目玉が動き、ジュリアの真横を素通りした。彼女は目を剝《む》き、水中ですくみ上がっている。

水しぶきの前で黒鉄色の巨体が川面に沈んだ。

一瞬、静寂が広がった。直後、カヌーが真下から数百キロの体重に突き上げられた。尻が数十センチも跳ね上がった。舟縁を鷲摑《わしづか》みにして転落を防ぐ。女の子二人も危うく落ちかけていた。

再び音が消えた。体内で響く心音だけが大きく聞こえた。カヌーは衝撃の余韻で揺れている。

川面を突き破って大口が飛び出してきた。三浦は反射的にポリタンクを盾にした。黒鉄色の巨体が舟縁をこすり、乗り上げた。凶悪な歯が赤い箱に嚙みついた。

体ごと水中に引きずり込まれそうになった。慌《あわ》ててポリタンクを放した。マチェーテを抜き、顔面を一撃する。刃は鋼鉄並みの鱗に弾《はじ》き返された。が、クロカイマンは少しひるみ、赤色の箱と一緒に滑り落ちた。

「摑まってください！」

反対側に腕を突き出し、ジュリアの手をがっしりと握った。二の腕の激痛に歯を食いしばり、全身で引き上げる。彼女が舟縁からカヌーの中に転がり落ちた。エンジンをかけると、咳き込んで息を吹き返し、カヌーが動いた。クロカイマンの影が遠のいていく。

緊張が弛緩《しかん》した。

ジュリアはしばらく自分の濡れた体を抱きかかえていた。顔は恐怖を引きずって青ざめている。見ると、右のふくらはぎに裂傷があり、鮮血が流れ落ちていた。

「脚が――」

ジュリアは指摘されて初めて怪我に気づいたのか、痛そうに顔を歪めた。

「カヌーに上がる前に何かに嚙まれたみたい。それがクロカイマンだったら片脚を失ってた」

「大丈夫ですか？」

「ものすごくうずく……」

三浦は唇を噛み締めた。

「医療キットがあればよかったんですが――」

今の自分たちは広大な熱帯雨林に対して無防備すぎる。

ジュリアは熱っぽい息を吐くと、雑巾《ぞうきん》のように服の裾《すそ》を絞った。

何げなく見ると、彼女のシャツの背中が数ヵ所、小さくいびつに膨らんでいた。

「背中に――」

彼女は首を捻り、自分の背中を覗き込むようにした。

「まさか――蛭《ひる》？」

「……たぶん」

ジュリアが背中を見せた。

「取ってくれる？」

「はい……」

三浦はカヌーの速度を落とし、彼女のシャツの背をまくり上げた。小麦色の肌があらわになる。

大人の人差し指二本分より大きな蛭が三匹、へばりついていた。摘《つ》まんで剝がし取る。

「こいつが――」

見せると、彼女は蛭を睨みつけた。

「サンギスーガ——。アマゾンの吸血鬼ね。聞いたことある。口吻《こうふん》から麻酔成分を分泌しながら血を吸うらしいから、張りついていても違和感なかった」

「恐ろしいですね……」

「レモンの実があったら、果汁を搾るだけで剝がせるのに」

　ジュリアは三浦の手から蛭を取り上げると、川に投げ捨てた。

「平気で触れるんですね」

「別に珍しくないし、平気。リオの貧民窟《ファベーラ》にもたくさんいるから」

「大都会に蛭が？」

「そう。制服着て拳銃持って、パトカーに乗ってる。血が大好き」

　笑うべきなのかどうか分からなかった。警察官が市民にとって蛭ならさぞ大変だろう。

　三浦は黙ってカヌーの速度を上げた。

　三十分ほど経ったころ、ジュリアが開けた岸辺を指差した。

「あそこ、上陸できそう」

「え？」

「夜の川は危険すぎるし、陸で夜を明かしたほうがよさそう」

　たしかに彼女の言うとおりかもしれない。前方は見通せず、岸が迫っていても近づくまで気づけない。

　それならば——。

「分かりました」三浦はカヌーを岸に寄せた。「今夜は野宿しましょう」

三浦は樹木の幹にカヌーを繫ぎ、陸が野営に適しているか密林を見回した。群生する雑草や低木が壁となり、川からの視線を遮っている。

一本の大木に歩み寄った。幹は傾いていない。

アマゾンの木は根の張り方が恐ろしく浅い。幹が太い数十メートルの巨木でも、根は土中に腕一本分しか伸びていなかったりする。それでも倒れないのは、〝板根〟だからだけでなく、林立する木々が互いに支え合っており、樹林の壁が風雨を遮っているからだろう。

三浦は大木に絡まる蔓《つる》を確認した。南側へ木を引っ張る形で絡みついている。つまり、反対側に野営地を作れば、万が一の際でも、大木の下敷きは免れる。

三浦はマチェーテで一帯の雑草を切り払った。腕を振るたび、劇薬でも擦《なす》り込まれているかのように傷が痛んだ。

そのとき、腹が鳴った。

三浦は腹を押さえて苦笑した。

「おなかが空《す》きました……」

ジュリアが悔やむように言う。

「荷物、取り返せたらよかった……」

「あの状況では仕方ありませんでした」三浦は雑草を切り払うと、彼女に言った。「休んでいてください。僕は何か探してきます」

熱帯雨林の奥へ踏み入った。ねじくれた木が上空まで伸び上がり、蔓草が緑の暖簾《のれん》のように無数に垂れ下がっている。下生えは土を覆い隠すほど繁茂していた。

樹種や植物を確認しながら歩いていく。

人間を包めそうな芭蕉《ばしょう》に似た大きな葉が生い茂り、視界を閉ざしていた。毛布代わりに使えるかもしれない。

三浦はマチェーテで葉を切り落とすと、二つ折りにして脇に抱え、さらに奥へ進んだ。

十五分ほど歩き回ったとき、二十メートルほどの巨樹を見つけた。斑《まだら》模様の樹皮だ。アマゾンに自生する高木——サングレデグラドの一種だ。クロトン属の植物で、七百五十種ほどある。

これなら——。

三浦は祈るような気持ちで樹皮に傷をつけた。一度では何も起きず、二度三度と切りつけて傷を深めた。

すると——。

人間の血のように赤色の樹液が流れはじめた。サングレデグラドはスペイン語で〝龍《りゅう》の血〟を意味している。

三浦は樹液を指で掬《すく》うと、二の腕の傷に塗りつけた。血まみれのように見える。だが、外気に晒《さら》していると、すぐに乾燥し、腕の傷を被覆した。

サングレデグラドの樹液には止血効果があり、傷口からの感染も防いでくれる。アルカロイド成分であるタスピンには抗炎症作用や抗ウイルス作用があるという。様々な成分が分離され、研究されている。製薬会社がサングレデグラドを原料として抽出した物質を抗ウイルス剤として、研究しているという話も耳にする。

ジャケットの内ポケットからプラスティックの小瓶を取り出し、ジュリアの怪我のために樹液を採取した。

それからも一帯を観察した。岸辺に近づくと、カムカムを見つけた。高さ二メートルほどの灌木で、川の上に覆いかぶさるように大きな葉が茂っており、サクランボを思わせるまん丸い朱色の果実が実っている。

オレンジの三十倍ものビタミンC、十倍もの鉄分が含まれており、貴重な栄養源になる。

三浦は枝を引き寄せると、カムカムを採取し、潰れないようにポケットに詰め込んだ。ジュリアたちのもとへ戻ると、彼女にサングレデグラドの樹液の効果を説明し、ふくらはぎの傷口に塗布した。これでとりあえずは安心だろう。

全員にカムカムの果実を分け与え、齧った。酸っぱい味が口内に広がる。腹は膨れなかったものの、最低限の栄養になる。植物学者としての知識を総動員して生き延びなければいけない。

一息つき、地べたに座り込もうとしたときだ。女の子の一人がマチェーテを指差し、

〝音〟を発した。

三浦は首を傾げた。

女の子が突っつくようにマチェーテを指し示した。

「貸してほしいってことですか？」

通じないことを知っていながら、ポルトガル語で訊いた。女の子はマチェーテを指差したままだ。

三浦は戸惑いながらマチェーテを差し出した。女の子はそれを受け取り、辺りの落ち葉を掃きはじめた。すると——枯れ葉の下から毒蜘蛛《タランチュラ》が姿を現した。

三浦は目を剝き、思わず距離を取った。

女の子がマチェーテを振り下ろし、タランチュラを仕留めた。体液が弾けるように飛び散る。

さんざん過酷な自然に対峙《たいじ》しておきながら、油断していた。落ち葉の下には危険生物が生息している可能性が高い、ということか。シナイ族の女の子たちはそれを知っていたのだ。

「ありがとうございます。助かりました」

知らずに座り込んでいたら、嚙まれていただろう。

もう一人の女の子が草むらに近づくと、薄紅色の実——植物学者でも名前が分からない——をもぎ取り、齧って周辺に撒《ま》いた。甘酸っぱい香りがぷんと辺り一帯に立ち込めた。

「それは――？」

尋ねると、女の子は右腕をぐにゃぐにゃと動かした。

蛇――か。

おそらく、蛇避《よ》けなのだろう。蛇がこの匂いを嫌うのかもしれない。

「先住民《インディオ》の知識には敬服します」三浦はジュリアに微笑を向けた。「座学では身に付かない知識もたくさんあるようです」

「今は心強い」

「ええ」

同意してから見回すと、マチェーテを貸した女の子の姿がなかった。

「もう一人は――？」

緊張が一瞬で膨れ上がる。

三浦は残った女の子に話しかけた。表情から心配が伝わったのか、女の子は樹冠を仰いで高音を発した。それは密林全体に響き渡るかのようだった。

やがて、奥から女の子が戻ってきた。ヤシの実に似たものを数個、胸に抱えている。

食料を取って来たのか――？

女の子は実を地面に置くと、マチェーテを差し出し、叩き割るような仕草を見せた。

割れということだろう。

三浦はマチェーテを受け取り、実を真っ二つにした。蛾の幼虫が蠢《うごめ》いている。肥え太ったイモムシだ。

「これを食べるのは少し躊躇が――」

女の子は幼虫を摘まむと、どこからか取り出した繊維に結びつけた。そして――川辺に近づいて垂らした。

釣り――。

幼虫は釣りの餌だったのだ。

女の子はいともたやすく黄金色の鯉に似たシクリッド――カワスズメ科の硬骨魚――を四匹、釣り上げた。

暗緑色に沈んだ熱帯雨林は、生命の輝きに満ちあふれていた昼間と打って変わり、寺院のような静寂をたたえている。

生木のままでもよく燃える木の樹皮を探して剝がし、薪にした。ライターで火を点け、四人で焚《た》き火を囲んで焼き魚を齧る。

視界の隅で何かが動いた。

目を向けると、黒い木の輪郭を登る体長四十センチほどの影があった。闇の中で白い目が光っている。灰色のフクロネズミ――夜行性のオポッサムだろう。

密林の奥の草葉は夜に緑を吸い尽くされ、黒い塊となっている。

ジュリアが口を開いた。

「交替で火の番をしながら眠りましょう」

焚き火の照り返しを受け、彼女の顔の影は揺らめいていた。

「そうしましょう」

三浦は答えると、寝床を確保するために立ち上がった。

夜明けが近づいてきたころ、樹冠のはるか上空からヘリのローター音が聞こえてきた。

31

クリフォードが要請したヘリだ——。

危機感に突き動かされ、三浦が真っ先にしたことは白煙を吐き出す焚き火の消火だった。

火を消してから天を見上げる。

巨木の枝葉が無数の巨大な傘のように広がり、空の青さえ覆い隠す緑の天蓋《てんがい》を作り上げている。

ヘリの姿は見えないものの、大自然のざわめきを掻き消すようなローター音が聞こえている。

クリフォードは今朝ヘリが到着すると言った。予定より早い。カヌーで逃亡された時点で急を要すると判断し、到着を急ぐよう命令したのかもしれない。

三浦はジュリアのもとへ駆けつけた。彼女は、落ち葉の布団の上でシナイ族の女の子二人と寄り添うように横たわっている。かすかな寝息に合わせて、静かに胸が上下していた。

「起きてください」

三浦はかたわらにしゃがみ込み、声をかけた。

「ん……」

ジュリアが身じろぎした。

「追っ手が――」

肩を揺すろうとした瞬間、単語に反応したのか、彼女の目が開いた。跳ね起きるように上体を起こす。

「クリフォードたちが?」

一瞬で覚醒《かくせい》したらしく、寝起きのような気だるい声ではなかった。声音に危機感が表れている。

「はい」三浦は樹冠を仰ぎ見た。「ヘリが――」

ジュリアが釣られて視線を持ち上げる。聞き取られるはずがないと分かっていても、互いに声を殺していた。ローター音が遠方から聞こえてくる。

「行った――?」

「いえ」三浦はかぶりを振った。「彼らは僕たちの居場所を特定しているはずです」

ジュリアが眉を顰《ひそ》めた。

「焚き火――?」

「おそらく。ヘリの音が聞こえてすぐ火は消しましたが、立ち昇る白煙は見られていると思います」

「じゃあ、ここに留まっていたらまずい。急いで出発しなきゃ。たぶん追っ手も増えてるだろうし……」

「しかし、どうします?」

「森か川か?」

「はい。川を進めば上空から丸見えです。カヌーで逃亡していることは知られていますし、向こうも川の真上を飛行するはずです」三浦はうなった。「でも、カヌーを捨てたらこの広大なアマゾンからは脱出できません」

ジュリアは下唇を噛んだ。

樹冠がヘリからの視線を遮ってくれる森を逃げるか、カヌーで川を突き進むか――。

ジュリアが川辺を見つめた。

「……ヘリが遠ざかるのを待って、カヌーを使いましょう。距離を稼いで、何とか」

「煙を見られていたなら、追っ手もこの付近を離れないのではないでしょうか」

「でも、女の子連れで森を歩き回るわけにいかないでしょ。二人のほうが森に慣れてるとはいっても、徒歩じゃ移動できる距離がかぎられる」

「追っ手から少しでも離れないと危ないですね……」

「ええ」

「……分かりました。様子を見ましょう」

三浦は巨木の陰に身を潜めると、川の真上を窺《うかが》った。ローター音が聞こえてくる方角は、青空を侵食したそうに伸び上がる巨木群の樹冠に遮られていて、ヘリの姿は視認できない。だが、確実に付近を捜索していることは分かった。

係留してあるカヌーが見つかったら――。

心臓の鼓動は狂おしく、髪の生え際から汗が止めどもなく垂れ流れてくる。

神に祈る心地だった。

三浦はジュリアを振り返った。

「カヌーを引き上げましょう！」

彼女が顔に困惑を滲ませる。

「陸に上げたら、川に戻すまでに時間がかかる。もし地上から追っ手が迫ってきたらどうするの？」

言われてみればそのとおりだ。

しかし――。

「今はヘリからの探索に見つからないことが最優先です。ヘリが戻って来るまでに動かないと――」

ジュリアは躊躇を見せたものの、すぐに決然とうなずいた。二人でカヌーへ駆けつけ、陸へ引きずった。泥土に船底の跡が刻まれていく。

ヘリが姿を見せたのは、カヌーを陸に引っ張り上げた直後だった。ヘリはローター音を撒き散らしながら、川の真上を旋回している。樹冠の枝葉が突風に煽られ、激しく揺れている。

カヌーを見られたのか――?

口内が渇き、唾《つば》を飲むだけで喉が痛んだ。今や、ヘリのローター音より自身の心臓の鼓動のほうが大きいくらいだった。

三浦は木陰で息を潜めたまま、ジュリアと顔を見合わせた。互いに無言だった。

ヘリは空に居座っている。

角度的には見えないはずだが――。

ヘリの音に反応したのか、いつの間にかシナイ族の二人が起きてきて、近くまでやって来た。

「来ちゃ駄目」

ジュリアがぴしゃりと言い放ち、手のひらで制止した。言葉の意味が通じず、二人は歩を進めた。彼女が駆け寄り、半ば抱きかかえるようにして森の奥へ連れ戻した。

三浦は胸を撫で下ろし、再びヘリを見上げた。ヘリはいつまでも飛び去っていかない。

警戒しているのか？

汗の玉が顔からポタポタとしたたり落ちる。

ヘリがわずかに高度を上げ、向きを変更した。樹冠の先へ姿を消していく。

だが、ローター音は遠ざかっていかない。いつまで付近を捜索しているのだろう。

白煙の近辺にまだ潜んでいると考えて、上空から監視しているのだ。

下手に動いたら見つかってしまう。

三浦はローター音を警戒し続けた。刻一刻と太陽が上昇していく。

三浦はジュリアたちの元へ戻り、話しかけた。

「去る気配はありません。どうします？」

ジュリアは眉間《みけん》に皺を刻んだまま、川辺のほうを眺めた。木陰に隠してあるカヌーを見据えている。

「思い切って川を逃げる――？」

「捕捉《ほそく》されたら一巻の終わりですよ」

「それでも、森をさ迷うより生き残れる可能性がある。カヌーを捨てたら野垂れ死にするしかない」

「それは、そうですが……」

上空から地上を監視できるヘリの存在がいかに有利か、思い知らされる。ヘリならば、支流がどこに繋がっているか、町や集落がどこにあるか、距離はどの程度なのか、一目瞭然《りょうぜん》だ。先回りすることも、逃げ道を塞《ふさ》ぐことも容易にできてしまう。

それでも——。

決断のとき、か。

三浦は深呼吸し、拳を固めた。

「……分かりました。川を進みましょう」

ジュリアはうなずくと、カヌーへ駆けて行った。

三浦は彼女と一緒にカヌーを川まで押した。カヌーが川に滑り落ちると、水しぶきが上がった。

空を仰ぐ。

ヘリの姿はない。だが、ローター音だけは遠方から聞こえてくる。

いざ出発の決意を固めると、迷いが生じてくる。

支流が枝分かれしていないかぎり、川は一本道だ。一度進んでしまったら自由を失う。

もしヘリに見つかったら——。

三浦はエンジンに目を向けた。

何より懸念は——。

燃料だ。積んであったガソリン入りのポリタンクは、鰐《クロカイマン》との格闘で失ってしまった。

現在の燃料でどこまで逃げ延びられるのか——。

選択肢がないなら行けるところまで行くしかない、か。

三浦は手振りで示してシナイ族の二人をカヌーに乗せた。そして――エンジンをかけた。ブルドッグが吠《ほ》えるような音が響き渡る。その音の大きさに心臓が駆けはじめる。

エンジン音を聞かれたら――。

いや、と首を振った。

ヘリの中ではローター音のほうがけたたましいはずだ。地上のカヌーのエンジン音など聞こえないだろう。

三浦はカヌーを発進させた。

狙われているシナイ族を保護するために――。

32

シナイ族も〝失われる種《ロスト・スピーシーズ》〟だ。

残った女の子二人では子孫が残せないとはいえ、今このとき、絶滅させるわけにはいかない。

クリフォードの目的は分からないものの、銃で脅し、縛って拘束し、本人たちの意に反してアメリカへ拉致しようとしているのだから、穏当な話でないことは分かる。

三浦は上空を警戒しつつ、カヌーを進ませ続けた。ヘリのローター音はもう聞こえてこない。カヌーのエンジン音が掻き消しているわけではないだろう。

目的地は——ない。

ただひたすらアマゾン川の支流を進んでいるだけだ。行きつく先は一体どこなのか。もしかしたら、最後までアマゾンの大密林の腹の中から抜け出せないかもしれない。

不安を掻き抱きながらも、ただ川を進むしかなかった。

気がつくと、太陽が真上に昇っている。

三浦は額の汗を前腕で拭うと、天を見上げた。まばゆい太陽に黒点があった。

不自然な黒い点——。

三浦は額の前に手をかざし、陽光を遮りながら目を細めた。

黒点が移動している——。

カヌーが動いているせいだと思い、エンジンを止めた。ジュリアが「どうしたの」と訊く。

「いや、あれ——」

三浦は黒点を指差した。

ジュリアが視線を上げる。

カヌーが停止しているにもかかわらず、黒点は動き続けている。目の錯覚ではなかった。

まさか——。

高度を上げたヘリだ！

三浦は周囲を見回した。川の両岸から押し寄せる緑の壁——。繁茂する草花の障壁で上陸もままならない。樹木の枝葉の傘はなく、上空からは丸見えだ。

おそらく、望遠鏡の類《たぐ》いはあるだろう。

「早く！」

ジュリアに急《せ》かされ、三浦はエンジンをかけた。猛然とうなり、カヌーが川面に軌跡を描きながら発進する。

逃げ道が——ない。

自分たちにできることはただ川を進むだけ——。

ヘリに発見されていないことを祈るしかなかった。だが、黒点が次第に大きくなってきた。

高度を下げている——。

探索中なら、アマゾン全体が見渡せる高みに留まるはずだ。高度を下げているということは——すでに発見されたことを意味する。

三浦は歯噛みした。

危機感が全身を貫く。

上空を確認すると、ヘリの機体が視認できる高度になっていた。それに伴ってローター音が降ってくる。

クソッ——。

三浦はカヌーの速度を上げた。大きくなるローター音に危機感が煽られる。

プレッシャーに耐えかねて後方を見やると、ヘリが低空飛行しながら追跡してきていた。シナイ族の二人を生け捕りにしたいはずだから、銃撃はないだろう。しかし——。

「どこか別の支流へ——！」

前に座るジュリアが声を張り上げた。

三浦は前方を見据えた。川は一本だった。逃げ込める他の支流は見当たらない。

このままでは追いつかれる——。

切迫感に掻き立てられ、全速力を出した。エンジンが獣じみたうなりを上げている。

速度が速く、後ろを確認する余裕はなかった。

「……あそこ！」

ジュリアの怒声が鼓膜を叩く。

彼女が指差している先——。

川までせり出した緑の壁に切れ目が見えた。

支流が——ある！

三浦はカヌーを操縦し、目的の場所で急カーブした。進み入った支流は細く、クルーズ船なら両岸の緑が船体をこするだろう。

斜めに切り込んだカヌーに岸が迫った。三浦は速度を落とし、進行方向を調整した。

ヘリのローター音が遠のいている。先ほどの低空飛行では追ってこられないだろう。

支流が迷路じみて枝分かれしていた。

「何とかまきましょう！」

三浦はさらに右の支流へカヌーを進めた。岸から突き出した枝葉の塊が川まで覆い被さっている。先ほどよりも鳥や猿の鳴き声が近くで聞こえた。

「――上！」

ジュリアが天を仰ぎ見た。

三浦は釣られて顔を上げた。伸び上がる巨木群の樹冠のはるか上空――ヘリが視認できた。

逃がさないよう、高度を上げて捕捉しているのだ。

このままでは逃げ切れない。

危機感に駆られたとき、別の方向から二つ目のローター音が近づいてきた。

仲間か――。

絶望に打ちのめされたとき、二機目のヘリがクリフォードたちのヘリと睨み合った。

新手に乗っているのは――。

カウボーイハットの男とでっぷり太った男だった。

「アンドラーデ！」

ジュリアが声を上げた。

例の牧場主か。なぜ彼らが？

疑問を抱く間もなく、カウボーイハットがヘリの開いたドアから腕を出し、拳銃を発砲した。標的はクリフォードたちのヘリだった。

「何が起こってるの？」ジュリアが訊いた。

「分かりません」三浦はかぶりを振った。「でも、逃げる好機です」

カヌーをさらなる支流に沿って走らせた。銃撃戦のけたたましい戦闘音が遠のいていく。

二、三分が経ったとき、密林を揺るがすような爆発音が響き渡った。

振り返ると、樹林の向こう側で炎と黒煙が噴き上がっていた。

墜落——。

落ちたのはどっちだ？　クリフォードたちの機体なら脅威は去るのか？　それとも、新たな脅威にとって代わるのか？

自分たちにできることは、降って湧いたこの三つ巴《どもえ》状態に乗じて少しでも遠くへ逃げるのみ——。

前方に目を走らせたときだった。エンジンが苦しげに咳き込み、カヌーの速度が急に落ちた。

「どうしたの！」

ジュリアが悲鳴じみた声を上げた。

「僕にも状況が——」

さらに枝分かれした支流に進んだとき、速度がどんどん落ち、ついにはカヌーが停止した。焦燥感に駆り立てられながら天を仰ぐと、緑の回廊が、ヘリを隠していた。

三浦は困惑しながらエンジンを確認した。故障しているようには思えなかった。

まさか――。

三浦は原因に気づいた。

「――燃料切れです」

ジュリアが「嘘でしょ……」と力なくつぶやく。

「これ以上はカヌーで逃げられません。陸へ――」

三浦はパドルで水を掻き、カヌーを岸辺に近づけた。漕《こ》ぐたび、パドルに藻が絡まり、重くなる。

何とか岸に着くと、先に上陸し、シナイ族の二人に手を差し伸べた。意思は伝わっているらしく、少女たちは順に手を取り、カヌーを下りた。

最後にジュリアが岸へ――。

彼女は名残惜しそうにカヌーを一睨みし、かぶりを振った。湿った黒髪が乱れる。

ジュリアは頬に張りついた髪を掻き上げると、率先して歩きはじめた。

「……早くここを離れましょう」

やむを得ず、四人でアマゾンの密林へ踏み入った。救いはシナイ族の女の子二人が森に慣れていることだろう。連れているのが都会の少女なら、立ち往生していたに違いない。

四方八方から覆い被さった枝葉が青空を覆い隠していた。深緑が影に塗り込められ、森全体が懐深く小暗い闇を抱いている。木の実の甘い香りを腐葉土の臭気が上回っていた。

落ち葉や小枝を踏みしだきながら森を進んだ。

遠くまでは逃げられない。

それでも――逃げ続けるしかない。逃げられるだけ逃げる。可能性が一パーセントでもあるかぎり。

緑の障害が立ち塞がるたび、山刀《マチエーテ》を力いっぱい振るい、道を切り開いた。これほど過酷なフィールドワークは経験がない。銃創が痛む腕は筋肉が張り詰め、今にも攣《つ》りそうだったが、泣き言は言っていられない。

息を乱しながら密林を歩き続けた。蜘蛛の巣状にのたうつ蔓《つる》を切り落とし、進んでいく。

沼地のそばにたどり着いたとき、腹を抉《えぐ》り取られた鰐《クロカイマン》の死骸が仰向けになっていた。

「これ……」

ジュリアが怯《おび》えた声を漏らした。

クロカイマンの中では比較的小型とはいえ、全長二メートルはある獰猛《どうもう》な肉食動物をこのように殺せるのは――。

三浦は周辺の地面を見回した。腐葉土に刻まれた獣の足跡を発見した。

「――ジャガーです」

ジュリアがごくりと唾を飲み込む音が聞こえた。不安そうな眼差しで周辺を確認する。

高木と低木が密生し、草が繁茂する密林は、暗緑に覆われており、死角が多すぎた。陰でジャガーが息を潜めて獲物の隙を窺っていたとしても、視認は難しい。

「出くわさないよう、祈りましょう」

ジュリアが「ええ……」とうなずく。

ジャガーがこの付近を離れていたらいいのだが――。

クリフォードたちの追撃のみならず、自然界の脅威にまで狙われたらたまらない。

三浦は耳を澄ました。

ヘリの音は聞こえてこない。

見当違いの方向をさ迷っているのだろうか。森の中に逃げ込めば、発見は容易ではないはずだ。

ポケットから方位磁石を取り出し、とにかくカヌーから離れるように歩き続けた。

脚が棒になるまで歩くと、密林の底に薄闇が広がりはじめた。夕日も枝葉の壁に遮られ、森の中まで届かない。疲労で今にも倒れ込みそうだ。

それでも、生きるために――。

自分たちがアマゾンのどの辺りにいるのか、見当もつかない。食料も寝具もなく、唯一の武器はマチェーテのみ。

集落も存在しない密林の奥深くに呑み込まれているのか、少しでも出口に近づいているのか——。それすら分からない。

小枝や枯れ葉を踏む音がやがて耳障りになってきた。継続する緊張で全身がひりつく。カヌーを失ってこの先どうすればいいのか——。

不安に押し潰されそうだ。

救助は望めない。自分たちはアマゾンの腸《はらわた》で息絶えるのかもしれない。

「いたぞ！」

怒声が密林に響き渡ったのはそのときだった。

三浦ははっとして振り返った。低木の枝葉が差し交わして壁を作っている先に、ずんぐりした人影が突っ立っていた。体形と声で正体が分かった。

ロドリゲスだ——！

「逃げましょう！」

三浦は言い放ち、踵を返した。駆けはじめると同時に二発の銃声が炸裂《さくれつ》した。鳥が羽ばたき、猿が金切り声を上げる。密林が一瞬で騒がしくなった。

ジュリアが先頭で、シナイ族の女の子二人がその後を追いかける。三浦はしんがりを務めた。

銃声にすくみ上がりながら、ロドリゲスと反対方向へ駆けた。ときおり振り返り、ロドリゲスの様子を窺う。彼はもう草むらと枝葉の壁に遮られて見えなくなっていた。

追っ手は付近にヘリを着陸させ、陸から追跡していたのだ。

姿を視認されて果たして逃げ切れるか――。

シナイ族の二人は森の生活に慣れているとはいえ、幼いので、追いかけてくるクリフォードたちより体力が劣る。一方の大人は、片や都会育ちの女性で、片やフィールドワークより机に向かうほうが得意な学者だ。

ジュリアが急に立ち止まった。眼前に蛇の群れを思わせる蔓がのたうちながらはびこり、立ち塞がっていた。

「蔓が――」

三浦は彼女の前に進み出た。繁茂する蔓の障害をマチェーテで力いっぱい切り落とした。縦横に刃を振り回し、何とか通り道を確保する。

後ろを確認してから密林を駆けた。

枝葉や草むらのざわめきが耳に入るたび、四人で立ち止まって息を殺し、追っ手の気配を窺った。幸いにも風や小動物だった。

安全を確信してからさらに逃げ続ける。追っ手から一メートルでも遠くへ、ひたすら遠くへ――。

小さな悲鳴のような声が聞こえ、振り返った。シナイ族の女の子の一人が倒れていた。

猟師の罠《わな》のように輪っか状に突き出た木の根に足を取られたらしい。

三浦は駆け戻り、助け起こした。女の子の瞳《ひとみ》に宿る感情は読み取れない。

「さあ、逃げましょう」

再び駆けはじめた。すぐ、密生する巨木の壁に行き当たった。木はマチェーテで切り倒すことはできない。

「迂回《うかい》しましょ！」

背後からジュリアが言った。

「そうですね……」三浦は唇を噛んだ。「それしかありません」

三浦は密林を見回した。進めるのは――右側だけだ。戻る道以外は巨木が林立して通行を妨害している。

低木の枝葉を掻き分け、右へ進んだ。葉っぱの陰から蝶《ちょう》が羽ばたき、樹冠のほうへ消えていく。

突如、草むらが音を立てて揺れ動いた。

三浦は目を瞠り、草むらを睨みつけた。ぬっと顔を出したのは――ロドリゲスだった。

「向こうへ！」

三浦は声を上げ、踵を返した。

「逃がすか！」

背後から怒声が追いかけてきた。

蔓の障害物を避けながら駆けた。ブラジルナッツの巨木が伸び上がる先へ駆けると、急に視界が開けた。四人で飛び出した場所は岸辺だった。目の前に枯れ葉色の濁った川が広がっている。

三浦は立ちすくんだ。

対岸は十メートル以上離れている。泳いで渡るにはリスクが高すぎる。

「もう逃げられねえぜ」

後ろからの声に振り返ると、汗まみれの顔のロドリゲスがリボルバーを構えて立っていた。遅れてクリフォードが現れた。右手にはオートマチックの拳銃――。

三浦はアマゾン川を背にしたまま、身動きできなかった。ジュリアはシナイ族の女の子二人を庇《かば》うようにして立ち、怒りを滲ませた顔でクリフォードたちを睨み返している。

「……ずいぶん手間取らせてくれましたね、ドクター」

三浦は歯噛みした。

逃げ場は――ない。

「装備もなく、このアマゾンの森の中で逃げ延びられると思ったんですか？」

三浦は深呼吸で気持ちを落ち着けた。

「少しでも生き延びられる可能性に賭けただけです。あのまま殺されるわけにはいかなかったからです」

「結果は変わらなかったようですね」

三浦は素早く左右に目を走らせた。だが、密になった低木の枝葉が折り重なっていて、逃げ道はなかった。逃げ道があったとしても、銃を持った二人に詰め寄られている状況では、何もできない。走り出したとたん、撃ち殺されるだろう。

「アンドラーデのヘリは――」

「銃撃を避けようとして急旋回し、機体が樹冠をこすってバランスを崩しました。生存はしていないでしょう」

まさかセリンゲイロの宿敵ともいうべきアンドラーデが、こんなあっけない最期を迎えるとは――。

「なぜアンドラーデが――」

ブラジルナッツの巨木の前に立つクリフォードは、軽く肩をすくめた。

アンドラーデの目的は分からない。せめてもう少し時間が稼げていたら――。

「さて、ドクター」クリフォードが熱帯雨林に不似合いなほど底冷えのする声で言った。

「シナイ族を返してもらいましょうか」

「二人をどうするつもりですか……」

少しでも死までの時間を稼ぐには喋り続けるしかない。

クリフォードが唇の片端を吊《つ》り上げた。

「私がそんなに口が軽いと思いますか？　冥途《めいど》の土産も持たせるつもりはありません」

調べられても問題がないレベルで製薬会社の肩書きを用意するほどのプロならば、いくら問い詰めても決して本当の目的は答えないだろう。

しかし、それでも――。

「絶滅寸前のこの子たちは本来、保護が必要です。先進国の身勝手な目的で好き放題していいわけはないんです」

シナイ族は〝失われる種《ロスト・スピーシーズ》〟だ。

「あなたたちは一つの文化を消滅させようとしているんですよ」

クリフォードは冷笑した。

「どちらにせよ、滅ぶ種です。現存する女の子の二人では子孫の繁栄は見込めませんよ。部族外の男をあてがいますか？　それこそ、先進国の身勝手な介入でしょう」

「……シナイ族の二人を殺すんですか」

「心配でしたら、アマゾンの奥地で生活しているよりは長生きできるでしょう――とお答えしておきます。これでもう心残りはないでしょう？」

沙穂の命を奪った二人――。

三浦はマチェーテを握る手に力を込めた。

「ドクター」クリフォードが無感情な声で言った。「あなたがそれを振り上げる前に私の銃が心臓を撃ち抜きます」

三浦は目を瞠った。

腕を動かしたわけではない。ほんの少し手に怒りが――力が籠っただけだ。筋肉の強《こわ》張《ば》りなのか、緊張や殺意なのか、クリフォードはそれを見逃さなかった。

彼は本物のプロなのだ。ロドリゲスのように美女の色香に油断することもなく、目の前の標的を確実に殺すだろう。生き延びられる可能性は皆無だ。

三浦は額からしたたり落ちる汗の塩辛さを唇に感じた。

隣に立つジュリアが身構えた。

二人で同時に飛びかかれば、わずかでも生存の可能性があるか？　いや、無理だろう。クリフォードとの距離は約四メートル。一足で飛びかかれる距離ではない。二回引き金を引くほうが早い。

クリフォードが隣のロドリゲスに顎をしゃくった。ロドリゲスが薄笑いを浮かべ、リボルバーを持ち上げた。

「先に死ぬほうはどっちだ？」

黒い洞穴を思わせる銃口に睨み据えられると、心臓がけたたましく騒ぎ出した。髪の生え際から滲み出た汗の玉が鼻筋を伝い、滴る血のようにポタッと落ちる。

「さよなら《アデウス》だ、学者センセイ」

ロドリゲスが引き金に指をかけた。

死を覚悟した瞬間、遠方から「危ない！」と叫ぶ声が響き渡った。ロドリゲスとクリフォードが揃って振り返る。

樹木の陰で拳銃を構えている二人の白人の姿を目に留めた刹那《せつな》、発砲音が炸裂した。

別の人影が白人の一人にタックルを食らわせ、揉《も》み合いながらころげ回る。

揉み合う仲間を一瞥した巨軀《きょく》の白人が一瞬だけ躊躇し、クリフォードに銃口を向けた。

クリフォードが即座に反応した。二人の銃声がほぼ同時に聞こえた。

巨軀の白人が左腕を押さえながら巨木の裏側に姿を消した。

クリフォードが樹木を盾にした。ロドリゲスも大慌てで草むらに身を投じた。

一体何が起きているのか――。

三浦はジュリアたち三人を促し、反対側の木陰へ誘導した。再びの銃声が炸裂した。

覗き見ると、クリフォードと白人が銃撃戦を繰り広げていた。

「援護しろ！」

クリフォードがロドリゲスに怒鳴る。

ロドリゲスが草むらから怒鳴り返した。

「冗談じゃねえ！　向こうはどう見てもプロだろうが！　はした金で命は懸けられねえ！」

「殺《や》らなきゃ殺《や》られるし、報酬もないぞ！」

「畜生！」

ロドリゲスは腕を突き出し、無暗《むやみ》に発砲した。

「無駄撃ちするな！」

クリフォードの怒声が飛ぶ。

身を伏せ気味のジュリアが囁き声で三浦に「……どうするの?」と訊いた。

三つ巴――。

第三勢力が現れた今を好機と捉《とら》えて行動したかった。だが、銃弾が飛び交うど真ん中を突っ切るのは無謀すぎる。身動きが取れないまま、状況の好転を待つしかなかった。

三浦は唇を噛み締めた。

何げなく横に目を向けると、頭上高く伸びているサングレデグラドの樹皮に銃痕が穿《うが》たれ、樹液が流れ出ていた。

再び銃声がこだました。

覗き見ると、ロドリゲスが仰向けに倒れ、左胸から大量の血を流していた。

「俺の夢が……金《きん》が……」

悔恨のうめきが次第に弱々しくなっていく。

クリフォードが樹木の裏から飛び出し、敵の白人を射撃した。相手も撃ち返した。胸に風穴が開いたのは敵の白人のほうだった。

一瞬だけ、熱帯雨林に静寂が訪れた。

白人を始末したクリフォードが振り返り、ジュリアに目を向けた。彼女は両脚を投げ出した体勢で木に背中をもたれさせたまま、まぶたを伏せていた。シャツの左胸は真紅にべったりと濡れている。

「……流れ弾を受けたようですね」クリフォードは冷徹な声で言った。「手間が一つ省けました」

三浦は立ち上がり、ジュリアから離れるように後退した。シナイ族の二人は彼女のそばを離れない。

「逃げられませんよ、ドクター」

銃口がぴったりと追ってくる。右腕を負傷しているため、今は左手で銃を握っている。

三浦はクリフォードの目を真っすぐ見据えた。

「彼女たちは――あなたに渡しません」

三浦は拳を握り締めた。

クリフォードが三浦の手に視線を落とした。

「無手で何ができるんです？」

「僕には知識があります」

「知識？」クリフォードが鼻で笑った。「植物学の？　そんなものが今このとき、生き延びるために何の役に立つんです？　マチェーテはどうしました？」

「マチェーテは――」

三浦は言葉を呑み込んだ。クリフォードが怪訝《けげん》そうに目を眇《すが》めた。その瞬間――。

彼の背後で草むらを踏む音がした。

クリフォードがはっとして振り返った。マチェーテを振りかぶったジュリアの姿があった。

「シット――」

クリフォードが銃口を向けようとした。だが、ジュリアがマチェーテを振り下ろすほうが早かった。銃身を打ち据え、銃が地面に落ちた。

彼女が銃を蹴《け》り飛ばした。銃が地面を跳ね、川に落ちた。

クリフォードがそれを目で追い、舌打ちした。利き腕で銃を持っていたら引き金を引
くほうが早かったかもしれない。

「なぜ生きている……」

彼の声には怒気が籠《こも》っていた。

三浦が目を向けた先――。〝龍《りゅう》の血〟を意味するサングレデグラドが伸びていた。その名のとおり、傷をつければ赤色の樹液が流れる高木だ。傷口の治療に使った樹木が今は別の役に立った。

クリフォードがそれを一瞥《いちべつ》し、歯噛《はが》みした。

「なるほど、樹液で血を装ったんですね……」

苦肉の策だった。銃を持っているプロを油断させて不意打ちするには、他に方法がなかった。

再びジュリアがマチェーテを振りかぶった。クリフォードが即座に反応し、左の手刀で叩《たた》き落とした。彼女が打ち据えられた手首を握り締めて顔を顰《しか》めた。

クリフォードの左拳《こぶし》が容赦なく彼女の腹にめり込んだ。ジュリアが苦悶《くもん》の声を漏らし、

倒れ伏す。

「……銃を排除したら勝てると？」

三浦は周囲に視線を這《は》わせた。

もう武器になりそうなものはない。

クリフォードが詰め寄ってきた。

三浦は圧力に負けて殴りかかった。振り回した拳は宙を打ちぬき、上半身が流れた。

クリフォードに背を向ける形になった瞬間、首に何かが巻きついてきた。蔓草《つるくさ》だ。正体に気づいたときには喉首《のどくび》を絞め上げられていた。

「ぐっ――」

うめき声が漏れる。

垂れ下がる蔓草を利用してクリフォードが片腕で引き絞った。脳への血流が止まり、息が詰まる。三浦は蔓草を握って引き千切ろうとした。だが、束になった蔓草はまるで麻縄のような強度で、どうにもならない。

意識が朦朧《もうろう》としてくる。

目の前に駆けてくる人影が見えた。三浦は無意識的に人影に腕を伸ばした。

日系のゴム採取人《セリンゲイロ》、高橋だった。

振りかぶった右手にはゴム切りナイフ《ファッカ・デ・セリンガ》があった。刃《やいば》が振り下ろされ、蔓草を一刀両断にした。

解放された三浦は勢いのまま倒れ伏した。咳《せ》き込みながら身を起こし、振り返る。

高橋のファッカ・デ・セリンガがクリフォードに叩き落とされたところだった。

武器を失いながらも高橋はクリフォードと向き合っている。

「貴様――」

クリフォードの顔貌《がんぼう》が憤怒《ふんぬ》に歪《ゆが》む。

三浦は立ち上がり、高橋に訊《き》いた。

「どうしてあなたが？」

「あんたらを捜している白人二人組がアンドラーデと結びついた。あんたらに危険があると思ったから、道案内を口実に同行を申し出た。空からアンドラーデのヘリが探索し、川を白人二人組が移動する、という態勢だった。白人があんたらを見つけ、不意打ちで撃とうとしたから、飛びかかった。それより、なぜこんなことに――」

三浦はクリフォードを睨《にら》みつけた。

「彼はインディオの女の子を拉致《らち》しようとする悪党でした」

高橋はその説明だけで状況を理解したらしく、「なるほど……」と小さくうなずいた。

高橋が身構えると、クリフォードがにじり寄ってきた。一足で届く距離になると同時に、高橋が拳を繰り出した。クリフォードがボクサーさながらに上半身の動きで躱《かわ》し、左拳をボディに打ち込んだ。高橋が体を折ると、膝《ひざ》を突き刺した。

高橋が弾《はじ》かれて尻餅《しりもち》をついた。

三浦はクリフォードの背中から襲いかかった。無我夢中だった。だが、クリフォードの振り向きざまの肘《ひじ》が顔面に炸裂《さくれつ》し、鼻血が飛び散った。

三浦は鼻を押さえつつ、滲《にじ》む視界で彼を見返した。

撃たれた右腕を使えないのに、強い——。

クリフォードは懐から折り畳みのコンパクトナイフを取り出した。刃を飛び出させる。手のひらに隠れるようなミニサイズだから、刺しても殺傷能力は低いだろうが、頸《けい》動脈などを掻《か》き切られたら致命傷になる。

一歩一歩近づいてくる。

「……先生！」這いつくばったままの高橋が日本語で叫んだ。「ブラジルナッツだ！思い出せ！」

ブラジルナッツ——。

三浦は視線を這わせた。クリフォードが背にしているのは、ブラジルナッツの高木だった。

脳裏に蘇《よみがえ》ってきた光景は——。

三浦は高橋の意図を察した。

足元の石を拾い上げ、投げつけた。クリフォードが目を剝《む》き、身を伏せるようにして躱した。三浦はその隙に勇を鼓して飛びかかった。技術も何もない。全身全霊でタックルした。ブラジルナッツの木に向かって——。

クリフォードの背中が巨木にぶち当たったらしく、タックルした全身に衝撃が跳ね返ってきた。

「このっ――」

背中に鈍痛が走る。

肘が叩きつけられたのだと分かったときには、激痛のあまり尻餅をついていた。

顔を上げると、酷薄な目で見下ろすクリフォードと目が合った。歯を嚙み締めている。

「……無駄な足搔《あが》きです、ドクター。終わりです」

クリフォードが小型ナイフを突きつけようとした瞬間――。樹冠のほうで枝葉のざわめきがした。

黒い影が降ってきた。それがクリフォードの頭部を直撃し、彼はうめき声を漏らして片膝をついた。

地面に転がっている物体――。正体はブラジルナッツの実だった。ゴム採取ができない雨季になると、セリンゲイロは落ちている実を採集しているという。実が落下してセリンゲイロを直撃しかけた光景は、記憶に焼きついている。

三浦は跳ね起きると、両手で小型ナイフに取り縋《すが》った。激痛にうめいているクリフォードへの不意打ちの抵抗だった。死に物狂いでもぎ取ろうとした。

だが――。

クリフォードはプロだった。小型ナイフを奪えず、逆に蹴《け》り剝《は》がされた。たたらを踏んで木にぶつかる。

「しつこい！」

クリフォードが突進してきた。そのとき、重い音と共に彼の顔が弾けた。

クリフォードがこめかみを押さえながら振り返る。ジュリアが左手に石を握り締めていた。

「この――！」

クリフォードが鼻息を荒くした。

ジュリアが石を右手に持ち替え、投げつけようと腕を振り上げた。

投擲《とうてき》と同時にクリフォードが頭部を庇《かば》った。石は直撃せず、彼の真後ろの巨木に弾かれた。

その隙に高橋が飛びかかった。捨て身の体当たりだった。だが、クリフォードの膝が腹部を突き上げた。高橋が薙《な》ぎ倒された。

三浦はサングレデグラドの樹液に手のひらを叩きつけると、クリフォードに飛びかかった。クリフォードが迎え撃とうとしたとき、高橋が彼の脚に縋りついた。体勢が崩れた。三浦は手のひらを振った。鮮血を思わせる樹液が顔に飛び、彼の視界を奪った。

「クソッ――」

クリフォードが目を拭《ぬぐ》った瞬間、三浦は渾身《こんしん》の右拳を頬に叩きつけた。

クリフォードが横倒しになった。高橋が馬乗りになろうとした。真下から靴底が顎《あご》を蹴り上げた。高橋の顔が後方に折れ、そのまま後ろ向きに倒れ込んだ。

クリフォードが立ち上がり、三浦に向き直った。小型ナイフ片手に迫ってくる。

「ずいぶん手こずらせてくれましたが、ジ・エンドです」

万事休す――。

もう抵抗の術《すべ》がなかった。

クリフォードが三浦の眼前に立ちはだかった。

死を覚悟した刹那《せつな》――。突如、彼の背後の草むらが裂け、黒い影が飛び出してきた。

クリフォードが振り返ったときには、その影が躍りかかり、あっという間に組み伏せていた。

クリフォードが叫び声を上げた。

黄褐色の肌に黒の斑紋《はんもん》がある大型の獣――。

アマゾンジャガーだった。

象牙《ぞうげ》色の牙《きば》がクリフォードの二の腕に食いついた。アマゾンジャガーが顔を振り立てると、肉片が血しぶきと共に飛び散った。絶叫がほとばしる。

一瞬の出来事で、三浦は立ちすくんでいた。

アマゾンジャガーの前脚に銃創が穿《うが》たれているのに気づいた。

あれは――。

漁船が大破したときに襲いかかってきたアマゾンジャガーだ！

デニスが銃撃して弾が前脚に命中したことを覚えている。同一個体ではないか。組み伏せられたままのクリフォードが下から小型ナイフを腹部に突き刺した。何度も何度も。

アマゾンジャガーが怯《ひる》んで後退した隙にクリフォードが這い出た。立ち上がって小型ナイフを構えた。アマゾンジャガーが飛びかかった。ルビー色の瞳《ひとみ》に刃を突き立てた。だが、勢いは止まらなかった。巨軀《きょく》がクリフォードを引き連れてアマゾン川へ転落する。

スローモーションのように見えるその光景を、ただ立ち尽くして見ているしかなかった。

——手負いの獣は危険です。

デニスが銃撃したときのクリフォードの台詞《せりふ》が脳裏に蘇《よみがえ》る。

川面《かわも》を突き破るようにしてクリフォードが顔を突き出した。アマゾンジャガーが体軀を現し、彼に覆い被《かぶ》さった。揃って水中へ消える。

なんということだ——。

デニスに傷を負わされたアマゾンジャガーは、その恨みを忘れていなかったのだ。

クリフォードの腕が川から伸びるも、一瞬で沈んでしまった。

おそらく、彼はもう——。

「今のうちに！」

ジュリアの声が鼓膜を打った。

三浦は我に返ると、アマゾン川に背を向けた。

クリフォードを仕留めたアマゾンジャガーの次の標的は自分たちなのだ。この隙に逃げるしかない。

三浦は高橋を揺り起こした。

高橋がうめきながら意識を取り戻した。

「奴は――」

高橋が顔を左右に振る。

「終わりました」三浦は高橋を立たせた。「ジャガーがいます。この場を離れましょう!」

森で生きてきた高橋の判断は迅速だった。

三浦は四人と共に密林を奥へ向かった。途中、クリフォードに殺された白人の遺体があった。奥には高橋と格闘していたもう一人の白人――気絶しているだけだ――が仰向けに倒れている。

二人の白人を横目に通りすぎようとしたとき、突如、目の前の芭蕉《ばしょう》のような大きな葉の群れが揺れ動き、蔓草の障害を引き千切るようにして人影が現れた。

煤《すす》にまみれ、髪を乱したアンドラーデだった。牧場主は復讐《ふくしゅう》に燃えるアマゾンジャガーと同じ形相をしていた。右手にはリボルバー拳銃《けんじゅう》が握り締められている。

「貴様ら、よくも――」

蒸気が漏れ出しそうな怒りのうなり声だった。

「待ってください」三浦は両手を突き出し、後ずさった。「誤解です。僕らはヘリの墜落とは関係ありません」

「戯言《たわごと》を！」

「本当です。むしろ命を狙われた側で――」

「ふざけるな、よそ者が！」

アンドラーデが激昂《げきこう》し、銃口を跳ね上げた。

「撃つな！」高橋が全員を庇うように踏み出した。「白人二人組と対立していたアメリカ人はジャガーに殺された。もう誰も生き残ってない！」

「貴様らも仲間だろう！　分かってるんだ！」

「違う！」

「死ね！」

人差し指が引き金にかかり、発砲音が熱帯雨林に響き渡った。アンドラーデの胸に血の花が広がった。断末魔のうめきを漏らし、うつ伏せに倒れ込む。

銃声は――真後ろから聞こえた。

三浦は我に返ると、振り返った。ジュリアが拳銃を両手で握り、真っすぐ宙に据えていた。銃口から硫黄臭い硝煙が仄《ほの》かに立ち昇っている。

彼女は目を剝いたまま、硬直していた。拳銃を握る両の前腕だけが小刻みに震えている。

「その銃、どこで――」

問いながら答えに気づいた。

三浦はそばに転がる白人の遺体を見下ろした。彼が使っていた銃か。

「私は――」

彼女がか細い震え声でつぶやいた。

三浦は彼女の銃身をそっと押さえた。

「……正当防衛です」

ジュリアは下唇を噛むと、葛藤《かっとう》するような間を置き、声なくうなずいた。

銃口を下ろし、緊張が絡む息を吐く。

「……大丈夫。行きましょう。ジャガーの縄張りから離れなきゃ」

早足で森を進んだ。

安全を確信できる場所までたどり着くと、歩きに切り替えた。乱れる息を整える。

手負いのアマゾンジャガーに遭遇したということは、漁船が大破した場所からそう遠くはないだろう。何百キロも自分たちを追いかけてきたとは思えない。支流を進むうち、意外にもスタート地点に近づいていたのだ。そうだとすれば、生き延びられる可能性が高まる。

突然、高橋が立ち止まって右側を指差した。

「向こうに川がある。漁船もある」

　三浦は彼の顔を見た。

「本当ですか？」

「ああ。白人二人組と俺が乗ってきた」

　三浦は高橋の勇気に感謝した。

「……本当にありがとうございます」

「気にするな。正しいと信じることをしただけだ」

　五人で三十分ほど歩き続け、川に出ると、小型の漁船が停泊していた。それは、生き延びるために全力を尽くした者への自然界からの贈り物のように思えた。

33

　三浦は高橋に案内されるまま、燃える陽光の下、地平線まで延びる赤茶けた道路を歩いていた。隣にはジュリアとシナイ族の女の子二人が並んでいる。

　漁船が積んでいた燃料の問題もあり、カラジャス鉱山近郊の町を経由して都会へ向かうことになったのだ。

　五人で一時間ほど歩き続けた。

　夕闇が土埃《つちぼこり》を琥珀《こはく》色に染める中、ヤシやユーカリの木が薄暮れに霞《かす》むように林立している。列車はそんな場所に停まっていた。窓という窓から開拓民たちが上半身を突き出している。線路上には茶碗《ちゃわん》を持った子供が群がり、施しを求めて跳びはねていた。

高橋がしんみりした表情で言った。

「日本の戦後、食料を求めて買い出し列車で農村へ向かった人々を思い出した」

三浦は四人と列車に乗り込み、カラジャス鉱山まで揺られた。沿線の森林は消失しており、彼方《かなた》の樹林が緑の一本線となっている。切り開かれた大地では農業や牧畜が行われていた。製鉄工場や製鋼工場も点在している。ときおり、連結した巨大なトロッコの群れを思わせる運搬用列車が、鉄鉱石を山盛りにしてすれ違ってゆく。鉛色の大蛇が線路を這っていくように見えた。

やがてカラジャス鉱山に着いた。巨大隕石《いんせき》の落下現場のようなすり鉢状の大穴があり、米粒に見える二百トン積みのトラックやブルドーザーが行き交っていた。鉄を採った後の残りかすが大山となり、森を押し潰《つぶ》している。

新聞によると、百トンの鉄のために二十万トンも掘るという。製鉄に使う溶鉱炉には、燃料に熱帯雨林の樹木が使われる。木炭を三十トン作るのに一ヘクタールの森林が破壊され、毎年七万ヘクタールが食い潰されていると聞く。日本はこのカラジャス計画に五億ドルも融資した。

カラジャス鉱山に着くと、町へ帰る親切な鉱夫に金を払って小型トラックの荷台に乗せてもらい、道路を進んだ。

右側には広大な湖が広がっていた。トカンチンス川を堰《せ》き止めて建設されたトゥクルイ・ダムだ。二十万ヘクタールもの森林が沈んでいるため、湖面に枯れ木の群れが突き出ていた。

比較的浅そうなところに、潜水服姿の男数人が見え隠れしていた。ゴーグルと潜水具、防水のチェーンソーを装備している。水没した森の木を切って売る商売だろう。生きている森の木を切るのと違い、誰も咎《とが》めない。

ダムの入り口には、薄汚れた服の住民たちが集まっていた。老人、中年、青年、子供――。誰もが声を上げて抗議している。ハンモックに寝泊まりし、連日、開発と闘っているのだ。

ブラジルの現実――。

あらゆる場所で何かが瀕死《ひんし》に陥り、存続の危機を迎えている。インディオと同じく。

三浦は半死半生の町を一瞥した。立ち並ぶ物置小屋めいた家屋の一階は、水に浸《つ》かっている。湖に住居が浮かんでいるように見える。

三浦たちは小舟を借り、町の中を移動した。家屋のガラスのない窓枠に半ズボン姿の男児二人が腰掛け、釣り糸を垂れている。退屈しのぎの娯楽なのか、食料確保の手段なのか。

「俺んちはここだ」

鉱夫が一軒の家屋の前で小舟を停めた。二階の窓の開口部に向かって呼びかけると、男児が顔を出した。鉱夫の顔を見たとたん、ぱっと表情が明るんだ。

「お父さん！」

「今帰ったぞ！　梯子《はしご》を頼む」

「うん！」

男児は縄梯子を投げ落とした。

一階が水没しているから、出入りには常に梯子が必要になる。これでは生活もままならないのではないか。しかし、それでも町の人々は逞《たくま》しく生きている。

三浦は鉱夫に続いて縄梯子を登り、二階の窓から部屋に入った。次にシナイ族の女の子二人が順に登ってきた。最後は高橋とジュリアだ。

三浦は部屋を見回した。テーブル代わりの木箱にドリンクの空瓶が置かれている。梁《はり》から変色したハンモックが二つ吊《つ》られ、その両端の紐《ひも》にシャツが重ねて掛けられている。他には何もない。

「食料は後で持ってくる。ゆっくりしてくれ」

鉱夫が気さくな調子で言った。

「ありがとうございます」

三浦はお辞儀をした。

男児は物珍しそうにシナイ族の女の子二人を眺めている。

「あの……」三浦は女の子二人を一瞥してから鉱夫に話しかけた。「可能なら、二人に服を――」

　二人は腰布一枚のままだ。

「知り合いの家に古着があるはずだ。それでよけりゃ、貰《もら》ってきてやろう」

「感謝します」

　鉱夫が出て行くと、漁船で事情を全て聞いている高橋が尋ねた。

「で、あんたらはこれからどうするんだ？」

「リオへ向かおうと思います。パスポートを持たないインディオの女の子を連れて出国はできませんし、インディオを保護している団体に接触して、事情を話して保護してもらいます」

「リオへの道は遠いぞ」

「それでも、それが最善の道です」三浦は改めて高橋に頭を下げた。「最後の最後まで本当にありがとうございました」

「乗りかかった船――ってやつさ」

「あなたは集落に戻るんですか？」

　高橋は意味ありげな眼差《まなざ》しを小屋の隅に逃がした。

「〝失われる種《ロスト・スピーシーズ》〟を巡って虐殺が起きた。その責任の一端が自分にあると知った。その罪と向き合わなければならない」

　彼はそれ以上語らなかった。だが、口調と眼差しに悲壮な覚悟が窺《うかが》えた。

三浦は手を差し出した。

「ご武運をお祈りします」

高橋とがっちり握手した。

エピローグ

リオ・デ・ジャネイロは巨大な都市だった。ビルが立ち並び、外国製の車が排ガスを撒《ま》き散らして行き交っている。

三浦は街を見回しながら歩いた。

大都会には百以上の貧民窟《ファベーラ》が存在しているという。バラックの前に渡されたロープに洗濯物が干され、はためいている光景は、白黒写真で見た戦後の日本を思わせた。

三浦はジュリアの案内で彼女の共同住宅に向かった。着慣れない洋服姿のシナイ族の二人を引き連れて。

途中、枝を四方に突き出した丸太が横たわっていた。麻薬の売人が警察の装甲車を足止めするために作ったバリケードらしい。犬の小便と糞《ふん》の悪臭に交じり、硝煙の残り香が鼻孔を刺激する。

「銃撃戦に巻き込まれたくないから、迂回しましょう」

ジュリアに付き従い、石畳の坂道を歩いた。黴《かび》臭い石壁は落書きで埋め尽くされていた。アメリカ製の車の前には、サブマシンガンを肩から下げた黒人のギャングが三人。

その横を幼い女の子が当然のように歩いていく。

娼婦《しょうふ》らしき女がショートパンツに包まれた大きな尻を振りながら、闊歩《かっぽ》している。リヤカーに赤ん坊を乗せた妊婦がすれ違う。十代の黒人少年二人が紙コップの散乱した路上に座り込み、虚《うつ》ろな目で麻薬を吸っている。目と鼻の先にサッカーボールを蹴る男児がいる。

真面目に生きている貧困者たちに寄り添うように犯罪がある——。それがファベーラの印象だった。

ジュリアは気にせず歩き、共同住宅に入った。廊下を進んで扉を開ける。二つのベッドが部屋を占領している。

「私はここでイレーネと暮らしてたの。彼女は神父が教会の裏の墓地に埋葬してくれた」

ジュリアが医者を呼びに行く途中でアンドラーデの手下に拉致されたせいで、命を落とした女性だ。

「……イレーネは、普通の結婚をするのが夢だって言ってた」

机を見ると、蓋《ふた》の開いた虫籠《むしかご》が置かれていた。ジュリアが顔を向け、過去を覗《のぞ》き込む眼差しをする。

「綺麗《きれい》な蝶がいたんだけど……。イレーネが言ったの。囚《とら》われてどこにも逃げられないあんたみたいだねって。あんたはこの蝶みたいになっちゃ駄目だって。誰かに狙われてるなら籠を破って逃げるべきだって……。私のこと恨んでると思う?」

三浦は蓋の開いた虫籠を撫《な》でた。

「僕に彼女の心の中は分かりません。だけど、蝶を逃がしたのが彼女なら――あなたに対して、『籠から逃げろ。生き延びろ』というメッセージを込めたのかもしれません。死の間際まであなたを心配していたんじゃないでしょうか。見殺しにされたなんて、きっと思ってないと思います」

確信は何もない。実際は、死を覚悟し、もう世話ができないから逃がしたのかもしれない。だが、それが救いになるなら――彼女の罪悪感や苦しみが少しでも和らぐなら、都合よく解釈しても構わないのではないか。

薄紙が皺《しわ》くちゃになるようにジュリアの表情が崩れ、目元に涙の粒が盛り上がり、ツーッと頬を伝った。大泣きするでもなく、怒鳴り散らすでもなく、ただ引き歪んだ顔で静かに嗚咽《おえつ》を漏らしている。

三浦は黙って彼女を見つめ続けた。

ふと思い出し、ポケットから小型のデジタルカメラを取り出し、「これを――」と差し出した。

ジュリアは涙を拭い、デジタルカメラを見つめた。

「何……？」

「前に聞いた話を――カメラを警察官に盗《と》られた話を思い出しました。何か夢があったんでしょう？」

「これを私に――?」

「はい。カメラは他にも持っていますし、よければ使ってください」

彼女は一瞬迷いを見せた後、笑みを浮かべた。

「ありがとう」

ジュリアは宝物のように両手でデジタルカメラを受け取った。胸に押し当て、物思いにふける。それからシナイ族の二人を見た。

「……これから二人を団体に預けるんでしょ?」

「はい」三浦は答えた。「シナイ族は〝失われる種《ロスト・スピーシーズ》〟ですから、保護が必要です」

「イレーネは救えなかったけど、二人は救いたい」

「はい、必ず」

「インディオの保護団体は信用できるの?」

「大丈夫だと思います。しかし、保護した事実を知られれば、また狙われないともかぎりません。ですから、逆に周知の事実にしてしまおうと思います」

「周知の?」

「メディアに公表して、二人の存在を公にすれば、おそらく手出しはできなくなります」

「それはそうかも」

「あなたはこれからどうするんですか?」

「私は――」ジュリアは少し考える顔をした。「準備を整えて、ゴム採取人《セリンゲイロ》の集落へ戻る」

「なぜです？」

「……アンドラーデが死んでも森が狙われるかもしれない。私はセリンゲイロの抵抗を見て、見て見ぬふりはできないって感じたの。アマゾンは開発させない。それは私の闘いだから」

「闘い――」

ジュリアはほほ笑みを見せ、デジタルカメラを掲げた。

「これで非暴力の座り込み《エンパチ》を撮り続ける。そして世界に発信する。アマゾンの現実を。あなたと同じ、〝失われる種《ロスト・スピーシーズ》〟を守るために」

三浦はジュリアとしばらく見つめ合った。互いの瞳に覚悟を見たと思う。

種を滅ぼそうとするのが人間ならば、種を守れるのもまた人間なのだ。

沙穂の遺志を継ぎ、〝失われる種《ロスト・スピーシーズ》〟を保護するために立ち上がろうと決意した。

参考文献

『やりとりの言語学　関係性思考がつなぐ記号・認知・文化』N・J・エンフィールド／著　井出祥子／監修　横森大輔・梶丸岳・木本幸憲・遠藤智子／訳　大修館書店

『言語は本能か―現代言語学の通説を検証する―』Vyvyan Evans／著　辻幸夫・黒滝真理子・菅井三実・村尾治彦・野村益寛・八木橋宏勇／訳　開拓社

『先住・少数民族の言語保持と教育　カナダ・イヌイットの現実と未来』長谷川瑞穂／著　明石書店

『ブラジルを知るための55章』アンジェロ・イシ／著　明石書店

『地球の歩き方　ブラジル　ベネズエラ』地球の歩き方編集室／著　ダイヤモンド社

『ブラジル・ポルトガル語　警察用語小辞典』浜岡究／編著　国際語学社

『ブラジルの都市問題　貧困と格差を越えて』住田育法／監修　萩原八郎・田所清克・山崎圭一／編　春風社

『今日からモノ知りシリーズ　トコトンやさしいゴムの本』奈良功夫／監修　ゴムと生活研究会／編著　日刊工業新聞社

『図説　アマゾン　大森林の破壊』芝生瑞和／文　桃井和馬／写真　河出書房新社

『ベイツ　アマゾン河の博物学者』George Woodcock／著　長澤純夫・大曾根静香／訳　新思索社

『アマゾン源流生活』高野潤／著　平凡社
『アマゾン開拓は夢のごとし』安井宇宙／著　草思社
『女たちのブラジル移住史』小野政子・中田みちよ・斎藤早百合・土田町枝・大槻京子・松本純子／著　日下野良武／監修　毎日新聞社
『ガリンペイロ（採金夫）体験記　アマゾンのゴールドラッシュに飛び込んだ日本人移民』杉本有朋／著　近代文藝社
『アマゾン河の博物学者【普及版】』Henry Walter Bates／著　長澤純夫・大曾根静香／訳　新思索社
『大密林』フェレイラ・デ・カストロ／著　阿部孝次／訳　彩流社
『熱帯雨林の死　シコ・メンデスとアマゾンの闘い』Andrew Revkin／著　矢沢聖子／訳　早川書房
『新宿発アマゾン行き　女ひとり、異国で開いた小さなバーの物語』佐々木美智子／著　文藝春秋
『外務省が消した日本人　南米移民の半世紀』若槻泰雄／著　毎日新聞社
『外国人になった日本人　ブラジル移民の生き方と変り方』斉藤広志／著　サイマル出版会
『ブラジルの記憶「悲しき熱帯」は今』川田順造／著　NTT出版
『ジャングルで乾杯！　医者も結婚も辞めてアマゾンで暮らす』林美恵子／著　スターツ出版
『風みたいな、ぼくの生命　ブラジルのストリート・チルドレン』Gilberto Dimenstein／著

ジャン・ローシャ／序文　神崎牧子／訳　小高利根子／解説　現代企画室
『100年　ブラジルへ渡った100人の女性の物語』サンパウロ新聞社／編　フォイル
『怖くて眠れなくなる植物学』稲垣栄洋／著　PHP研究所
『黒髪と化粧の昭和史』廣澤榮／著　岩波書店
『暗号戦争』吉田一彦／著　日本経済新聞出版
『植物学「超」入門　キーワードから学ぶ不思議なパワーと魅力』田中修／著　SBクリエイティブ
『昭和のキモノ』小泉和子／編　河出書房新社
『南米薬用植物ガイドブック　PART・1　南米アマゾン流域（ペルー・ブラジル）』南米薬用ハーブ普及会／編　南米薬用ハーブ普及会
『目でみるブラジル日本移民の百年』ブラジル日本移民史料館・ブラジル日本移民百周年記念協会百年史編纂委員会／編　風響社
『絵本世界の食事7　ブラジルのごはん』銀城康子／著　萩原亜紀子／絵　農山漁村文化協会
『アマゾン発・熱帯林破壊報告』稲葉一郎／著　朝日新聞社
『地球をささえる熱帯雨林　1　熱帯雨林の植物』エドワード・パーカー／著　WWFジャパン／日本語版監修　鈴木出版編集部／訳　鈴木出版
『ビジュアル博物館　インディオの世界』エリザベス・バケダーノ／著　リリーフ・システムズ／訳　ミシェル・ザベ／写真　川成洋／日本語版監修　同朋舎出版

『ガリンペイロ』国分拓／著　新潮社
『アマゾン探検記』伊沢紘生／著　どうぶつ社
『全アマゾン下り　水源から河口まで』ジョー・ケイン／著　池田比佐子／訳　心交社
『ジャポネース・ガランチード　希望のブラジル、日本の未来』丸山康則／著　モラロジー研究所
『アマゾン　生態と開発』西沢利栄・小池洋一／著　岩波書店
『カラー版　アマゾンの森と川を行く』高野潤／著　中央公論新社
『巨流アマゾンを遡れ』高野秀行／著　集英社

解説

香山二三郎《かやまふみろう》

下村敦史《しもむらあつし》の最新作は『全員犯人、だけど被害者、しかも探偵』（幻冬舎・二〇二四年八月刊）。コアなミステリーファンならお察しのように、このタイトル、セバスチアン・ジャプリゾ『シンデレラの罠《わな》』の有名な惹句《じゃっく》「私はこの事件の探偵であり、証人であり、被害者であり、犯人なのです」を意識したものだろう。一見同じように見えるけど、下村作品は頭に「全員」とあるのがミソで、よりアグレッシブな作りになっている証左である。

その前の作品は『そして誰かがいなくなる』（中央公論新社・二〇二四年二月刊）で、こちらのベースはもちろんアガサ・クリスティーの『そして誰もいなくなった』だが、こっちは実在する自邸が舞台というおまけ付きだ。何と下村さん、本格ミステリーの舞台となる洋館を実際にぶっ建ててしまわれたわけで、ここまでくると、さすがにかつての横溝正史《よこみぞせいし》じゃないけれども、本格謎解きミステリーの鬼といいたくなる。

しかしながら、本格ミステリー作家は下村氏の顔のあくまで一つに過ぎない。

ドジャースの大谷翔平《おおたにしょうへい》は二刀流だが、下村敦史は三刀流、四刀流の超絶技巧の持主なのである。何となれば、氏には初期作品にすでに『生還者』『失踪《しっそう》者』（ともに講談社文庫）という山岳ミステリーがあるし、近作にも角川文庫所収の『サハラの薔薇《ばら》』という本格冒険小説がある。

　してみると下村敦史は冒険小説作家でもあるというべきか。

　本書はその『サハラの薔薇』に次ぐ本格冒険小説で、舞台はアフリカの砂漠から南米の密林へと移る。ご存じアマゾンだ。

　本書『ロスト・スピーシーズ』は「小説 野性時代」二〇二一年六月号から二〇二二年四月号まで連載されたあと、加筆修正のうえ、二〇二二年八月にKADOKAWAから刊行された。

　物語はブラジル北部の金の採掘地で、金採掘人《ガリンペイロ》のロドリゲス・シウバが高級そうなシャツを着た白人にボディガードとして雇われるプロローグが描かれたのち、アマゾン奥地の州都マナウスへと転じる。アメリカで教鞭《きょうべん》をとる植物学者の三浦眞一郎《みうらしんいちろう》はアメリカの大手製薬会社社員クリフォード・スミスとそのボディガード、ロドリゲス・シウバと合流する。彼らと遅れてやってきた植物《プラント》ハンターのデニス・エバンズは、クリフォードにがんの特効薬になる幻の植物〝奇跡の百合《ミラクルリリー》〟を探索するチームとして招集されたのだ。実は三浦の目的は別にあったのだが、その手がかりを握っていそうな老人はすでに殺されており、三浦もまた彼の手帳を寄こせという白人の二人組に襲われる。幸い、危ういところで難を逃れるが、旅立ち間際に環境問題を勉強しているリオ・デ・ジャネイロの大学生だというジュリア・リベイロが飛び入り参加することになったり、前の雇い主と揉《も》め事《ごと》を起こしたエバンズが私兵に追われたりとハプニング続出、前途多難の出発となる。

いわくありげな植物探索チームがアマゾン川を遡行《そこう》していくという筋立ては、アマゾン冒険譚としてはまずは典型的なパターンといえよう。途中、三浦を襲ったとおぼしき二人組や密林の王者アマゾンジャガーの襲撃にあい、陸地を進んでいかざるを得なくなるのもお約束といえばお約束。

だが、そこから場面が一転、新たな日本人キャラが入ってくるところが下村流。ゴム採取人《セリンゲイロ》の高橋勇二郎《たかはしゆうじろう》と勇太《ゆうた》の父子である。

なぜ二人が森の中で生活するようになったのかは追い追い明らかになるとして、まずは日本人採取人としての苦労が綴《つづ》られていくが、注目は投資家の開発による森林破壊。セリンゲイロは樹木を守るためエンパチと呼ばれる座り込みで伐採作業員に立ち向かうのだが、ここにきて、にわかに『山猫の夏』（講談社文庫）を始めとする船戸与一《ふなとよいち》の南米三部作を髣髴《ほうふつ》させる貧労者と収奪者の構図まで加味されてくるのだ。

それについては、高橋父子も騙《だま》されてアマゾンに入植し全滅した移民の生き残りであり、お上には多大なる恨みを抱く者であることがわかってくるが、恨みといえば、中盤、明かされるジュリアの身の上話も衝撃的だ。彼女が生きてきたリオ・デ・ジャネイロのファベーラは世界最大級の貧困地区として知られる。麻薬組織に支配され、一〇歳の少年同士が銃で殺し合ったりする。そしてそれを取り締まるべき警察が、そういう少年たちを粛清して回る怖ろしい組織であるという地獄。彼女は命がけでそこから脱出して三浦たちのチームに加わったのである。

そう、著者は本書を決して古典的なアマゾン川遡行の秘境冒険譚でまとめようとはしていない。それどころか、現在ブラジルが抱える社会問題の数々をも出来るだけぶち込んでしまえという意気込みさえ感じはしまいか。そもそもの〝奇跡の百合〟探索で環境整備と医療問題、ゴムの採取で日本人移民と森林破壊、そしてやがて勇太少年が森の中で出会う少女を通して表題の〝失われる種《ロスト・スピーシーズ》〟の問題が問われることになるのである（〝失われる種〟はもう一つ大きな意味を持つが）。

考えてみれば、江戸川乱歩賞を取った著者のデビュー作『闇に香る嘘』（講談社文庫）からして中国残留孤児問題を題材にした社会派色の強い作品であったが、してみると本書の後半にはそうした社会派ミステリー作家の顔があらわになっているというべきかも。

いや、だからといって堅苦しく考えないでいただきたい。著者はあるインタビューで思い出の本としてジュール・ヴェルヌ『海底二万マイル』を挙げ、次のように述べている。

成人して、冒険小説作家のクライブ・カッスラーや、カッスラーの小説をゲームでリアルに再現したかのような「アンチャーテッド」シリーズ――〝プレイする映画〟のキャッチコピーどおり、海洋や砂漠、密林など、実写と見まがうばかりの映像美が魅力——に魅了されたのも、僕の心の奥に『海底二万マイル』があったからだと思います。

作家としてデビューしてからも、子供心に抱いた冒険ロマンは僕の中に息づいており、『生還者』『失踪者』（講談社）では極寒の雪山を、『サハラの薔薇』（角川書店）では対照的に灼熱《しゃくねつ》の砂漠を舞台に物語を描きました。

最新刊の『ロスト・スピーシーズ』（角川書店）の舞台は、ブラジルのアマゾン——広大な熱帯雨林です。がんの特効薬の源になる〝奇跡の百合（ミラクルリリー）〟を探すために組織された多国籍の集団が、密林の奥深くへ踏み入り、裏切りや陰謀が渦巻く冒険を繰り広げる王道の冒険小説です。

僕が幼いころに『海底二万マイル』の冒険に魅了されたように、『ロスト・スピーシーズ』の冒険が読者の心に残る作品になってほしいと願っています。

（「好書好日」二〇二二年八月二三日）


なるほど、終盤に明かされる〝失われる種〟をめぐるドラマにはどんでん返しといっても過言ではないサプライズが仕掛けられているし、血湧き肉躍るアクション演出にも不足はない。本書はあくまでヴェルヌ直系の冒険エンタメ小説として楽しまれたい。

本書は、二〇二二年八月に小社より刊行された単行本を加筆修正のうえ、文庫化したものです。

本作はフィクションです。実在の人物・団体とは一切関係ありません。

ロスト・スピーシーズ

下村敦史《しもむらあつし》

令和7年 1月25日　初版発行

発行者●山下直久

発行●株式会社KADOKAWA
〒102-8177　東京都千代田区富士見2-13-3
電話　0570-002-301(ナビダイヤル)

角川文庫 24490

印刷所●株式会社暁印刷
製本所●本間製本株式会社

表紙画●和田三造

●お問い合わせ
https://www.kadokawa.co.jp/（「お問い合わせ」へお進みください）
※内容によっては、お答えできない場合があります。
※サポートは日本国内のみとさせていただきます。
※Japanese text only

ISBN 978-4-04-115249-2　C0193

◇◇◇

角川文庫発刊に際して

角川源義

第二次世界大戦の敗北は、軍事力の敗北であった以上に、私たちの若い文化力の敗退であった。私たちの文化が戦争に対して如何に無力であり、単なるあだ花に過ぎなかったかを、私たちは身を以て体験し痛感した。西洋近代文化の摂取にとって、明治以後八十年の歳月は決して短かすぎたとは言えない。にもかかわらず、近代文化の伝統を確立し、自由な批判と柔軟な良識に富む文化層として自らを形成することに私たちは失敗して来た。そしてこれは、各層への文化の普及滲透を任務とする出版人の責任でもあった。

一九四五年以来、私たちは再び振出しに戻り、第一歩から踏み出すことを余儀なくされた。これは大きな不幸ではあるが、反面、これまでの混沌・未熟・歪曲の中にあった我が国の文化に秩序と確たる基礎を齎らすためには絶好の機会でもある。角川書店は、このような祖国の文化的危機にあたり、微力をも顧みず再建の礎石たるべき抱負と決意とをもって出発したが、ここに創立以来の念願を果すべく角川文庫を発刊する。これまで刊行されたあらゆる全集叢書文庫類の長所と短所とを検討し、古今東西の不朽の典籍を、良心的編集のもとに、廉価に、そして書架にふさわしい美本として、多くのひとびとに提供しようとする。しかし私たちは徒らに百科全書的な知識のジレッタントを作ることを目的とせず、あくまで祖国の文化に秩序と再建への道を示し、この文庫を角川書店の栄ある事業として、今後永久に継続発展せしめ、学芸と教養との殿堂として大成せんことを期したい。多くの読書子の愛情ある忠言と支持とによって、この希望と抱負とを完遂せしめられんことを願う。

一九四九年五月三日

角川文庫ベストセラー

真実の檻　下村敦史

亡き母は、他の人を愛していた。その相手こそが僕の本当の父、そして、殺人犯。しかし逮捕時の状況には謎が残っていた――。『闇に香る嘘』の著者が放つ渾身のリーガルミステリ。

サハラの薔薇　下村敦史

エジプトで発掘調査を行う考古学者・峰の乗るパリ行き飛行機が墜落。機内から脱出するとそこはサハラ砂漠だった。生存者のうち6名はオアシスを目指して砂漠を進み始めるが食料や進路を巡る争いが生じ⁉

コープス・ハント　下村敦史

8人の女性が殺害された猟奇殺人事件。真相を追う女刑事と、ある噂をもとに「遺体捜し」をする動画配信者の少年たち、2つの物語が交差する時、歪んだ真実が浮かび上がる――。衝撃のサスペンス・ミステリ。

目ざめれば、真夜中　赤川次郎

ひとり残業していた真美のもとに、刑事が訪ねてきた。ビルに立てこもった殺人犯が、真美でなければ応じないと言っている――。様々な人間関係の綾が織りなすサスペンス・ミステリ。

台風の目の少女たち　赤川次郎

女子高生の安奈が、台風の接近で避難した先で巻き込まれたのは……駆け落ちを計画している母や、美女と帰郷して来る遠距離恋愛中の彼、さらには殺人事件まで！　少女たちの一夜を描く、サスペンス・ミステリ。

角川文庫ベストセラー

過去から来た女
赤川次郎

19歳で家出した名家の一人娘・文江。7年ぶりに帰郷すると、彼女は殺されたことになっていた⁉ 更に原因不明の火事、駅長の死など次々に不審な事件が発生、文江にも危険が迫る。傑作ユーモアミステリ。

殺し屋志願
赤川次郎

朝の満員電車で男が何者かに殺害された。偶然彼の死をみとった17歳のみゆきは、その日を境に奇妙な出来事に巻き込まれていく。さらに謎の少女・佐知子が現れて……少女たちの秘密を描く長編ミステリ。

三世代探偵団　次の扉に棲む死神
赤川次郎

天才画家の祖母と、生活力皆無な母と暮らす女子高生の天本有里。出演した舞台で母の代役の女優が殺されたことをきっかけに、次第に不穏な影が忍び寄り……個性豊かな女三世代が贈る痛快ミステリ開幕！

三世代探偵団　枯れた花のワルツ
赤川次郎

天才画家の祖母、生活力皆無な母と暮らす女子高生の有里。祖母が壁画を手がけた病院で有里は往年の大女優・沢柳布子に出会う。彼女の映画撮影に関わるうち、女三世代はまたもや事件に巻き込まれ――。

三世代探偵団　生命の旗がはためくとき
赤川次郎

天才画家の祖母、マイペースな母と暮らす女子高生・天本有里。有里の同級生・須永令奈が殺人事件に遭遇したことをきっかけに、女三世代は裏社会の抗争に巻き込まれていく。大人気シリーズ第3弾！

角川文庫ベストセラー

深泥丘《みどろがおか》奇談《きだん》　綾辻行人

ミステリ作家の「私」が住む〝もうひとつの京都〟。その裏側に潜む秘密めいたものたち。古い病室の壁に、長びく雨の日に、送り火の夜に……魅惑的な怪異の数々が日常を侵蝕し、見慣れた風景を一変させる。

深泥丘《みどろがおか》奇談《きだん》・続《ぞく》　綾辻行人

激しい眩暈が古都に蠢くモノたちとの邂逅へ作家を誘う。廃神社に響く〝鈴〟、閏年に狂い咲く〝桜〟、神社で起きた〝死体切断事件〟。ミステリ作家の「私」が遭遇する怪異は、読む者の現実を揺さぶる――。

Another エピソードS　綾辻行人

一九九八年、夏休み。両親とともに別荘へやってきた見崎鳴が遭遇したのは、死の前後の記憶を失い、みずからの死体を探す青年の幽霊、だった。謎めいた屋敷を舞台に、幽霊と鳴の、秘密の冒険が始まる――。

深泥丘《みどろがおか》奇談《きだん》・続々《ぞくぞく》　綾辻行人

ありうべからざるもうひとつの京都に住まうミステリ作家が遭遇する怪異の数々。濃霧の夜道で、祭礼に賑わう神社で、深夜のホテルのプールで。恐怖と忘却を繰り返しの果てに、何が「私」を待ち受けるのか――!?

Another《アナザー》 2001 (上)(下)　綾辻行人

夜見山北中学三年三組を襲ったあの〈災厄〉から3年。春からクラスの一員となる生徒の中には、あの夏、見崎鳴と出会った少年・想の姿があった。〈死者〉が紛れ込む〈現象〉に備え、特別な〈対策〉を講じるが……。

角川文庫ベストセラー

約束の河　堂場瞬一

幼馴染で作家となった今川が謎の死を遂げた。法律事務所所長の北見貴秋は、薬物による記憶障害に苦しみながら、真相を確かめようとする。一方、刑事の藤代は、親友の息子である北見の動向を探っていた——。

砂の家　堂場瞬一

「お父さんが出所しました」大手企業で働く健人に、弁護士から突然の電話が。20年前、母と妹を刺し殺して逮捕された父。「殺人犯の子」として絶望的な日々を送ってきた健人の前に、現れた父は——。

棘の街　堂場瞬一

地方都市・北嶺で起きた誘拐事件。捜査一課の刑事・上條のミスで犯人は逃亡し、事件は未解決に。解決に奔走する上條だが、1人の少年との出会いをきっかけに事件は思わぬ方向に動き始める。

切り裂きジャックの告白　刑事犬養隼人　中山七里

臓器をすべてくり抜かれた死体が発見された。やがてテレビ局に犯人から声明文が届く。いったい犯人の狙いは何か。さらに第二の事件が起こり……警視庁捜査一課の犬養が執念の捜査に乗り出す！

七色の毒　刑事犬養隼人　中山七里

次々と襲いかかるどんでん返しの嵐！『切り裂きジャックの告白』の犬養隼人刑事が、〝色〟にまつわる7つの怪事件に挑む。人間の悪意をえぐり出した、傑作ミステリ集！

角川文庫ベストセラー

ハーメルンの誘拐魔
刑事犬養隼人
中山七里

少女を狙った前代未聞の連続誘拐事件。身代金は合計70億円。捜査を進めるうちに、子宮頸がんワクチンにまつわる医療業界の闇が次第に明らかになっていき──。孤高の刑事が完全犯罪に挑む！

ドクター・デスの遺産
刑事犬養隼人
中山七里

死ぬ権利を与えてくれ──。安らかな死をもたらす白衣の訪問者は、聖人か、悪魔か。警視庁VS闇の医師、極限の頭脳戦が幕を開ける。安楽死の闇と向き合った警察医療ミステリ！

笑え、シャイロック
中山七里

入行三年目の結城が配属されたのは日陰部署の渉外部。しかも上司は伝説の不良債権回収屋・山賀。憂鬱な結城だったが、山賀と働くうち、彼の美学に触れ憧れを抱くように。そんな中、山賀が何者かに殺され──。

カインの傲慢《ごうまん》
刑事犬養隼人
中山七里

都内で臓器を抜き取られた死体が相次いで発見された。被害者はみな貧しい家庭で育った少年で、一人は中国からやってきたことがわかる。彼らの身にいったい何が起こったのか。孤高の刑事・犬養隼人が挑む！

ラスプーチンの庭
刑事犬養隼人
中山七里

警視庁捜査一課の犬養隼人は、長期入院から自宅療養に切り替えて病死した、娘の友人の告別式に参列する。遺体に奇妙な痣があることに気づいた犬養が捜査を進めると、謎の医療団体に行き当たり……。

角川文庫ベストセラー

魔力の胎動　東野圭吾

彼女には、物理現象を見事に言い当てる、不思議な"力"があった。彼女によって、悩める人たちが救われていく……東野圭吾が小説の常識を覆した衝撃のミステリ『ラプラスの魔女』につながる希望の物語。

ヘルドッグス
地獄の犬たち　深町秋生

関東最大の暴力団・東鞘会で頭角を現す兼高昭吾は密命を帯びた潜入捜査官だった！　彼が追う、警視庁を揺るがす重大機密とは。そして死と隣り合わせの兼高の運命は？　警察小説の枠を超えた、著者の代表作！

煉獄の獅子たち　深町秋生

関東最大の暴力団・東鞘会の跡目争いは熾烈を極めていた。現会長の実子・氏家勝一は、子分の織内に台頭著しい会長代理の暗殺を命じる。一方、ヤクザを憎む警視庁の我妻は東鞘会壊滅に乗り出していた……。

天国の修羅たち　深町秋生

高名なジャーナリストが惨殺された。警視庁の神野真里亜は、捜査線上に信じられない人物が浮かび上がったことを知る。独自に捜査を進めるうち、真里亜は警視庁を揺るがす陰謀に巻き込まれていた。

今夜は眠れない　宮部みゆき

中学一年でサッカー部の僕、両親は結婚15年目、ごく普通の平和な我が家に、謎の人物が5億もの財産を母さんに遺贈したことで、生活が一変。家族の絆を取り戻すため、僕は親友の島崎と、真相究明に乗り出す。